我想和世界环游

戴帽子的鱼 著

CNS PUBLISHING & MEDIA 中南出版传媒
湖南文艺出版社
HUNAN LITERATURE AND ART PUBLISHING HOUSE

不走遍

千山万水，

怎能找到

全世界最爱的人？

We travel around the world.

目录

Contents

第一章

一张船票

Chapter 1

每个人的心中或许都有一个环游世界的梦想，祝你梦想成真。

We travel around the world.

港口，偏北风。

一个纤弱的女孩拖着二十八寸的超大行李箱急匆匆地前行，在开阔的场景里被衬托得更加瘦小。

停在港口的白色巨船，无论从哪个方位望过去都看得到它的身影。但是，它太长太高太宽，大得各个角度都看不完整，尤其是船身上印着的宝蓝色船名，一会儿被岸上高高叠放的集装箱挡住一个字母，一会儿又被海上的其他船只挡住半边，始终神秘地半遮面。

因此，女孩一直微仰着头盯住它，如同夸父追日一样热切地朝它跑去。

其实，对于船的资料，她早已烂熟于心。有个人满怀期待地对她讲了没有一百遍，也有七八十遍，而她自己大概也默默地温习了上百次。

这是艘载客邮轮，名叫“Planet”，音同“普兰尼特”，是行星的意思。我们生活的地球就是一颗行星，而普兰尼特号邮轮计划的航线是用一百天完成环球航行的壮举，横跨太平洋、印度洋、大西洋、北冰洋，到访二十余个国家及地区，从世界的这端到那端，在地球上绕一个完整的圆圈。

是的，她即将要登上的不是一艘普通的船，不是湖滨公园里戏水泛舟的彩色塑料船，也不是江南小河上的摇桨乌篷船，她要登上的船因为体积大，去不了小湖小河这样的浅水区，只能在汪洋大海上破浪前行。

普兰尼特号长三百一十五米，宽三十七米，一共十六层，足以载客两千八百人，重十二万吨。这些数据听上去没有实际概念。只有当她站在它面前，与之对比渺小得如同撼大树的蚍蜉，她才倒吸一口凉气，清楚地明白它的尺寸到底有多么惊人。

女孩抓紧了行李箱的拉杆，粉白的指甲掐着手心，各种矛盾的情绪涌上来，胆怯又憧憬，心中像住着一只安稳万事足的井底之蛙，又像有一只羚羊对着悬崖深壑，跃跃欲试地想要冲锋飞渡。

这不是一场梦，她是真的真的真的要环游世界了。

“Is it huge?（它很大是吗？）”一个棕发碧眼的外国船员不知何时走到她的身边，语气骄傲。

送行的人皆已在港口入口处止步，长途邮轮旅行极少单身客，在成双成对或者举家出游的乘客中，她孤身一人出现在此，确实显得有些突兀。

面对热情的船员，她点了点头表示赞同，但身体却是后退了半步，还差点被自己的行李箱绊倒。

船员继续用英语问她听得懂他说的话吗？她还是点头，又问她办了登船手续没有，她摇头，却还是紧咬着嘴唇不出声。

船员见她如此局促不安，立刻冲一旁招招手，声如洪钟：“Han, I need you!（韩，我需要你！）”

岸边有一个临时搭建的帐篷迎客大厅，足有数百平方米的空间，分门别类地划出各种功能区，里面正有条不紊地排队进行托运、安检、登记等一系列登船准备工作。因为此刻离出发时间已经很近了，队伍里没剩多少人。

帐篷里，一个穿着白色航海制服的男人闻声而出。隔着一段距离看，海风吹着他的衣衫贴紧身体，显示出倒三角的身材线条，相较于检票处其他排队的女性大大方方地欣赏，她却看了一眼就急急垂下头，招架不住如此浓烈的雄性荷尔蒙。

这是国际港口，各国人都有。她从刚刚那一眼判断，这个亚洲船员或许和自己一样是中国人，长期被海风吹过的脸显得刚毅无比，肤色如熟透的麦子，迈出的步子即便随意也气势十足，应该是长期严酷的海洋生活赋予他的。

他一来，刚刚的船员就简单地说明情况，这个女孩似乎听不懂英语，只能交给他了，然后船员一溜烟跑到其他岗位继续忙着。

“你好，我是韩哲，你能听懂中文吗？”

韩哲有一米九的个子，在西方人中也算高，他的眼光向来像尺子一样准，估摸眼前的女孩离一米六应该还差一厘米，现在她正以仰视以及立正的姿态听他问话，僵硬地点了点头，仍是没有开口，但他感觉她不像是个哑巴。

“不用这么拘谨。我不是警察，你也不是嫌疑人。相反，乘客算是我的最高级领导。”他笑一笑，严肃的面部线条瞬时柔和不少，笑起来有些像和善的海豚。

接着，他请她出示一下船票。她极为配合地掏出船票交给他，两页纸都是英文的，上面写着女孩名字的拼音。

“许久安？”韩哲拼读出来。

马上是一场一百天的水上漂泊，在一艘无人相识的大船里，此刻被人唤一声名字，生性敏感的许久安略感安心，总算轻轻“嗯”了一声。

韩哲担心她会遇上语言障碍，开始向她介绍，船上一共有一千多名来自世界各地的船员，日常用语是英语。“毕竟大多数国人还没养成邮轮出游的习惯，倒是欧美地区早就流行这种旅行方式。所以船上欧美的客人占绝大多数，说英语的人较多。”

专心倾听的许久安头上戴着一顶保暖的帽子，对于已经是春天的三月份来说有些厚了，也许是女孩子的造型搭配。只是海边的风太狂，这顶帽子一直被海风刮得在头上戴不稳，随着他的话音落下，她的帽子眼看就要随风起飞，落入汪洋。

韩哲眼疾手快地抓住逃跑的帽子，顺手帮她戴回去，再看她被吹起的发丝拍打着的苍白面容，一下子对这位同胞生起一丝怜意，多说了几句：“如果你有什么不懂的，可以随时找我咨询。现在大部分乘客都登船了，我手头的事不多，干脆带你去办登船手续吧。”

许久安极感动，可是她不好意思说其实自己听得懂英语，只是不敢多开口，便默认了他的好意。

先是托运行李箱，这些重物不用乘客自己搬上船，工作人员会统一送到对应客舱里。类似的细节服务还有许多，比如船上的餐饮供应永远不打烊，各类休闲活动排满二十四小时。这样的设计改变了一些人对邮轮的刻板印象，邮轮出游不是一种既慢又枯燥的旅行方式，像坐牢一样被困在海上，更不会像从前讨生活的水手一样辛苦度日。经过这么多年的发展，邮轮像是海上的移动宫殿一样，载着游客慢慢地享受蓝色时光，在海上狂欢，每抵达一个目的地又继续在陆地上接力狂欢，如同作家海明威对巴黎的形容“一场流动的盛宴”。

接下来便是一身轻便地去办手续。韩哲先向许久安确认了几个问题，问她：“这里起航后，下一站是台湾，之后就走出国门，将会经过很多个国家，你护照上的签证申请好了吗？”

护照是在国外证明身份的合法证件。而出国旅行还必须持有到访国家的有效签证，才被官方允许出入其国境。

许久安赶紧拿出护照，封面有些皱，是她和父母在争抢的过程中伤到了，这也是她为什么来这么晚的原因，此行只有一个人支持她，并非家人。

她抚平封皮，一页一页地翻给韩哲看，配着小小的解说声：“这是申根签证（航线经过欧洲，大部分欧洲国家如意大利、希腊、冰岛等均加入申根协定，认可申请人在签证有效期内可在所有申根成员国之间自由旅行）……这是美国签证……我知道邮轮还会经过埃及这些地方，但我听说这类港口可以办理落地签证（不用提前申请，抵达目的国口岸后再申请），所以就没办。”她生怕自己因证件不足会被拒绝登船，额头上沁出不少汗珠。

“我知道，你不用急，慢慢来，我只是帮你确认一下……”韩哲看出她没什么旅行经验，整个人精神紧绷，生怕出一点差错，于是他放缓说话的速度，脸上满是和煦的笑意。

“我第一次出国旅行，不，这甚至是我第一次离开我长大的城市。”许久安窘迫地解释，声音总算大起来了。

“那你有了一个很棒的开头，”韩哲宽慰一句，接着问，“疫苗证书呢？为了健康安全起见，我们有规定登船前需要接种一些疫苗。”

“有！”她又翻出个小本本，反应也快了不少。

“还有，你选过账单结算方式了吗？”

“我的船票已经付过钱了，还要付什么款吗？”许久安吓一跳，瞪大眼睛看着韩哲，门牙微微咬着下嘴唇，像一只吃胡萝卜时不小心噎着自己的傻兔子。她在心里盘算着，她没什么钱，如果登船之后还有什么大笔的额外支出，她也许不得不放弃登船。

“不是。船票已经包含了船上的食宿和服务小费，还有游泳池、图书馆、戏院、健身房等免费场所的使用。除非是你自己想要去特殊餐厅、酒吧、商店等非免费场所消费，不然这一百天不会产生任何额外支出。但为了避免在船上临时起意的消费不方便支付，所以一般会让乘客提前选好账单结算方式。如果你担心我们不慎扣错费用，可以随时在客舱的电视系统后台查看账单明细。”

“这样啊……我准备了一张全币信用卡，用这个结算吧。”许久安摸出一张信用卡，信任地交出来。她被他带到柜台前，一会交证件，一会看安检镜头，一会签字确认，手续繁多，她悄悄庆幸有韩哲带着。

“给你添麻烦了。如果不是你，搞懂这些流程我都要花很长时间。”所有手续办理完，许久安走出帐篷大厅，诚心诚意地说谢谢，本来还想说请他喝杯咖啡，但是免费的餐厅不能算请，不免费的餐厅她又请不起，只能尴尬地又道了一次谢，甚至煞有介事地鞠了一躬。

韩哲不吝赞许："你看，你虽然出行经验不多，但不是做得很好吗？"

明知道这也许只是一句客套的赞美，但前路孤单，许久安现在最需要的就是肯定，恢复一丝丝自信心。

"也是，我做了很多准备，为了不晕船，我出发前一个月每天都有锻炼自己原地转圈圈，船上的生活不一定会难倒我。"

韩哲又笑了，之前的笑过于标准，多少有一些为乘客服务时的客气，这一次却连眼尾都在笑，一些被凛冽海风刻出来的眼纹浮现出来，似乎许久安刚说的话着实有趣。

他忍住笑，这才回："你不用担心晕船的问题。邮轮很关注乘客体验，这个问题早已解决。你想如果你们都晕头转向，船上的商场、舞会、酒吧开着给谁逛？普兰尼特号船身巨大，吃水很深，在海上行进时很稳，基本不会大幅摇晃，虽然一些小的晃动是免不了的，但一般人根本注意不到。如果你神经很敏感，或许刚开始有一点像在吊着的铁索桥上走路的感觉，但最多几天你的身体就会习惯这种轻微的位移，和在平地上生活没有两样。就算你真的出现晕船现象，船上还有医务室，经验丰富的随船医师会帮助你减轻不适。而且邮轮每隔几天就会靠岸，你也可以趁上岸观光的时间恢复状态。"

许久安脸微红，明白自己刚刚闹笑话了。

"这次航行会绕地球一圈，你最想去哪里？"韩哲岔开话题。

她想了想，每个地方对于她来说都是未知的新地图，哪里都好，干脆咨询面前走过天涯海角的前辈："你呢？"

"我跟过很多航线了，去过世界各地。非要说一个去过之后还想再去的地方，应该是地中海。在那里找一个叫伊亚的小镇，我很喜欢坐在它的悬崖上看日落。"

"地中海？"许久安喃喃低念着这三个字，原本期待的眼神蒙上一层乌云般的阴影。

韩哲没有注意到她细微的神情变化，却送了一句祝福：“好了，船上的餐厅已经开放了，你快去吃点蛋糕吧。生日快乐！”他应该是在乘客信息上看到许久安的出生日期，今天正好是她的生日。

三月，初春，寒意未退。这个时节的海风仍是狂野。

说话这段时间，许久安在岸边站久了，现在后知后觉地发现脑仁疼得仿佛被冻住一般，还被榔头敲出一条一条裂痕。

她道声谢，走几步就发现风忽然更大了，如同脱缰的野马，她缩了缩，这才注意到刚刚韩哲其实一直站在风口，为她抵挡了大部分的寒风。

此时，他依旧长身立在原处，如柏树一般挺得笔直，自如地切换语言，为下一个经过的乘客用英文答疑解惑。

普兰尼特号分了两个登船入口，许久安的客舱房号是6249，按指示从最左边的入口进去。她刚踩着船上软乎乎的红色地毯，就听到爵士歌手的歌声从大厅深处传来，浪漫多情。

热情的船员一左一右迎上来，都穿着打了领结的迎宾礼服，左边的在她手心里挤了一团免洗消毒液，毕竟船上水资源宝贵，用这个最方便，右边的单手端着一盘盛满透明液体的高脚杯，微微躬身请她选择。

旁边还有几个早早登船的白发游客，都端了一杯金色的冒气泡的饮品，正举杯相庆，欢声笑语。

“Cheers!（干杯！）”

许久安跟着选了这种杯子，一个八十岁都涂着粉色口红美得风情万种的老奶奶主动和她碰杯。

大家现在都是一条船上的游客，五湖四海的陌生人无须多言，骤然变成温情脉脉的好邻居。

许久安一饮而尽，吞下的瞬间暗自咋舌，竟然是香槟酒，这一点点酒精浓度对于从不饮酒的她已经是一种强烈的刺激。

送酒的船员看她憋红了脸，一直追问：“May I help you?（我能帮你吗？）”

她的确需要清水在喉咙里冲刷酒味，但她明明如此难受却还是硬扛着不吭声，摇摇头狂奔进电梯，在第六层楼找到自己的舱房。

她的船票是最廉价的内舱房，没有窗户，十五平方米的密闭空间里只有洗手间、床、衣柜、电视、小桌子和沙发，倒也简单干净，但是不像《泰坦尼克号》电影里穷小子杰克住的最便宜的下等舱那么拥挤。一百多年过去了，邮轮行业的变化也很大。

水、水、水……

许久安在房间里翻来覆去只找到一个小冰箱，里面的饮料倒是琳琅满目，但全部标了价格，比陆地上贵一些。她此次旅行能省则省，不愿意多花钱，在乘客手册上查到十四层有个自助餐厅，马上跑出去。

船上一共有五个不同主题和风格的免费餐厅，许久安不需要私密就餐环境，也没有特别苛刻的饮食要求，来这些餐厅已经觉得十分高档，心满意足。

十四层的自助餐厅因为位置够高，所以目之所及的海景更加宽广迷人。上百种美食集中摆放，在水晶灯的照耀下更加精致可口，任凭食客随意取用。

许久安直奔饮料区，在咖啡、果汁、牛奶、矿泉水等近十种选择里毫不犹豫地接了满满一杯冰水，牛饮完后，终于回过神来。

在这旁边是甜点区，蔓越莓饼干、黑森林蛋糕、提拉米苏、杧果慕斯还有各种叫不出名字的梦幻甜品整齐地排列着，诱人品尝。

今天是她的生日。她挑了几块蛋糕后，才发现自己上船太晚，现在室内已经没有什么空余餐桌。到处都是外国人，她也不好意思去问拼桌，索性走到风吹不停的甲板上，找张露天桌椅将就用餐，叉起一块布朗尼，笑着对自己说：“生日快乐，许久安，祝你长命百岁。”

话音刚落，她便觉得自己要死了，深陷在步步逼近的死亡危机里。

无以名状的“毒”气顺着风向冲进她的鼻子，随着来不及停止的呼吸运送到身体深处。她张开嘴，本能地要呕吐，但侧眼看见一块透明玻璃相隔的室内某乘客正望向这边的风景，她脸皮发热，硬生生忍了下来。

但这到底是什么味道？

她屏息环顾四周，努力辨析风里吹来的隐隐约约的字眼。

“带来了吗？”

“生化武器……”

“要死啊！”

“这下完了……”

许久安虽然没什么旅行的经验，但是电视上的社会新闻常常有关注，听说恐怖犯罪分子一般在人群密集的地方作案，造成极大的人员伤亡和极糟的社会影响。封闭的轮船正好符合作案条件，难道她第一次远行就碰上了？

想到这，她顾不得腿软，奋力跑进室内，大喊一声：“有危险！”

这附近刚好坐的都是老外，听不懂中文，只是迷茫地放下手中的刀叉。

“危险”的英文是“danger”，这个单词堵在许久安的嗓子眼处，几乎就快要脱口而出。与此同时，自动门随着她入内而大开着，外面的风卷进一股极其浓烈的腐臭味，被不少人闻见了。

门边的人开始慌作一团，室内深处的人也开始不明就里地滋生和蔓延着恐慌情绪。

餐厅经理带了几个身强力壮的黑人船员，步履匆匆地跟着许久安来到她刚待的甲板，在不远的栏杆处发现两个鬼鬼祟祟的年轻男人。

“梁泊，我让你注意风向，结果你选的什么破地方？恶心的味道没往海上飘，全反过来喷老子一脸。我觉得我现在就是一块会走路的臭豆腐！”其中一个穿烟灰色毛衣的人把手里的罐头塞进叫梁泊的人手里，然后像只虾米一样弯腰挂在栏杆上，一边骂，一边干呕不止。

许久安顺着他责难的目光看到一脸懵住的同伙——那个叫梁泊的接过罐头，想用力把盖子合上，眼角余光瞥到一行人怒气冲冲来到面前，吓得手一抖，东西直接掉到下面一层的甲板上。

经过掉落的冲击，极具杀伤力的味道更浓郁了，翻倍爆发出来。

经理和许久安赶紧跑到栏杆边往下看，好在没有砸到人，却吓跑了好几个在下方甲板散步的人。

经理怒喝："What are you guys doing?（你们在做什么？）"

许久安听那两人刚才说的是中文，也顾不得什么了，用中文连珠炮式似的问："刚刚掉下去的到底是什么？吸入之后对人体有没有什么危害！到底会不会死人？"

反观对面的两人，当场被抓竟没有一点害怕，一副被撞见也无所谓的样子，而且那个穿烟灰色毛衣的男人，毫不掩饰对许久安的嘲讽，勾唇笑道："能有什么危害？不过就是一个鲱鱼罐头，臭味浓了点。看你那副怕死的样子真是太搞笑了。"

许久安不敢相信地重复一遍："鲱鱼罐头？"

如果有世界上最臭食物的评比，来自瑞典的传统食物——鲱鱼罐头一定拔得头筹。这是一种将处理过的鲱鱼装进罐头里任其自然发酵的东西，经历一段时间形成的恶臭在开罐那一刻尽情释放，很难想象为什么有人愿意自虐一般地食用它。

一旁的梁泊不以为意地撇撇嘴说："怎么？这位小姐，你以为我们是恐怖分子吗？你看我长得这么帅，相由心生，怎么可能是恐怖分子呢？"

虽然这不是一场关乎全船人性命的安全危机，但是鲱鱼罐头的味道却顽强得久久不散，船上的清洁工不得不把那块甲板区域隔离，等待海风和时间让其淡去，具体需要的时间还是个未知数。

餐厅经理命一名船员把他们送到值班室找当值主管处理，许久安因为是目击者，也需要在场。

值班室里，主管暂时不在，那名船员请许久安帮忙看着二人，他出去找人。

留下来的许久安规规矩矩地坐在沙发上，梁泊坐到她身边，没想到已经查明只是一个罐头惹的祸还会有后续处理，看来事情没有想象的简单，说话的语气因时而异，变得有些讨好的意思。

“美女，你叫什么名字？”

许久安不理他。

“你看，其实这件事我们也挺无辜的。我们在甲板吹风的时候，有只不长眼的海鸟叼着一个不知从哪捡的鲱鱼罐头，飞着飞着就飞不动了，所以丢到船上，凑巧被我们捡起来，一时好奇就打开了。”

许久安瞟他一眼，再看一眼靠墙酷酷站着的毛衣男，老实直言：“你不用骗我！我明明听见你们其中一个问另外一个‘带来了吗’。”

接着，她拿起桌上的一本《国家地理》杂志假装认真翻看。

不管她理不理，一只手拿着一张卷起来的五百欧元递到她面前。

还是那个梁泊，姿态比刚刚更低，嬉皮笑脸地试图说动她串供：“你是不是今天过生日？我们在开罐头的时候，听见旁边一个女声自言自语什么生日快乐、长命百岁。哎呀，大寿星，像你这么善良好看的女孩子，百岁哪里够？一定要千岁千岁千千岁啊！事发突然，我没准备什么礼物，直接包个现金红包成不？麻烦等下主管来了，你帮忙隐瞒一下，就说是海鸟丢到船上，被我捡起来，反正它们平常飞在天上胡乱拉屎这种事也常做，背个黑锅一点都不委屈。而且，以后你在船上遇到任何事都尽管找我们，我是没有山但有水的梁山伯，梁泊。他叫苏易，日子过得轻松容易的易。”

原来烟灰色的毛衣男叫苏易，明明他才是开罐头的始作俑者，此刻却事不关己站在一边，耳朵里还塞了耳机，闭眼听音乐，让朋友出面赔礼道歉。

许久安不喜欢这种人。

“不用了，我不会帮你们撒谎！我到门外去站着等。”她表明立场，站起来往外冲，竟撞进一个高大的男人怀里。

“许久安，船上不能随意乱跑。而且，我看你果然过虑了，一点也不晕船嘛。”怀抱的主人温和地劝告，竟是韩哲。

“你？你是当值主管？”

“不算，今天不是我当值，但值班主管听说你们都讲中文，就委托我来处理了。他还在准备安全演习的事。说吧，到底发生什么了？”

事情很简单，许久安把自己听到的和看到的都如实叙述一遍，只不过梁泊坚称带罐头上船和打开罐头的人都是他，苏易只是同行的朋友，是被自己强行拉过来看的，与整件事毫无关系。

“你说你看到苏易把打开的罐头递给梁泊处理？”韩哲询问许久安。

梁泊眼巴巴地望着她，悄悄伸出五个手指头，代表五百欧，可她果断点头。她才点一下头，他就慌得两只手十根指头全部伸出来，可是许久安还是继续肯定地点了好几下头。

韩哲思考片刻便给出一个初步处理意见：“二位的做法的确造成船上混乱，尤其在登船第一天就给甲板上的多位乘客留下不愉快的回忆，让一千多名船员为营造宾至如归的环境而付出的努力付诸东流，对我方的声誉也有着不容忽视的负面影响。趁现在船未出发，不如请二位下船离开，已付船费在扣除我方损失后会退还一部分。当然，下船处理还需要船长做最后批复，如果不嫌麻烦，你们可以往上申诉。”

如此形势下，梁泊自身难保，还是力保苏易，叫嚣着：“申诉！当然申诉！凭什么啊？一人做事一人当，我下船可以，他不能下！”

韩哲爽快地同意：“如果梁先生自愿全责接受处理，苏先生当然可以按自己的意愿继续参与本次航行。”

就在这时，苏易忽然出声："不必了。" 许久安看见梁泊不断挤眉弄眼暗示他别说话，但苏易冷冷地承认："不是他，是我开的鲱鱼罐头！我知道船上的生活比岸上枯燥，整个行程又闷又长，所以事先准备了一个吃苦仪式，想让自己早日适应这一百天的生活。"

见他一口气全认下，梁泊急了，嚷嚷："喂，苏易，你怎么能认！我下船没什么关系，但你要是被赶下船，回到家里就说不清楚了！毕竟是你爸非要把你送上这艘船，我只是来陪你以及打发打发时间。"

听两人说话的口气，韩哲一时间也忘了继续追问事实真相，当下主要是被苏易口口声声的"吃苦"气得面色严峻。

他从普兰尼特号首航时就在这艘船上工作，环游世界是很多人的梦想，而他何其幸运一次又一次地实现着。虽然，普兰尼特号不算顶级豪华邮轮，但绝对不算吃苦的地方。

许久安也愣了，即便她还没来得及探索邮轮全貌，也能从她经过的这些地方，窥见宛如梦境的一角。尤其是船中央有八部透明电梯，她在乘坐时透过玻璃可以看到各层楼的精美布景，对她来说，此地已经是应有尽有了。

对于苏易的话，只有梁泊深以为然，连连点头说："每天只能跟着轮船的航线走，一堆安保规矩要遵守，在海上的时候插翅难飞，活动无非游泳、跳舞、瑜伽、看戏这些无趣的，不能骑马也不能攀岩，风景除了海还是海，靠岸的时候又要惦记着起航时间，必须准点回来，心里随时装着个闹钟，哪里有自由？当然苦！"

如此纨绔的论调让人根本无法接话。

许久安从未有过骑马攀岩的生活，现在邮轮提供的服务已经大大满足她的所需。原来让她激动不已的新生活，对于别人来说塞牙缝都不够。

韩哲更是生气，只不过面对乘客，他只能竭力压抑住怒气，徐徐道："苏先生、梁先生，我在海上八年，为普兰尼特号服务也有三年，我的生活基本上是以船为家，当你到别人家中做客，主人盛情款待时，请不要失去基本的风度和教养。既然二位对我的船有偏见，我看不如留在船上慢慢改变心态，千万别急着下船。”

“你刚刚不是还要赶我们下船吗？”梁泊不嫌乱，还在多嘴。

韩哲脸色一沉道：“我改主意了，邮轮损失核算清楚后会记到账单里，二位还请尽情享受本次难忘的航海之旅，好好苦中作乐！”

事情处理完毕，两个男人郁闷地离去。

韩哲把许久安送到电梯口，告别时嘱咐一句：“那两人不知道什么来历，你以后在船上小心些，如果他们对你有任何不轨及报复举动，你要第一时间告诉我。我会为你的安全负责到底。”

许久安虽然头次出门忐忑不安，但想想这艘船加上乘客和船员，一共载有四千余人，看那两人嚣张跋扈的态度，多半不是普通舱位的乘客，平常出入的应该是船上的高级消费场所，不太可能再照面，所以并不怎么担心。可是，韩哲的关心还是让她倍感温暖，她连说了好几声“谢谢”，依然觉得不能表达自己内心满得要溢出来的感激。

此后，韩哲回到值班室，拿起苏易和梁泊填写的乘客资料，看见客舱号码是6251，顿时心头滋生的不安像滚雪球一般越来越强烈。

他记得许久安的客舱号码是6249，船上的客舱安排是奇数与奇数相邻，偶数与偶数相邻。也就是说，许久安的客舱和苏易二人的客舱是相邻的，未来一百天，他们抬头不见低头见。这也说明，苏易二人摆出的贵公子派头极为奇怪，因为内舱房狭小密闭，价格是全船最低的。

第六层内舱房区域，许久安极其疲惫地回到房间，躺在床上，小睡了一会，醒来才注意到房间门口多了两个箱子。一个是她的，一个很陌生，想来这应该是她未来一百天的室友的行李，由工作人员送过来的。

刚刚登船诸事繁多，两人还没来得及正式见面，也不知道对方脾气好不好。同室相处的这个人，甚至比船上的食宿条件、娱乐方式和船员的服务态度，更直接地决定了此行是否愉快。

下午四点半的时候，屋外忽然变得热闹。

许久安打起精神开门往外看，发现大家都不约而同地往楼梯走去，个别乘客甚至走得极快，不知道发生了什么。

她看到的人多是深眼窝和浅色眼珠，偶见几张亚裔面孔，她刚开口问，对方却用不知是韩语还是日语的陌生语言回话。

下行的楼梯上挤满了人，大家似乎都想离开这艘船。

难道除了鲱鱼罐头这个误会，邮轮上发生了真正的危机？

末日来临般的心情再度降临，莫非她真的活不过这个生日？许久安无法控制内心的恐惧，涌动的人群在她眼中像张满载绝望的渔网，大家都被网住了，等待死之宣判。

她靠着墙，缩在角落里，短短时间发生这么多事，她累得想要听天由命算了，不再争了。

一个红鼻子老爷爷经过时，见她神情不对，干脆和蔼地拉住她的手一起往下走，告诉她人这么多，她这样魂不守舍的很容易被踩踏误伤。

她木讷地跟着他一直来到矮层甲板上，看到很多个穿着EMERGENCY（紧急情况）荧光绿背心的船员正组织大家听从指挥，同时拿出橘黄色的救生衣分配给个别乘客。

牵着她走到甲板的老爷爷只是安静地排队，似乎不急着要救生衣，把生死置之度外。

许久安见老人都能如此从容，用力掐自己一下，深吸一口气，告诉自己活到今天已经是万幸，她可以死，但帮她的好心人不能就这么葬身大海。

于是，她奋力挤到前排，拉住一个忙碌的船员，指着救生衣表示要一件给那边站着的老爷爷。

船员只一个劲问她是哪个客舱的。许久安说不出英文，用中文怒吼：

“难道哪个客舱的就那么重要吗？你们是要按客舱等级来决定发放救生衣的顺序吗？”

海风如耳光一般拍着脸，霎时间她哭得狼狈不堪，泪腺像接着大海，眼泪源源不断。

“这女人好像是刚才那个找过我们麻烦的怕死寿星？”一声嘀咕传到她的耳朵里。

她闻声望去，看到苏易和梁泊两人穿着救生衣站在左边，居高临下地看着她。

许久安顾不得旧怨，扑上去恳求他们：“我求求你们，你们帮我去找船员要一件救生衣好不好？你们肯定是高级舱的乘客，再要一件也不难。”

苏易和梁泊眼神复杂地对望一眼，半晌后，后者率先笑出声，揶揄：“寿星，看来你真的很想千岁千岁千千岁，惜命惜得紧啊！”

而苏易则是懒得跟她废话，干脆利落地脱掉身上的救生衣，甩手递给她，像施舍一样。

“谢谢你，没想到你关键时刻这么无私无畏。”听到热泪盈眶的许久安的感谢词，苏易却觉得怪怪的，索性别扭地望向别处，只不过心里偷偷回味了一下这句话，他没被这样夸过，好像挺光荣的？

过了一会儿，梁泊戳了戳他，忍俊不禁道：“嗨，你看！”

苏易看过去，许久安已经挤到人群中一位老人的面前，含着眼泪帮他穿上，自己则眼神坚毅地望着组织逃生的船员，湿润的脸上既有害怕，也有决绝。看上去，她虽然恋生，但也做好了下一刻去死的准备。

“这家伙，该不会把救生演习当真的了吧？难怪说话那么奇怪。”苏易皱着眉，自言自语。

梁泊也是这么猜的，笑得越来越夸张，苏易顶他一下，示意他闭嘴。他们知道这是救生演习，所以随手让出一件救生衣不难，但这个女人可不知道，还把好不容易借到的救生衣给了老人。

梁泊问："你原谅她了？她可害我们差点被赶下船。"

"没什么，只是觉得她好像也不是只会打小报告那么差劲。关键时刻还是挺无私的嘛。"他把那句话回敬给她。

苏易旅行的经验多，救生演习这种事参加过多次，此刻懒得仔细听，无聊地留意着许久安。

她刚刚因为频频讨要救生衣的事引起了小范围的骚动，外国船员已经请了会中文的船员来协商沟通，正巧又是那个韩哲。

韩哲正感叹很巧，却看见许久安眼角的泪珠，诧异道："一会不见，你怎么哭了？"

"我……"她见到他就语塞了，猛然想起在值班室里听他提起过值班主管在准备安全演习的事，所以才让他来处理鲱鱼罐头事件。

现在想想，逃生一事疑点颇多。

船还未到起航时间，逃往陆地的路线明明很近，为什么船员仅是组织大家在甲板候命？尤其是他们正在慢条斯理地解说如何穿戴救生衣，还让领到救生衣的部分乘客依次上前演示。

许久安望向刚刚借救生衣的方向，苏易正好避开她的视线，而梁泊的脸上还没来得及收回嘲笑，笑嘻嘻的，一副唯恐天下不乱的猴子相。果然，自己是犯傻了！

接着一声口哨响，船员宣布解散，如果乘客没有听懂逃生步骤，可以在客舱的电视上获得更详细的说明。

大家散得很快，毕竟是登船首日，大部分人都兴奋极了，急着开启度假模式。

韩哲还在等她的回答，许久安此生从未觉得如此丢脸，半天都想不出一个合适的理由，支支吾吾地回："我……我以为逃生是真的。"

"救生演习有在船上广播通知过啊。所有邮轮在航行之前都要举行例行的救生演习，以免海上灾难真正降临之时，大家不知如何面对。之前，我们有船员问你要客舱号码，是为了有序地组织救生演习，根据安排，由各个船员负责不同客舱范围的乘客进行演习，每个区域仅发放数件救生衣示范使用，当然，实际情况中是一人一件，甚至超量储备。”

她的头埋得更低了，说：“我回客舱后就睡了一会，连送行李的敲门声都没注意到。”

还好这时有人来解围，是那个穿救生衣的老人，他走路慢，刚从前面示范了回来，走到许久安身边，脱帽感谢了她。虽然这个东方女孩看上去不会讲英语，但他凭直觉认为，这个女孩可能把救生演习当真了，所以才急着为他找救生衣。

“You are pretty and brave.”

韩哲翻译道：“你很美丽和勇敢。”根据这位老人说的话，他才得知她把逃生当真的，还把救生衣让给别人。他航海多年，也曾遇见过海难逃生的紧急情况，知道生死关头的抉择有多难。没有人想死，而生是有概率的。

许久安慌忙摆手，央求：“别说了。好丢脸。真的好丢脸。真的真的。”

“你很美丽和勇敢，”韩哲重复了这句话，“这次不算我翻译别人的。”

“我……我走了……”许久安不知如何接话，落荒而逃。

她还是胆小的，不过这次勇敢了一回。

幸好，只是虚惊一场。

幸好，她还活着。

幸好，她还可以继续搭乘普兰尼特号，去完成常青哥的梦想。

环游世界的梦想，不属于胆小如鼠、大病初愈的许久安，而属于曾与她同住一个病房近一年的令常青。

在大多数学生抱怨家与学校两点一线时，许久安多了一个点——医院。

印象中，这个点吞没了她大量的时间，她偶尔回一次家，偶尔去学校上课和参加考试，但常常在医院待着。

医生曾诊断她很难活至成年，所以父母为她取名为久安，这一生别无所求，只希望她活得长长久久又平平安安。

每一天，她都过得战战兢兢，父母总是强颜欢笑，似要一口气满足她在世间所有剩余的心愿，看向她的眼神总是充满了离别之意。

她不知道什么时候是死期，只知道近了近了，仿佛隔着一扇虚掩的门，听到长廊那边慢悠悠走过来的脚步声，却不知道什么时候那个拿着镰刀的死神会拉开她的门。

医生总说她是最乖的病患，再苦的药一口就咽了，再痛的针毫不犹豫就打了，再折磨的治疗方案也咬着牙撑到底。

每一年的生日，她都是怀着侥幸般的心情度过。

十八岁成人的时候，她很开心。她破了诅咒，新的治疗方案也有眉目了，准备进行的手术有了资源，她也许可以从此摆脱病痛与死亡的阴影。

过了几天，病房里有一个阿姨走了，又住进来一个年轻的帅哥。这就是令常青。

他刚入院的时候，完全看不出来是病人，身材挺拔，每一寸肌肉都充满了让人向往的活力，肤色是被阳光晒出来的健康巧克力色。然而随着日子一天天过去，他像是融化了最外面的巧克力糖衣，露出内里的牛奶糖，显得越来越苍白与虚弱。

许久安经过护士站，经常听到小护士们一脸可惜地讨论，那么帅，特别像个偶像明星，可惜了啊。

当时病房里只有令常青和她是年轻人，许久安没什么朋友，一直想和他熟悉起来，好有个唠嗑的对象。

然而令常青脾气特别大，经常摔东西，搞事情。他尤其喜欢把输液的速度调得特别快，有些药水输起来很痛，他也一样调到最快，自己痛得大汗淋漓还咬紧牙关继续坚持。

“令常青，你就算把药输得再快，你的病也还是只能慢慢养。”护士站也只有一个泼辣的中年护士长敢对他怒吼，别的护士妹妹柔声劝他更加没用。

护士长一离开，他还是我行我素，似乎希望那些深入骨髓的痛能够刺激他身体深处沉睡着的反抗力量，打一个精彩的翻身仗。

许久安常常趁他闭着眼睛忍痛煎熬时，拿条毛巾帮他擦汗。

他有时痛得察觉不到她的动作，有时忽然睁眼，直直地盯得她汗毛倒立。

“常青哥，养病急不得的，我就养了十八年呢。”她鼓起勇气和他说话，他却别过脸。

于是，许久安在病房里还是孤独的，病床边堆着一摞高高的书，没事就翻翻。从小到大，她去的地方极为有限，对世界的了解仅限于书中一个一个排列组合成不同信息的文字，甚至有好多教学内容她都是通过自学完成，就这样，她的考试成绩还能在班里排上游。

她最爱翻的是一本旅游杂志，非洲草原上动物的大迁徙，赤道国家永远炎热的夏天，世界最北端的灿烂极光……这些风景只是用文字描述，都令她大开眼界。

每当她看这本书的时候，令常青的神色也变得温柔一些。

“有些地方我去过，要不然我给你讲讲？”他看她痴迷的模样，居然主动搭话。

许久安瞪大眼睛，大呼：“你去过？”

“嗯，每年我都会用十一个月来打工赚钱，剩下一个月到处旅行，不过比起真正的旅行家，我去的地方还是不多。我此生最大的梦想就是环游世界。”

可是，这副日渐萎靡的躯壳，连赴汤蹈火、万死不辞的机会都不给他。化疗几次之后，他连起身都要护士帮忙。

令常青不解的是，与自己相反，越来越好的许久安怎么会在一个深夜像个幽灵一样哭个不停，吵得浅眠的他无法入睡。

“又不是要死了，嚎什么！”他骂一句。

窗外夜色正浓，许久安完全沉浸在自己的悲伤中，被吼也毫无反应。

“许久安！”他深恶痛绝地喊她的名字。

她总算清醒了，带着泪珠抬起可怜巴巴的小脸望着他，吞吞吐吐地说：“常青哥……医生说我的手术排好日期了……可我怕他们还是治不好我……我怕这个希望破灭了……我就没什么可期待的了……”

也许是幻觉吧，令常青竟然在刹那间被月光笼上一层温柔之色。

他抿着唇，艰难地翻身下床，摔倒在地上，却不准许久安扶，他用了将近半小时才爬起来，浑身被汗水浸透了，像淋了一场大雨，他弓着背，坐在她的床边，想要抱她，却真的不剩一星半点的力气了，于是只能板着脸吼：“过来，让我抱抱。”

许久安听话地钻进他的怀里，搂着他瘦弱的腰。

他好脆弱，好像一折就断。

她哭得更猛烈了。

为了省力，他垂头，下巴抵着她的头顶，说话很慢很慢。

“许久安，你会好起来的，你会长命百岁，你会活成一个老妖怪。”

这话听着好，她笑一笑。勇气啊，就这么一下子灌满了。

果不其然，手术过后，许久安康复得极快。

令常青沙哑地问：“安安，你出院后想做什么呢？”

“不知道，我之前参加了高考，考了一所不错的大学，但是因为继续治疗就办理了休学，现在还剩大半年的时间。我从来没想过自己可以活这么久，所以也没有计划过这么长远的将来。”

她本来以为是绝路的人生，忽然迷雾一散，变成了车水马龙的十字路口，有许多条路可以走。

令常青伸出瘦骨嶙峋的手，握住许久安的手，他的那么冰，她的那么暖。

“在发现身体出问题之前，我终于凑够了钱，买了一张一百天环游世界的船票。我本来对踏上这趟旅程充满期望，谁知道一个早晨我忽然昏倒了。我一直没有退改签这张船票，我以为自己能够在起航之前好起来。现在，离开船还剩两个月的时间，根据购票规则，开船前三个月以内，取消费用为船票的百分之百。我想，这样的话，还不如把票送给你。安安，你就像我妹妹一样，你的十九岁生日快到了，也快要出院了，这张船票给你当生日礼物好吗？”

“可是，你的病还需要花钱治疗。不如把票折价卖给一个旅游爱好者吧？”

“我的病在保险公司承保范围内。你不用替我担心，你只要想清楚回答我，你想环游世界吗？或者说，你愿意代我完成环游世界的梦想吗？”

那个夕阳西下的傍晚，贪生怕死的许久安竟没有细想，果断点头。

三月的一天，始发港口城市温度十一摄氏度到八摄氏度。

下午六点整，普兰尼特号正式起航。

在十九岁之前，许久安一直小心翼翼地生活，不去危险的地方，不交桀骜的朋友，不做任何有风险的事，而十九岁这天，她毅然踏上了充满无数变数的环游世界之旅。

第二章 海上巡游

Chapter 2

既然活着，就要尽全力活得精彩，把想做的事都做了。

We travel around
the world.

起航时，许久安站在甲板上，痴痴地眺望着海岸。

邮轮以二十二节的航速航行，过了不久，岸边的建筑小得再也看不清，占满她视野的是一望无际的碧海蓝天。

从今以后的一百天，她必须真正的以船为家。

船上的生活和陆地不同，需要适应的地方很多。但许久安盘算了一下，为小命着想，觉得自己最急需学习的项目是游泳。万一不幸落水，至少她不怕水。

她的过往人生让她习惯了先想好最坏的可能，然后做最大的努力。被病情耽搁了十多年的她现在行动力很强，说做就做，立刻探察情况去了。

船上第十二层有游泳池，一个深池，一个浅池，还有四个一直冒泡泡的按摩浴池，四周则摆满了沙滩椅，有单人藤椅，也有垂下白色布帘相对私密的双人躺椅。

许久安路过一对正在双人躺椅上激吻的新婚小夫妻，她红着脸加速跑开，却忘记了这是泳池边，水多路滑，一下子栽进水里。

正值日落时分，大部分乘客都如痴如醉地欣赏着壮观的夕阳。许久安吞了几口水，只觉得一秒像一个世纪那么漫长，却还是没有人来救她。

在这生死之际，连讨厌的声音也变得无比动听，是来自那个开鲱鱼罐头的苏易。救生演习的时候，他在甲板上吹久了风，感觉有些冷，散场后就直接来恒温泳池泡一泡，没想到这次真救了许久安一命。

“女寿星，如果你再这么不小心的话，看来只能英年早逝。”他一边说，一边伸手去拉她。

许久安感觉不远处伸来一只手，迫切地去抓牢。

“你别拉好吗？泳裤都要被你拉掉了。”苏易被吓得也喝了一大口水，好在他的技术不错，还是把她拽出水面。

几近昏迷的许久安如同抓到救命的稻草，生怕他借机报复把她放开，趁着还有一丝力气，八爪章鱼一般手脚并用地缠上他。

她贴得很紧，头一次感到男人的身体和女人的这般不一样，她的身体很软很冷，而苏易的身体很壮很暖，浑身精瘦的肌肉硬邦邦的。

在别人看来，亲密的两人就像是在水下缠绵一样。苏易显然不愿意被人这样误会，尤其是这种姿势，他根本无法游到岸边把这个“包袱”甩掉，只能勉强浮在水面，冲着泳池边上坐着看热闹的梁泊怒吼，让他快点把许久安弄走。

梁泊放下手里的莫吉托调酒，吹声口哨，调笑说：“恶羊扑狼，送上门来的福利你为什么不要？再说，她欠我们的多着呢。”

晶莹的水珠顺着苏易杀气腾腾的脸掉进水里，梁泊似乎嫌命长，还乐不可支地朝他泼水。

“苏易？”

就在这时，一个穿着黑色连体泳衣，头上戴着泳镜，脖子上挂着防水MP3播放器，仿佛专业游泳运动员的短发女郎从不远处走来，疑惑地喊出苏易的名字。

黑色衬得她的肌肤雪白，夕阳的余晖在她身后如同天使的翅膀。她美得毫不刻意，风情浑然天成。

梁泊听到这个声音，明显身子抖了一下，二话不说立马下水帮苏易，欲把许久安揪走。他知道，自从在大学里遇见任丹儿，苏易四年来对这个女人念念不忘，纯情又专情，可惜没有任何结果。

“任丹儿，你也来了啊？呵呵！”梁泊一边打哈哈，一边用力掰开许久安的手，实在掰不动就恶狠狠地拍打她，低声念叨，“快松手，要是被任丹儿误会了，苏易会发疯的。我和你都没有好果子吃。”

许久安仍没有反应，他几近哀求：“姑奶奶，醒一醒，求求你快松开。”

这些话对于忽然落水吓得神志不清的许久安来说，没有任何意义。她只是本能地把苏易缠得更紧了。

她不能死，她心中有强烈的执念。今天生生死死的威胁反复来袭，她本来没有心脏病的，现在都快吓出病来了。

任丹儿走近了，摘下泳镜和MP3，轻轻地拂了一下湿漉漉的头发，不经意地问：“苏易？梁泊？这是？”

如果怒气化作热量可以散发出来的话，估计整个泳池的水早被苏易煮沸了。

“我女朋友，哈哈哈，刚刚不小心一脚踩空掉进泳池里，幸好苏易靠得近，把她救起来了，但她胆子太小，一直抱着苏易不放。”梁泊急中生智，内心吐血认了下来。

直到这时，水中的苏易面色才稍有缓和。

任丹儿对于别人的感情一向不关心，但是梁泊的女友Emily恰好是她的大学同学，她光明磊落地道出自己即将要做的事：“梁泊，我上船前，Emily还托我帮她注意你，说你是花心大少，这一百天不知道要兴什么风作什么浪。我本来回绝了，说我不习惯窥人隐私，挖人秘辛，但是你既然大大方方地对我承认，那么我也只能如实转告。”

“任丹儿！任丹儿！任丹儿！”

任丹儿随即道别，梁泊着急地喊她回来听他解释，然而她走得果决利落，连头也没回。室内的恒温泳池有这两人，她宁可去室外吹着寒风游另一个泳池。

“许久安！”此刻的梁泊恨不得将她大卸八块，盛怒之下一拉就把她从苏易身上扒下来了。他揪着她甩到岸上，就像把鱼甩到案板上一样。

许久安被摔得极重，痛到彻底清醒，后怕地爬得离泳池远了很多。

“苏易！你倒是说句话！”梁泊转头看苏易，他还在水中央，目送着任丹儿离去的背影，刚刚她在的时候，他一句话也没说。现在她走远了，他像是忽然活了过来，如蛟龙一般迅速地游了几个来回，这才释放了狂喜，恢复了正常。

“梁泊！她真的上了这艘船！”他扑腾着水花，夕阳已落，但他心中的太阳却冉冉升起来了。

梁泊被他泼了一脸水，吐槽道：“是啊，你毕业之后不急着工作，被你家老头送上这艘船。你希望任丹儿也上船环游世界，和她有更多的相处机会，但你知道直接邀请肯定会被拒绝，所以拉着我给她的邮箱发广告邮件，在她租的公寓的公告栏和她等公交的站台报纸栏贴宣传资料，甚至在她上下课的必经之路上雇人发传单，总算让她登船度假。你是如愿了！”

接着，他话锋一转，像只猩猩一样捶胸呐喊：“那我呢？Emily这下铁定和我分手！”

苏易清楚梁泊的性子，这人并不是真的难过，所以他对梁泊的遭遇深表遗憾，但并不同情，直接戳穿：“你当初跟着我买票上船，不就是因为觉得Emily太黏人，让你没有一点私人空间吗？梁大少，我看你不是因为失恋而痛苦，而是因为这次是你被甩，不是你甩别人。”

作为兄弟，不厚道地说，他倒觉得Emily是逃出魔掌了，至少不用在梁泊身上继续浪费时间。

梁泊这家伙玩心重，还没定性，从未打算为一棵树放弃一片森林。而他和梁泊的感情观是反方向，他的爱无法分成一份一份的，所有的爱必须整个一块给一个人。

不过男人的友情与感情观并不捆绑在一起，他和梁泊从小玩到大，一起闯的祸多，为彼此背过无数黑锅，兄弟情是铁打的。

要不然，今日明明是他们一起惹的祸，梁泊也不会为了成全他和任丹儿的同船之旅，力保他不下船。

两人吵吵闹闹，都没有注意到许久安上岸不久就裹着一条毛巾逃回舱房。

湿透了的许久安极其尴尬和狼狈地回到六层内舱房。

她颤抖地掏出船卡，刷了一下，推门而入，却见过道上丢满了各式各样的东西。卷发棒、防晒喷雾、过膝长靴……不过都不是她的行李。

她一路避开各个“挡路石”，听着陌生女人的歌声，终于得见真人。

栗色长卷发的女人一边扭腰唱着女歌手Taylor Swift（泰勒·斯威夫特）的*Blank Space*（空白格），一边整理行李，手上拿着桃红色的比基尼，准备挂到衣柜里。里面已经挂了好几件不同风格的比基尼，有可爱的蕾丝花边，有狂野的金色豹纹，还有复古的蓝白横纹。

“阿嚏！”许久安冻得打了个喷嚏。

女人应声转头，吃了一惊：“你是令常青说的许久安吗？我是沈念双。你怎么浑身都湿透了？难不成你没赶上开船，一路游过来跟上的。”

当然是玩笑。许久安配合地苦笑一下。不过今天的教训让她更渴望早日学会游泳，见沈念双那么多比基尼，想必很会游泳，连忙问：“双姐，你会游泳吗？”

“首先，我比你大不了几岁，别叫我姐；其次，我不会游泳啊，”沈念双拿着桃红色比基尼在自己傲人的身材上比画，继续说，“可这不妨碍我穿着美美的比基尼在泳池边晒太阳喝鸡尾酒！毕竟，我的事业线、人鱼线、A4腰和比基尼桥不露一下多可惜啊！”

许久安一一看过她身上的这些线，颇为羡慕。自己病了多年，瘦得像竹竿一样，绝对没有她这样活色生香。

“对了，令常青现在怎么样了？”沈念双继续挂衣服，问道。

为了收回远洋航行的成本和进一步盈利，按邮轮规定，每个客舱必须两张票起售，如果是单人购票，则要补足另一人的差价。所以，令常青如果只是一个人出游，必须一个人买两张票，极不划算。那时候，他在网上广发帖子寻求拼舱的旅伴。

而沈念双正好和原公司的上司大吵一架，愤而离职。明明她离职是因为不愿意帮上司隐瞒对方工作上的纰漏，却被上司反咬一口，到处散布她工作能力欠佳的谣言，让她一直找不到新工作。

她闲着也是闲着，在网上瞎逛时看到令常青的帖子，私信问了有关环球旅行的许多问题，聊了一段时间后，她觉得令常青应该可靠，是真心想找一个旅伴，便决定和他拼舱。

两人一直没有安排线下见面，想着反正登船就见了，没想到令常青一病倒，最后是许久安登船了。

许久安说到令常青就有些低落，回：“他的情况不是很好，不然也不会是我来了。”

沈念双脸上的笑容也凝固了一下，转而提起日后两人相处的规矩：“嗯，令常青说过把船票改签给一个小妹妹了，还说你大病初愈，让我多照顾你。先说好啊，我这人没什么耐心，也不是什么以关爱天下人为己任的圣母，大事我会帮你，但小事你最好自己搞定，能查资料，翻字典和问船员的东西就不要问我。”

许久安猛点头，多年被照顾的病号生活，也让她早已厌倦成为别人的负担。

沈念双打个响指，称赞：“不错，看样子你是个明白人。”

许久安还想多问问她和令常青的事，毕竟令常青入院后脾气不好，倒是经常对着手机傻笑，那时候经常有个美女的头像上显示红色的数字，代表好几条未读消息。

“你和常青哥关系怎么样？”

“还不错吧。毕竟他挺博学多才的，懂的东西很多。我本来想趁着没工作的时候把终身大事给定了，如果令常青不见光死的话就让他升级，过年的时候也不用租个男友应付我那催婚的老妈了。现在他没来，船上所有的单身优质男都是我的备胎！”

许久安听着这些话有说不出的难受，不过她没有在沈念双面前表现出来，毕竟感情是私事，她无权评判沈念双对令常青的态度。于是她借口去洗个热水澡，免得落水之后感冒，在蒸汽氤氲的浴室里偷偷哭了一场。

哭完后，她摸出手机，擦掉屏幕表面的水气，信号很弱，尚能连接，她给令常青发了一条微信：“我见到沈念双姐姐了，是个大美女哦。难怪你这么想上船！等我们环游世界回来，我就和她一起来看你，给你讲讲一路上的见闻。”

还没等到令常青的回复，信号就彻底断掉了，手机成了单机版。

前两天都是海上巡游，毕竟此行有那么多目的地，不可能每个白日都靠岸，只在夜间航行赶路，所以，纯粹的海上巡游日并不少。从航线图来看，两天后第一个抵达的港口是宝岛台湾。

这两天，许久安一层一层地逛遍了整艘邮轮，大概知道未来每天要怎么过了。

先说三餐。

早餐一般选择Room Service（客房服务），最迟每日凌晨两点前，她得把选定的餐单挂在门外的把手上，自然有客舱服务员集中收集，按照上面选择的食物和约定的时间段，在翌日清早准时送来。

午餐主要是自助餐，穿着可以随意，用餐时间也很自由。

而过了下午六点，船方提倡正式着装，晚礼服更佳。在西方传统里，晚餐才是一天中最重要的正餐。厨房会每日更新菜单，供客人选择不同的开胃菜、主菜和甜点。因无法同一时间容纳所有客人就餐，所以晚餐有两个时间段可以预约，早的在六点，晚的在八点。许久安问过沈念双，选了六点。一般如果没有刻意更改预约，以后每天的晚餐时间和桌位都会固定下来，默认与第一天一样。

再说活动。

海上巡游的时候，邮轮上的活动会特别多，几乎从早到晚没有间断。商店区会不定期有品牌珠宝、手表等收藏展览。艺术长廊经常举办各类作品的拍卖会。戏院每天晚七点和九点都会有一场表演，有时是戏剧，有时是脱口秀，有时是乐器演奏，有时是演唱会，视具体安排而定。趣玩中心亦有不少容易入门的有趣课程，比如DIY一件T恤，在鸡蛋上绘画等等。学习沙龙的活动最多，不少活动都是有特长的船员兼任老师，来自巴西的船员教桑巴，来自印度的船员教瑜伽……当然，人气最高的还是每晚在邮轮大厅举办的舞会，随着现场乐队的音乐翩翩起舞。

邮轮靠岸时，会有邮轮方组织的岸上跟团观光行程，跟团需要收取一定费用，当然，你也可以选择不跟团，自助游，这样的话丰俭由人。

最后说一下住宿。

每天有清洁工上门清扫，更换毛巾及必要的日用品，所以船上的环境很适合懒人生活。

电梯口有楼层设施介绍，许久安站在那，牢牢地记住每层楼的功能分区，逐步完善脑海中的船形图。

她看得入神，就像一个仔细画重点复习备考的好学生，韩哲站在她身后许久，她都没察觉到背后有人。

“晚上好，许久安，有什么不明白的地方吗？”巡船的韩哲看她好像遇见什么疑难，一直在咬嘴皮。

“啊！晚上好，韩船员，”她按捺住小鹿乱撞般的小开心，指着楼层介绍牌，一层一层地数，“一、二、三……十一、十二、十四、十五……为什么没有十三呢？”

“就像国内有些楼层会避免‘四’这个数字，在西方，‘十三’是他们眼中不吉利的数字，所以没有十三层。”

“这样啊……”许久安恍然大悟，还想继续和他聊天，毕竟她不敢说英文，船上能用中文聊天的就这么几个人，苏易和梁泊想都不用想，根本没有共同语言，而沈念双经常跑出去参加各种活动，飞快认识了很多来自不同国家的朋友，连晚餐都经常和其他人约。

可是，她暂时找不到什么其他问题，只能站在那里期期艾艾地说废话，懊恼自己为什么这么不会找话题。

“还有什么问题吗？”

她摇摇头，又点点头，总算想起一个至关重要的问题。

“你知道船上会开游泳课程吗？”

“我看过航海计划，这个因为乘客们需求不强，我们就没有安排。怎么？你想学？”

“我是想，万一沉船的话，也有自保的本事。”许久安不知道这是否算个忌讳，在船上提沉船，但她觉得韩哲是个好相处的人，她也就放下心中的担心，对他畅所欲言了。

韩哲笑了，他一笑就很好看，他低头凑近许久安的耳边，压低声音：“下次别在其他船员面前说‘沉船’这个词了。”

“对不起对不起对不起！”她明白自己说错话了。

“你是和我说，所以没关系。我会帮你问问活动处有没有可能增加游泳课程。”

韩哲走后，许久安按了电梯下行的按钮，去往第四层的戏院。

根据今天的船上日报，晚七点的时候应该有一场莎士比亚的英语戏剧。

当许久安早早到戏院等待开演时，苏易和梁泊正在咨询处询问任丹儿的房间号。原因是这几天苏易费尽心思想要与任丹儿偶遇，但总是找不到她人在哪。

苏易干脆解下手腕上镶着碎钻的男士手表，正气凛然地告诉工作人员，这是一位叫任丹儿的女性乘客在十六层日落观景台遗落的手表，被他捡起来，但是想还给她的时候见不到人了。

“Sorry, sir, there’s no passenger named Daner Ren.（对不起，先生，这里没有一名叫任丹儿的乘客。）”

苏易想不通自己明明在邮轮上的游泳池见到过任丹儿，怎么会找不到？他认定是工作人员根本没有搜索乘客名单，气得正要拍桌子时，工作人员又说找到了，不过不是在乘客名单上，而是在工作人员名单上。

任丹儿申请的是表演类工作，毕竟她学的是艺术专业，又从小学乐器，很顺利被录用了。

苏易不觉得意外，这才是任丹儿。以他对她有限的了解，他知道任丹儿很讨厌依靠家里，凡事喜欢自力更生，留学是靠奖学金，生活费是靠在酒店拉小提琴打工赚钱，一张船票价格不菲，成为工作人员上船倒的确是她的作风。

咨询处的人又帮苏易查到任丹儿现在处于非工作时间，拨打舱房电话时是她的室友接的，说她没在房间里，好像说要去戏院听戏。

苏易匆忙地戴上手表，奔向戏院。

梁泊慢条斯理地抛给帮他们查询的女员工一个飞吻，道声谢。

苏易到时，戏剧已经开始了。

除了舞台的灯光是亮的，其他地方都是暗的。

然而苏易就是有本事在黑暗中找到在他眼里星星一般发光的任丹儿。他不敢冒昧地坐到她的旁边，而是坐在她的身后，上半身微微前倾，打了声招呼。

“你也来看戏吗？”

“嘘！”任丹儿竖起一根手指，放在唇中央，“闭幕之后我们再讨论吧。”

虽然很高兴她说闭幕之后有机会聊聊天，但是戏演了一半，苏易还是云里雾里，如坐针毡，而身边的梁泊更荒唐，往后一靠就睡着了。

苏易尽力了，他严重怀疑这是英语吗？还是外星语？

他和梁泊都是高中时就被家里送出国留学，留学生活放荡不羁，大部分时间是和像他们一样被家里送出来镀金的纨绔子弟混在一起。几年下来，英语日常交流没问题，深入的学术讨论则完全干瞪眼。

可是，平常看电影都看得懂，今天怎么听个戏就变白痴了？

戏已过半，他凝视着暗夜中任丹儿眼中噙满的泪珠，更加焦躁不安。这出戏到底讲的是什么？

梁泊一直说任丹儿是冰美人，鼓动他用更多的时间更多的热情去融化。

苏易到这个夜晚才幡然醒悟自己怎么能听梁泊胡说八道呢，自己连任丹儿为何而哭都弄不懂，在她的世界里毫无立足之地。

无奈之下，苏易只能起身，到男厕所里躲着，拿出手机开始搜索这出剧。

厕所里传来砸手机的声音，在这种关键时刻，他的手机竟然没网。

他站在马桶上，蹲在地上，换了各种角度，依然搜寻不到信号。

没办法，他只能一路快跑到邮轮的网络中心去申请开通无线网络。

按邮轮的收费标准，在网一分钟需半美金。毕竟身处汪洋大海，船上对外的电话和网络都是通过卫星线路连接，成本高昂。

“你说什么？你说我的账户中有未缴清的欠款，所以不能进行新的消费？你开玩笑吧？我登船的时候明明绑定了信用卡支付，额度是无上限。”苏易咆哮。

对方回复系统就是如此显示，如有疑惑，他可以马上打电话进一步核实。

核实的结果是，上次苏易因开鲱鱼罐头造成的损失，在使用绑定信用卡时扣款失败。

“我需要马上打电话给我的发卡银行！”

如果这个问题解决不了，确实影响乘客的后续消费，算下来的话还是邮轮的损失居多。因此，网络中心的值班人员帮苏易拨通了卫星电话。

第一个电话给银行，得知作为主卡持有人的苏父已确认将苏易的副卡取消，第二个电话给苏父。

“我给你定的内舱房船票，已经包含了基本的吃住，更多的消费绝不允许。你就老老实实跟着这艘邮轮绕世界一周，回来时，我不希望看到你还是老样子。好吗？”苏父在电话里语重心长地说，“小易，爸爸年轻的时候闯荡事业吃了不少苦，所以生下你之后就竭尽全力给你最好的。但是，你不应该靠家里过容易的人生，我希望你能靠自己把人生过得很容易，这一次，愿你走遍天下路之后能有所领悟。”

“那我平日里上网查资料呢？我现在就想查一下莎士比亚！”

“船上有图书馆，你可以翻书！”

总而言之就是没钱给他花。

苏父还下了命令，不准他找同行的梁泊支援，一旦查到，滚出家门。

最后，苏易垂头丧气地挂了电话，若不是还想再见任丹儿，他连戏院也不想回了。

回自己座位的途中，苏易无意中看到许久安。她也是眼眶含泪，应该是听不懂蠢哭的吧？

他心情不好，没好气地扯了扯她的头发。

许久安被迫往后一仰，看到一脸戾气的苏易。

“你一句英文都不会说，在这装什么感动？”他的自信心正跌入谷底，任丹儿是珠穆朗玛峰那般的高峰，他难以攀爬，现在迫切需要在不如自己的许久安身上找点存在感。

“我听得懂。”她揉揉被扯痛的头皮，说。

苏易大大咧咧坐在她身边，谆谆劝说：“别嘴硬。我看你对着外国船员从来不敢说英语。”

这确实是事实，许久安从小就缺少朋友，连开口讲中文都少，谈何说英文。不过学校发的英文资料她都很认真地学，还有大把的时间自学课外的东西，一年年积累下来，她算得上是个沉默的学霸。

此刻，为了破除苏易觉得她是个骗子的印象，她只能加强自辩：“我真听得懂。虽然今天的戏剧台词中夹杂了古英语，和现代英语很不一样，有点像我们的文言文和现代汉语的区别，但是我以前看过古英语与现代英语的对照表，所以还能听得懂。比如you在古英语中是thou。”

苏易听她说得头头是道，似乎不像是打肿脸充胖子。

本以为许久安和自己一样是低陷的盆地，没想到斗转星移间沧海桑田，她的地势突然变化，越来越高，变成一座小山丘。

苏易承认自己受到暴击，自己连原本看不起的许久安都不如。

他没脸在闭幕后去找任丹儿，干脆揪着许久安，把她拉出戏院，直奔第十层的图书馆，站在一排排琳琅满目的书前，粗声粗气地吼：“快帮我选几本有用的书，让我下次看这种戏的时候不至于两眼一抹黑。”

她凭什么听命于他，问：“我为什么要帮你？”

苏易又重重地扯了一下她的头发，坐在椅子上跷着二郎腿说：“就凭你初次见面就大呼小叫把开罐头的事闹大，害我欠了一屁股债。也凭我大人有大量，慷慨地借过你一件救生衣。还凭你失足落水，是谁差点连游泳裤都被你扯掉了还把你救起来！？”

关于落水的记忆许久安想都不敢想，完全不记得有泳裤差点扯落这一茬，憨憨地问：“我没扯掉吧？”对于这个问题，她十分紧张，高度重视，真的很担心自己把救命恩人扒个精光。

苏易的嘴角抽了抽，怒答：“没有！我的裤子岂能是你这种女人脱得下来的！”

呃，有点暧昧，不可继续这个话题。

他推了她一把，让她赶紧去找书。

许久安找书的速度很快，不多时就抱了一摞书气喘吁吁地放到苏易面前。

他只剜了她一眼，就认命地捧起书看。

许久安在旁正襟危坐，反思这三件事里确实她都多少亏欠他，那她还是在旁边陪他看书好了，万一他有什么问题也能马上帮忙作答。

想到这，她也拿了一本书过来，陪他看。

许久安以为苏易没有耐性，顶多看一会儿，胡乱翻几本就作罢，没想到他居然专心致志地捧着一本书细细地看。

她爱惜身体，有早睡的习惯，即便已经困了也不好意思打招呼说要走。

还好这时在戏院里幸福睡了一觉，被工作人员清场时推醒的梁泊找来了。

“你受什么刺激了？”他见苏易主动看这种晦涩的原文书，觉得新鲜。

苏易没理梁泊，这时看到一个生僻的单词，转头问许久安：“这个单词是什么意思？”

“Hither，类似于here。”许久安见他是真的需要自己，便决定再困也不走了。

梁泊见他是认真的，也不吵他，直接把三个椅子拼成一个简易的睡床，在这里又酣睡了一场。

这一晚，苏易手不释卷看了一整夜的书。

许久安断断续续睡了几小时，每次都是被苏易推醒问新的问题。

大约清晨六点的时候，苏易终于看完了一本书，发现身边的梁泊和许久安都睡得东倒西歪，便把两人喊醒。

许久安迷迷糊糊地走回第六层，发现他们两个人还跟着，就挥挥手说：

“不用送啦！我自己回去就行。”

“谁要送你？你别自我感觉良好。”苏易抢白一句，然后长腿一迈走到她的前面去，打开6251号的房门。

许久安一下子惊醒，看着大力弹回来关上的6251号的门，心情十分复杂地打开了自己的6249号舱门。

苏易和自己一样，住的是最便宜的内舱房？这不合常理啊！他平常的派头摆给谁看？

舱房里，沈念双的睡相不怎么好看，屈身夹着铺盖，还会磨牙，睡得很沉。

“丁零……”一阵刺耳的铃声。

许久安以为是自己的手机铃声，慌张地找关机按钮。

太迟了，沈念双已经被惊醒了，起床气幽怨，她玉臂一伸，捞到床边的电话，恨恨地问：“Who’s that?（谁打来的？）”

听了一会儿，她把话筒甩给许久安，然后整个人缩进床单里，只留头发在外面，传递出谁也别打扰我的信息。

“早安，许久安。”是韩哲。

“韩船员，你怎么会给我打电话？”许久安熬夜后的睡意是彻底没了。

“你们不是早餐单上勾选了七点时段让客房部送早餐吗？按邮轮的工作制度，一般会在送餐前提前十五分钟拨打叫醒电话，因为一些客人很注重个人形象，不希望早上蓬头垢面地开门见人。我凑巧看到这张单子，所以给你打个电话，告诉你，你的早餐正在路上。”

许久安有些呆呆的，以韩哲的资历，这种小事应该不会在他的工作范围内吧？“这么琐碎的事，韩船员也要做吗？一一打电话叫醒乘客？”

“不是。我只是顺便告诉你有关游泳课的事。十分抱歉，活动处没有计划开设这门课，你可以在泳池找会游泳的人私下教你。”

“哦，好的……”许久安有些失望，看来自己必须再想其他办法。如果真掉水里了，她希望自己不是被淹死的，而是尽力自救，哪怕精疲力竭而死。

韩哲挂了电话后，不多久，穿着黑围裙的送餐服务员就来敲门，一个大托盘上叠着好几个盘子，有酸奶、热茶、面包、麦片、烟熏火腿和煎蛋。

沈念双闻到香味自动醒来，一边狼吞虎咽，一边问：“安安，你昨晚去哪了？如果不是船上很安全，我肯定不放心。”

“去图书馆看书。”

“刚打电话的是谁啊？你朋友？”

“韩哲船员。他怕我不习惯船上的英文环境，船上有什么重要的事都用中文告诉我。啊！”许久安忽然尖叫一声。

“怎么了？”沈念双头疼地扶额，小姑娘怎么这么一惊一乍？

许久安摸出手机，对着一片狼藉的早餐托盘，怎么换滤镜也拍不出美感，唉声连连：“我忘了拍照了。我出发前，常青哥让我多拍照，让他也能同步感受船上的生活。”

“好啦好啦，明天送早餐来先让你拍个够！再说了，现在不是在海上没网吗？拍了也没法发。”

沈念双盯着她的手机屏幕，看见上面的信号格亮了一格，然后慢慢地跳到两格……

这意味着到了陆地！

“啊！”轮到沈念双尖叫了，她急忙在吊带睡衣外面套了件长外套，拉着许久安小跑到甲板上，迎风望着薄雾朦胧中越来越清晰的陆地港口，手舞足蹈地欢呼，“这是我们的第一站！到了！”

第三章

独行之路

Chapter 3

人迟早要习惯寂寞，生命中许多事只能一个人做，没有同伴。

邮轮日报上写着今日上午七点半抵达台湾高雄港，晚上八点离港，也就是说下船的乘客一共有十二个半小时可以在岸上自由游玩。

许久安问沈念双要不要出门一起逛，却得知她已经有几个船上认识的老外朋友请她当向导，毕竟中国人对本地交流更方便一些。

“你一起来吧！”

许久安想到沈念双和他们沟通时肯定是用英语，自己到时开不了口，插不上话，便摇头拒绝：“没事，你去吧，我一个人逛就行。”

随后，她回舱整理了一下东西，背个双肩包就出门了，在二层出入口刷了一下船卡代表已下船。

踏上陆地，许久安一眼就看到普兰尼特号的白帐篷，六七个船员在送别上岸的乘客，分发目的地介绍的资料页，为乘客拍摄纪念照或者解说去往景点的交通问题。韩哲在一旁统一调度。

“Have a nice day!（祝你有愉快的一天！）”韩哲刚彬彬有礼地送别上一位上岸的乘客，回头就见热得鼻尖冒汗的许久安。

前几天的始发港还吹着让人头疼的寒风，但是今日抵达的高雄地理纬度要低得多，属热带季风气候，天气明媚，穿一件薄长袖即可。

他立即走到她面前为她挡住炽热的阳光，问：“你没看天气信息吗？”

许久安发现自己又做了蠢事，头垂得低低地回话：“第一次靠岸，太兴奋了，忘记看……匆匆忙忙就跑下船了。”

她本来就个子矮，两人的身高差让韩哲每次都是低头和她说话，她一垂头，这下韩哲只能膝盖微曲，把身子降到和她同一水平线上，如此平视着她。

“没关系，下次你就知道要提前看港口天气状况了。今天停留的时间挺长的，不急着走，你回去重新换套衣服，擦点防晒霜再上岸吧。”

许久安灰溜溜地回去，依言换了薄衫，再上岸时趁着人多刻意沿着边边走，不好意思让韩哲看见。

“许久安，祝你有愉快的一天！”当她正窃喜没被发现时，没想到身后传来一句中文祝福。

不用说，韩哲还是注意到她了。

她多想自己表现得成熟和从容一点，让人放心得下，但她最后还是拔足狂奔。

“咔嚓！”韩哲拿过旁边同事的单反相机，对着许久安的背影抓拍了一张。

发丝飞舞，她像只轻盈的小鹿奔跑着，少女的活力满满。照片效果不错，韩哲把相机还回去时吩咐：“Send to the TV system of stateroom 6249.（发到6249号房间的电视系统里。）”

船上的电视系统不仅可以收看固定频道的电视节目，还有其他菜单可选择查看，比如航线图、邮轮介绍、船上活动、账单明细、个人照片等。

毕竟是她此行第一次上岸，极具纪念意义，他帮她留影了。

根据资料介绍，高雄有八景，分别是“旗山夕照”“埕埔晓鹭”“猿峰夜雨”“戍楼秋月”“江港归帆”“鼓湾涛声”“苓湖晴风”和“江村渔歌”。

由于时间不足一天，许久安无法一一到访。这也是邮轮旅游最大的弊端，只能走马观花，虽然旅途舒服，目的地多，却不能深入当地，世间总是没有完美的事。

驳二艺术特区毗邻高雄港，是用旧码头仓库改造的艺术空间，氛围特别棒，各种创意令人眼花缭乱。

许久安举着相机拍得手软，到最后不得不提醒自己还有许多地方要逛，必须狠下心离开。

她沿着河走，不时有人骑着脚踏车欢声笑语地经过她。有个戴鸭舌帽的男生见她拿着地图，明显的游客装扮，忍不住提醒道："喂，正妹，不要低头啦，高雄最好的景色就在你旁边，这条河的名字叫爱河哟。"

过了一会儿，她听见那个男生的声音又响起："喂，罡妹，不要低头啦，高雄最好的景色就在你旁边，这条河的名字叫爱河哟。"

第一次上岸，对一切都很好奇的许久安忍不住想，为什么一会是正妹，一会是罡妹呢？"正"是夸人好看的，那"罡"呢？

她回过头，看到男生直愣愣地盯着任丹儿看，差点撞上栏杆。任丹儿和许久安只有一面之缘，对方并不是热情的性子，只是点头算是打招呼。

许久安也点了点头，任丹儿的美是属于女人不嫉妒的那种美，因为她身上流露的那种独立的美态，让任何人都欣赏。

想到两个字的差别，许久安一下子懂了。"罡"比"正"多个"四"，也就是正妹的四倍才等于罡妹。路人随口夸自己是客气友好，夸任丹儿却是捧上了天。台湾的流行语还蛮有意思的。

在许久安发呆的时候，任丹儿已经走远。她虽然在船上工作，但非工作时间的时候，也可以上岸自由观光。

许久安收回目光，微微眯着眼，感受着爱河迎面扑来的风。清澈的河水上停留着几艘印着"爱之船"名号的客船，上面载满了成双成对的情侣。

她看到深情拥吻的情侣，马上移开目光，又看到有的情侣在互喂牛奶凤梨，再移开，看到的还是一对举止亲密的情侣。这下，她的目光都不知道往何处安放了，目之所及全是别人亲密的画面，宛如一盘盘喂给单身狗的丰富狗粮。

单身的人最好别来这。她总结道。

还是走吧。许久安抓紧双肩包的背带，正打算快速离开这个地方，却被坐在栏杆上的一个白裙少女吸引了注意力。

她的目光有些呆滞，一直望着爱之船上面的情侣们。

许久安路过她走了一段，最后还是折了回来，观察了片刻，她决定假装问个路。

“请问地铁站，哦不，就是捷运站怎么走？”

“不知道。”女孩子有气无力地回，还是看着爱之船，船上爆发出一阵欢呼声，远远望去，有个男人单膝跪地，似乎是在求婚。

许久安很难描述自己的感受，她曾经一直以为自己活不到成年，所以身上总是死气沉沉，她对这种压抑的气息无比熟悉，她确定自己在这个女孩子的身上嗅到了同样的气息。

尤其是她们面前的这条河，近得只要纵身一跃就掉下去了。

许久安不擅长与人谈心，更别提和陌生人搭讪，她只能开门见山，舔舔干干的嘴唇说：“其实，小姐，我有些担心你。这个地方不适合单身的人来，更不适合失恋的人来。”

女孩子悠悠转过头，露出贞子一样阴森森的表情，很凶地问：“你哪只眼睛看到我失恋了？”

“可能是我多管闲事了，”许久安低着头，迟迟挪不出离开的步子，最后，还是站定了，不管女孩子有没有听，她自言自语着，“这个世界上，我最不理解的就是想要自杀的人，大多数自杀都是瞬间的痛苦，比如说，你想跳河，水涌进你的鼻子、耳朵、嘴巴里，就算你再难受，一分一秒再难熬，实际上也不过是短时间的事，然后你就会失去知觉。这样的死亡太轻松了，这样的人根本体会不到医院里的重病患者长时间等待死亡的煎熬。要我建议的话，这样好好的人却不想活了，不如先去医院捐献了眼角膜，不想面对世界干脆就别看，然后还可以捐献皮肤，体验真正遍体鳞伤的感觉，还可以捐献骨髓和心肝脾肺，不同于遗体捐献，这样的人一定要在活着的时候亲身体验这一切，一点点捐赠自己不想拥有而别人求之不得的健康，等到把所有该捐的都捐了，那个时候，如果这个人还是觉得生命无所谓，也算没有浪费资源。”

听着许久安的长篇大论，女孩子烦躁地吼：“这个世界对我又不好，我为什么要回报它？”

“只是你目前遇到的不好，并不是一直不好，也不是全部不好。”许久安斩钉截铁地说。她知道的，她亲身经历了浓雾般的绝望和烛火般的希望，绝望一点点散去，烛火一点点烧旺。

与此同时，爱之船上，又有一对情侣在大声告白，对着全世界宣誓谁在喜欢谁。别人的恩爱对于女孩子似乎是强烈的刺激，她一下子像黑铁罐子里的爆米花彻底受热炸掉了，捂住耳朵跃下栏杆。

许久安早有防备，刹那间抓住女孩的手，整个人吃力地钩在栏杆上，抓紧了不断下滑的她。

可惜许久安力气不大，而且也不会游泳，不管是继续拉着她，还是之后下水救她，都十分困难，她甚至觉得眼前开始发黑，快要晕厥过去了。

“你放开我！”跳河的女孩使劲甩着许久安的手，像被网住的鱼一样不安分。

许久安的每根手指都像骨折了一样疼，但仍用力扣紧了。她的下唇被自己咬出血，令她缺氧的头脑恢复几分清明。

她瞪着女孩的目光凶神恶煞，“我很恨，很恨，很恨可以健健康康活着，却非要寻死觅活的人！”

她想到了病房中大把发霉的岁月，她想到了面色如白纸眼眸如寒星的常青哥，她想到了医院里常听到的喜极而泣与痛哭流涕的声音。

此时，她大半个身子已经悬空，看着越来越近的水面，她想，还真的必须要学会游泳啊。

水已经将女孩完全包裹了。陷在水中，女孩比她更加惊慌失措，挣扎的手脚不停踹到许久安。

刚刚两人的对峙已经吸引了一些人的注意，许久安听到了三四声“扑通”，有的从船上来，有的从岸上来，应该是有人来救她们了。

也许因为之前有经验，所以这一次落水，她出奇的镇定，感觉自己要落水前就饱吸了一口气屏住，在水下适应了环境就睁开了眼睛，打量水中的世界。

水中的微尘在光线下像漂浮的雪花般，不知道是不是幻觉，她看到韩哲清晰而冷峻的脸庞，他朝她直直游了过来，一把搂住了她。

韩哲游得很快，他下水比另一个救援者晚，但救起许久安却还早两三秒上岸。

许久安关切地望着昏迷的女孩，女孩喝了不少水，那个救援者正在对她做人工呼吸。

韩哲用拇指拭开许久安贴在额前的湿发，见她目光是清醒的，严厉的脸色缓了缓。

“我不需要那个。”她有些尴尬。

“什么？”韩哲一时间没了解她指的什么，瞥了一眼一旁人工呼吸的画面，这才了然地点点头，“哦。”

救护车已经来了，韩哲把许久安扶起来，说：“我们先回船上吧。”

高雄的气候是暖和的，但是湿了身吹着河畔的风还是有些冷，韩哲依旧和初见时一样，走在靠河的一边，默默挡着风，简直已经是职业习惯。

“还是有些冷，不如跑起来吧。”许久安建议。

韩哲有些愕然地侧目，但见她挺精神的样子，当然说好。

两个人并肩跑起来，身后留下两串湿漉漉的脚印，很快被风吹干。

韩哲一直把许久安送到她的客舱门口，并再三确认了她是否需要随船医生的看诊服务。

许久安跑得脸色红润，看上去的确没有大碍。她忍不住问：“韩船员，你不是在船上值班吗？怎么会路过那里？”

“登船首日，我不是帮值班主管处理了罐头事件吗？他看我们马上就要走出国门，以后正宗的中餐就吃得少了，所以主动提出今天中午代我值班两个小时，让我上岸犒劳犒劳自己的胃。爱河附近有家卤肉饭味道不错，是个老海员开的，我本来打算去那的。”

许久安看看时间，这一来一回差不多已经把他的午休时间折腾没了，便自告奋勇道：“我换身衣服就出去，晚上给你打包一份带回来。”

韩哲看她的衣服还一直在掉水珠呢，问：“你还出去啊？”

“好不容易来一次，当然要好好看看台湾了。”许久安拧了拧袖子上的水。

“也是。那我就祝你下午的行程顺利。”韩哲还有工作，挥手便走了。

许久安回舱内洗了个澡，换了身衣服，正在吹头发的时候有人敲门，她还以为是沈念双出行不顺提早回来了，没想到是平常送早餐来的客舱服务生，白色托盘上有一杯金黄色的热水，味道有些冲，还有张小卡片。

“厨房的同事给我熬了点姜汤，你也喝点，旅途中切记保重身体。”她第一次见韩哲的字，在习惯计算机字体的时代，他罕有地写得一手瘦挺的好字。

“Thanks！”许久安道声谢，一口气喝完微苦的姜汤，把头发一抹，精神抖擞地出门了。

这次直奔捷运站，上车后，许久安正研究新的行程计划，毕竟时间少了大半，之前想过的路线得进行取舍。她站在门边，到美丽岛站时，半个车厢的人都下车了，把她也挤出来了。

许久安还想上车，但只差临门一脚，车门一瞬间在她面前关闭了。

算了，旅行中总是多意外，也正好能看见一些计划之外的风景。她干脆跟着人群走，忽然之间，惊呆了。

她不知道一座捷运站里还能藏着这么美丽的地方，自己仿佛误入了一个神奇的瑰宝结界。

明亮的光芒照亮七彩斑斓的玻璃穹顶，世间最艳丽美好的颜色在此交相辉映。更令人叹服的是，在上面，还细致地刻画了以“水、土、火、光”为不同主题的惊人画作，有生长，有苦难，还有凤凰涅槃重生，带来无穷的希望。支撑穹顶的两根柱子一蓝一红，亦是流光溢彩。整个建筑不知用了多少块玻璃，效果极其惊艳。

大圆的穹顶之下，许久安情不自禁地“啊”了一声，然后就忘记合上嘴巴。

“嘿，请你喝木瓜牛奶！”一根吸管忽然塞进她的嘴巴里。

“呸呸呸！”许久安如大梦初醒，一下子想到各种社会新闻，比如陌生人把装了迷魂药的饮料递给你喝。她怕自己被药迷昏，狠狠地掐了自己一下，警觉地抬头，这才看清对面是苏易，脸上还有几点被她喷出来的牛奶白沫。

苏易抹一把脸，瞪了一眼在旁边狂笑不已的梁泊，等他静下来才说：“喂，怕死鬼，我是好心请你喝一杯，谢谢你昨晚陪我通宵看书。”

梁泊附和：“可不是，为你着想，到了台湾，你要多喝几杯木瓜牛奶才行！补补身材！”

也许是昨夜通宵陪读让苏易的心肠变软了，他知道许久安脸皮薄，立刻用胳膊肘推了梁泊一下，让他别多话。

梁泊被警告，索性走到一边装模作样地研究穹顶上的画。

苏易以前来过高雄，向许久安介绍：“这是高雄的美丽岛站，被评为世界上最美丽的地铁站之一。最出名的就是它的光之穹顶，有数千面，是全球最大的琉璃公共艺术。”

“当真名不虚传，”强烈的兴奋之后，身体的倦意忽然猛增，许久安不由得打个呵欠，问，“对了，你昨晚也没睡觉，不困哦？”她本以为以两个人大少爷的做派，今天得睡上一整天，没想到这么早下船。

“还不是梁泊，他第一次坐这么久的船，说怀念陆地，不由分说把我揍醒了拖下船。”

许久安听在耳里倒是觉得两人交情蛮好的，梁泊耐住寂寞陪他待了一整夜图书馆，他也强撑起精神陪梁泊上岸。

“你们打算去哪？”

“随便逛逛，你要不要和我们……”苏易随口邀请道。

许久安没注意听他说话，她想到一个可能，一下子脱口而出打断他：“该不会想找任丹儿吧？”

“你见过她？她也下船了？”每次说到任丹儿，苏易就淡定不了，接连问了好几个问题。

连梁泊也凑过来，一脸苦相地贴近许久安咬耳朵：“这下惨了，被他知道任丹儿也上岸了，他一定会拖着我走遍高雄，想要和任女神不期而遇。”

这时，捷运站响起来车提示广播，苏易一路小跑冲上车，让梁泊也赶紧跟上，他打算先回许久安遇见任丹儿的驳二艺术特区看看，也许她还在那。

他们走后，许久安一个人买了杯浓缩咖啡，借地蹭了一会儿无线网，发了几张美丽岛的照片到朋友圈。

令常青很快留言：安安，你就是我看世界的眼睛。

她抬头环顾陌生的四周，不要害怕孤单啊。她对自己说，人生有很多路必须一个人走的。要是习惯了陪伴，就只能去别人愿意去的地方，那样就看不见属于自己的风景了。

约莫下午六点的时候，许久安开始往回走，毕竟邮轮八点离港，中间还剩两个小时，她想回爱河附近帮韩哲打包卤肉饭。

这是一家市井深处的小店，店面不显眼，她初来乍到，像只没头苍蝇一样乱转，心里又不甘放弃，硬是坚持继续找。

她的倔劲还是有了结果。闻着红葱头的香气，她拐进一家铺面，揩揩额头的汗，喊声：“老板，一碗卤肉饭，打包带走。”

等待的时候，她就望着墙上贴满的照片，是老板早些年做海员时在各地的留影照片。

老板把打包的袋子递给她时，许久安鬼使神差地说了一句：“韩哲船员本来想来的，但有事耽搁了。”她想，韩哲恐怕每次路过高雄都会光顾这里，两人多半是老相识。

“哦？你是那小子的同事？”老板愣了片刻，一双眼睛目光透亮地打量着许久安。

“不是。我是船上的乘客。”

老板的脸上瞬间多了几丝遗憾，只让她带个话，让韩哲早点找个女朋友。“海上飞的海鸥十有八九都有伴呢。”

许久安点点头，从店里出来，还琢磨着老板让她带的话，走了一段见着公路才打个激灵，她好像没走过这条路？也不记得怎么原路返回。

这才是今天最糟糕的事。如果她没有及时上船，邮轮会不会等她？如果不等她，她怎么追上去？她的船票是不是就作废了？

夜幕降临后的马路上，因为建筑材料里混入了类似玻璃的东西，所以看上去有微弱的光芒在地上闪烁。她一路狂奔，连这样极具巧思的美景都抚平不了心中的惊惶。

“啊你走路不长眼睛哦！”一辆夜市出来的机车差点撞上许久安，穿花衬衫的大叔凶她一句后，先是紧张地检查刚刚打包的麻油鸡米线有没有洒出来，然后才下车准备好好理论一番，但一见到她红红的眼眶就彻底没了气势，不知道该怎么说话，吞吞吐吐了半天，最后化成一句温情的问候，“小妹妹，你不要紧吧？阿叔刚刚的话说重了，向你道歉好不好？”

许久安哽咽地回答自己是因为害怕在开船前赶不到港口。

花衬衫大叔直接丢给她一个头盔，拍拍胸脯豪气冲天地说：“我还当有多大事呢，放心，有阿叔这个宝刀未老的机车骑士在，不会让你迟到的！”

台湾马路上有很多机车骑士，引擎轰鸣，就算平静地走在路上，也有一种热血公路片的感觉，更何况她就坐在拉风的后座上，大叔简直就像是回到了肆意的青春期，风驰电掣地把她送到港口。

这时候，七点五十分，大叔神气地摸了摸自己不剩太多的头发，然后又向上掂了一下麻油鸡米线的温度，喊了声：“靠夭喔，要冷掉了，老婆会骂的。”没给许久安道谢的机会，他就直接骑远了。

许久安既想笑，又感动得鼻酸，抹了一把脸登上船，轻轻掂了掂手上的卤肉饭，她这碗还热着呢。

只不过，许久安不知道怎么找韩哲，他没像早上一样在登船口值班。她不好意思问人，只能一层一层地转，有好几次看到穿航海制服疑似韩哲的东方面孔，就加快脚步迎上去，后来又尴尬地发现不是，于是假装若无其事地走开。

船很快开了，她站在十六层的甲板上忧伤地吹着海风，看着高雄港化为一大团迷幻绰约的彩色回忆。

再找不到人，卤肉饭就彻底凉了。

她中午只吃了些零食充饥，晚饭还没来得及吃，此刻有些肚子饿，浪费的话，还不如自己吃了。

许久安难以形容内心的失落，舀了一勺浸着卤汁的米饭，再美味也不开怀。

“你找我？”

听见声音，她一口噎住，海里面住着神明吗？竟好心地让她心想事成。

韩哲明显是一路疾走才在这个角落找到她的，连他这样铁打的身体都微微喘气，胸膛起伏，可想而知他走得多快，只因为他听说她找了他很久。在来的路上，他设想了种种坏的情况，以为又出什么大事了，现在看她嘴角沾着饭粒，总算放下一半的心。

"你怎么知道我找你？"

"好几层的船员都告诉我有一个亚裔少女像在找人，但是当他们上前问是否需要帮助的时候，她又一下子跑开了。我就猜是你。有什么事吗？"

看他这样急切地寻来，许久安顿觉得自己有些小题大做了。她自作主张帮他打包卤肉饭，还影响了他的正常工作。

"中午听你说下船是为了吃一个老海员做的卤肉饭，但因为我的事没成行，所以我帮你打包了回来，不过……"她拿高手里的勺子，难为情地说，"被我自己吃了。"

韩哲低头看见桌上的卤肉饭，摆盘已经散掉了，看上去有些狼藉，不是什么珍馐美味，只是很家常的味道，却勾动着再次远行的离愁。

面前的女孩颇为内疚地看着他，清汤挂面似的容颜，眼里盛满了他的身影。

"没事，不是还有双筷子吗？"他微微一笑，不客气地用塑料盖子当碗，拿筷子刨了半边卤肉饭，狼吞虎咽着，一边吃还一边夸，"是老海员的手艺。当年我俩在一艘外籍船上，厨师只会做西餐，我那时还是个毛头小子不懂做饭，全靠他偶尔露一手给我打打牙祭。"

"嗯，我见到他了。他还让我给你带句话，让你早点找个女朋友。"

"万年不变的嘱咐啊。"韩哲叹口气。

"那个……我还想和你道个歉，上船没多久，我就给你带来了很多麻烦。"

"怎么算麻烦呢？在船上，为了乘客有一次完美的海上航行之旅，无条件为你服务就是我的本职工作。"

"可是，船员们总要各司其职，我的好多麻烦都不在你的工作范围内吧……"

韩哲故意板着脸，再次强调："我说了，许久安，很高兴为你服务。"他不笑的时候特别严肃，像是很专心地在许一个不变质的承诺。

许久安感觉他拍了拍自己的头，告别：“好了，我还有事要处理，有两位乘客滞留在高雄未归。”

“那怎么办？”许久安望着邮轮前进时推开的巨大浪花，船已经开走了，不等他们吗?

“其实你也认识，就是苏易和梁泊。我正在尝试和他们取得联系，问问他们是否想要继续后续航程，如果是的话，他们可以在下一个港口再登船。”

下一次靠岸是六天后，新加坡。

许久安心事重重地回到客舱，沈念双也在，问怎么了，她如实回答。

“隔壁舱的那两个男的？”沈念双一边做瘦脸操，一边嘟囔，“他们和我差不多时间回来的啊，晚上我用船卡开门的时候正好看见他们，他们随口问你回来没有，我说没有。长得比较帅的那个就说怕你迷路，按你胆小的性子是不可能拖到最后一秒才回来的。然后他们就说要下船找你。我看到你回来，还以为是他们找到你一起回来的。”

“我只是中午在美丽岛捷运站和他们偶遇，之后没再见过。”许久安来回踱步，船身在海上的轻微晃荡更令她心急如焚。

沈念双倒是不操心，说反正下一站跟上来就是了。

两个糙男人，不怕吃什么亏。

不过，她见许久安还是心神不宁的样子，岔开话题说：“对了，你今天的照片拍得不错喔。”

“什么照片？”

“电视机里的呀。我看到个人照片区里有你，对了，我警告你，如果你要查看照片，不准对我的照片发表任何评论。真是的，仰拍的角度显得脸超级大！啊啊啊，难道他们不懂PS吗？不知道船上有没有修图师这个岗位，真该聘我，我可是资深修图师！”沈念双越说越激动，想起按摩保养要紧，才安静下来。

许久安拿起遥控器点到照片区，看到自己的背影照，抓拍得十分动感。

想必是韩哲拍的。

可是，她现在脑子里都是苏易和梁泊没上船的事。她得找任丹儿问一下。

每天晚上，大厅都有舞会，有乐团演奏。看时间，任丹儿现在应该正好在那。

许久安急忙下楼，舞会现场，大家都盛装出席，衣香鬓影中，只有她一个人穿着休闲装不合时宜地出现在那，她半遮着脸，在表演台上看到一袭红裙拉奏小提琴的任丹儿。

忍耐到一曲结束，她见缝插针跑过去，抓紧问："任小姐，你今天有见到苏易吗？"

任丹儿抱歉地朝乐团的同事看一眼，回头冷脸道："我在工作，请不要和我谈论工作以外的话题。"

任丹儿不欢迎她，她还是只能厚着脸皮打扰："船都开了，他俩还没上船。我想问问你能联系得上他们吗？可不可以问下他们怎么打算？"

"你才是梁泊的女朋友，怎么找我一个普通同学打听？"任丹儿专注地翻着乐谱，这下看也没看她。

许久安是领教过苏易对任丹儿的狂热的，也知道当初这个谎是为了让苏易和自己撇开关系，这下不知道如何解释，只能含混地问道："我们在冷战，我删了他号码，联系不上他。"

"他们两人是成年人，没有基本的时间管理能力，后果应该自负。"任丹儿已经把小提琴夹好，作势拉弓。

奏乐已经响起，许久安不得不退下来。

六天里，许久安是吃不香也睡不好，如果不是她不会游泳，很可能就跳进大海，拼命游回去找他们了。

在海上苦苦漂流了六天后，一到新加坡，许久安是第一个排队下船的，她哪也不去，就在港口的帐篷外踮脚张望。

“韩船员，苏易和梁泊回复会在这一站登船吗？”

“他们在邮件里是这样说的。”

新加坡别名狮城，地处热带，终年阳光灿烂，以干净和美丽闻名于世。许久安在烈日下站了一上午，被晒得有些蔫了。

“好不容易靠岸，你不去玩玩吗？乌节路有许多商场，牛车水有地道的中餐，小印度也别有风情，还有游客们都爱蜂拥而至的狮身鱼尾像。”韩哲给她递杯柠檬冰水。

“不用了。”许久安倔强地摇摇头，这些天她良心难安，一定要亲眼看到苏易和梁泊回来才行。

邮轮预计下午六点离开新加坡。

眼看着夕阳的余晖染红了一大片海水，然而苏易和梁泊还是迟迟没有出现，许久安把衣服的下摆都揉得不成样了。

六点整，汽笛长鸣。

韩哲推推许久安，轻声哄她上船。

她不肯走，原地蹲下，哭出声。

韩哲也蹲下来，伸出拇指帮她擦眼泪，他常年生活在海上，皮肤粗糙，竟一下子擦破她的脸颊。

这时，他才看清楚，她的脸不是哭红了，而是晒伤了。

这个傻女孩，像是自我惩罚一般把自己毫无保护地置于热带阳光下，现在脸晒得快脱皮了，着实难看。

“他们如果放弃登船的话，船票是不是不退的？”许久安哭着问，眼泪流过晒伤的皮肤，火辣辣的痛。

韩哲点头。

“呜呜呜……我觉得自己欠他们好多好多。”

“他们要为自己的选择和行为负责。”

“可我还是难受！我觉得自己糟糕透顶，总是拖累别人。”

“不许这么说！你并不差劲，许多人终其一生都不愿离开熟悉的环境，奔赴陌生的远方。你不知道前路是荆棘还是玫瑰就勇往直前，已经胜过世间许多人。”落日的光还是有一定的杀伤力，韩哲把自己的宽檐航海帽扣到许久安的脸上，他的气息覆盖着她的呼吸，让她的心定下来。

当许久安哭得不能自已的时候，苏易和梁泊却正在马来西亚的浮潜圣地欢快地追逐一大群小丑鱼。两人都晒黑了几个度，可见这几天没少进行日光浴。

苏易把梁泊按在水里，逼他喝了几口苦咸的海水，吼：“我让你记错航线！”

“反正就晚一天登船嘛！”梁泊剧烈抵抗着，辩解，“新加坡和马来西亚这么近，我记得是先到马来西亚再到新加坡，哪知道是今天先到新加坡，明天再到马来西亚……唉，我以后一定得请个性感的小秘书。”

苏易也懒得再修理他，整个人向后一倒，像水獭一样漂浮在水面上，喃喃：“你说任丹儿会发现我失踪了吗？哪怕她只是注意到，就算不为我担心我也开心。”

梁泊吐了好几口海水，借机打击报复：“任丹儿肯定不会，但是那个怕死鬼估计急得要自挂东南枝，折寿十年谢罪了！少了七天和任丹儿相处的机会，现在后悔了吧？谁让你那天要自告奋勇下船找人，害我们没赶上开船。”

苏易翻个身，憋一口气钻进海水的深处，捡起一个蓝色的海星再浮上来，眉宇间盖满轻愁，一边观察一边说：“本来挺烦这么个惜命如金的小女生的，一点也不洒脱，做事缩手缩脚，一惊一乍。可相处一段时间吧，发现她不仅珍惜性命，也挺珍惜生命里遇到的每一个人。在甲板上为了素不相识的老爷爷要救生衣，在图书馆为结下旧怨的我找学习资料。突然觉得她就算没有任丹儿那么独立自强令人欣赏，也有一点点值得另眼相看的地方。”

苏易为了形容清楚自己所谓的“一点点”，比了比自己的指甲盖，真的只有很少的一点，继续道：“还有啊，那天我本来在美丽岛捷运站遇见她一个人，有些同情她，想喊她同行的，可是她一说任丹儿，我就急得忘了。要是我当时叫上她，后来她就不会迷路，我们也不会为了找她赶不上船。”

梁泊回味了一下苏易对许久安的评价，琢磨着：“你这么一说好像也不错。反正任丹儿已经误会她是我女朋友，不如我去把她追到手，好好欣赏欣赏。”

“去你的！别一天到晚没正经，辣手摧花骨朵。”苏易再次把梁泊押到水下。

海里的鱼群悠悠地绕过两个打斗的年轻男人。

两人闻了一整晚海边的烧烤香后，日出的阳光终于再度光临这个世界。

清晨的港口已早早繁忙起来，苏易和梁泊一早登船，回到舱房直接一起倒在门口的那张床上。

苏易把手表解下来，扔到梁泊身上。

“不要做这么暧昧的举动好不好？好像我刚刚卖身结束！”梁泊翻个白眼。

“你不是一向很喜欢这支限量版手表吗？卖你了，权当这几天在岸上的花销，还有鲱鱼罐头闯祸的欠账你也帮我结了，再卖点以后上岸游的交通费。”

苏易还记得卫星电话里苏父的命令，不准他找同行的梁泊支援，一旦查到，滚出家门。没办法，这几天没有船上的免费食宿，欠债一大堆，只能卖手表了。

“不是吧？伯父这么狠啊！不仅让你住最便宜的内舱房，还停了你的信用卡，更不准你找我借钱？”梁泊说归说，手表倒马上戴上了，在苏易面前晃了晃。

“滚下我的床！”苏易吼完这句，双手抱在脑后，长叹一声，“这就是任丹儿一直忽略我的原因吧，像我这种人只有靠家里才能过着容易的人生。”

被赶的梁泊爬上自己的床，拍拍身侧的空地，开玩笑：“你可以爬上我的床，本少爷让你靠自己的身体过容易的人生。”

苏易扔一记眼刀过去，梁泊就像小绵羊一样温顺得不敢多话。

只有苏易心中还在想，自己会改变的。这艘一百天环游世界的邮轮之旅，就是他洗心革面彻底改变的契机。

两人预约的晚餐时段是六点，座位只会保留半小时。

苏易和梁泊睡到被饿醒了，随意洗漱一番就出门。

许久安和沈念双也是预约的六点，也是这时候出门。

八目相对，许久安又哭又笑。

“太好了，你们回来了！”她的两只眼睛兴奋得亮晶晶的。

梁泊上下打量了一下她，叹：“真瘦了啊？是不是日日思君不见君，所以茶不思饭不想？”

许久安实在接不上这么戏谑的话，木杵杵的。

“好啦，回来就好，一起去吃饭吧！自我介绍一下，我叫沈念双。”沈念双熟练地招呼着。

虽然邮轮提倡晚餐着正装，但四人当中，只有沈念双穿着小黑裙，背部有一片叶子形的镂空，许久安是行李箱里压根没有这类衣服，她一直以为旅行衣物以轻便舒适保暖为主，带的也全是又丑又安全的衣服。苏易和梁泊则是随性惯了。

不过乘客当中像沈念双这样自觉的人居多，连七八十岁的老爷爷和老奶奶也是抹上香水，行头讲究，穿着如绅士与淑女，让人错以为在拍电影。

今晚的菜单是全明星主厨电视比赛各季冠军的创意菜谱。许久安看得懂每个单词什么意思，却十分纠结“Roasted Spiced Pork Tenderloin（五香料烤猪里脊）”这道主菜中，内容注释里有“Dirty Rice”两个单词，从字面翻译过来就是“脏脏的米饭”。

苏易见她看了许久，径直收走她的菜单，对侍应生说，她就要这一道。

“万一真的是脏脏的米饭呢？”她想改，被苏易驳回。

“人生在世总要冒点险去尝试新事物啊！你连一道没吃过的新菜都不敢尝试，这辈子能有什么出息？”反正他帮她拍板定了。

菜上来之后，许久安有一种自己点的菜哭着也要吃完的感觉。

谁能料到Dirty Rice竟然是鸡肝把米饭染得灰灰的，所以叫这个名字。

她从小就不喜欢吃肝脏，刀叉使起来十分为难，连沈念双都觉得看她这样吃饭实在痛苦，问要不要重新点其他的。

“不用不用，另外单点的话就要收费的。”许久安叉起一大块，囫囵吞下去。

梁泊暗笑至内伤，苏易踩他一脚，举杯庆祝：“许久安，这次你敢吃鸡肝，下次你就敢吃熊心豹子胆，祝你这一生无灾而不无趣，冒险而不危险。”

梁泊喝下一口冰水，嫌寡淡无味，提议：“水有什么好喝的。我们点一些酒吧。”

另外三人同时以杀猪刀般的锋利眼神直射他，水是免费的，但酒是收费的。

其实说到酒，苏易真有一点犯酒瘾。

想起遇见任丹儿以前的人生是多么醉生梦死啊，可惜如今的他实在是囊中羞涩。

晚饭后，梁泊积极地给他出歪主意：“苏易啊，我看到邮轮日报上，今晚在中庭有个拍卖会。拍卖会一般会免费赠香槟讨好那些买家。我们去假装买家吧，大不了最后露出很遗憾，大爷我贼有钱就是都看不上的样子，一件都不买。”

后来，苏易一直很后悔自己轻易答应了这个猪队友的愚蠢主意。

没错，他们的确领了一个号牌。整场拍卖会上，工作人员流水般地送上各种精彩绝伦的画作，他们喝了一杯又一杯的香槟，却从来没有举起过一次号牌。

喝到最后，不知道是喝得身体燥热，还是臊得脸红。

“噗！”苏易忽然一口气喷出香槟，忙不迭向前面的光头先生道歉。

梁泊正想吞下口里含着的香槟问他怎么了，然而看清台上的画作时，他“再接再厉”地往这位先生光洁的头顶又喷了一口。

梁泊打死也不会忘记，当初任丹儿从艺术专业毕业，系里进行毕业生作品展览时，苏易像个狂热粉丝一样在她的画作前站着欣赏了一天。那时梁泊陪他站得腿软，永远忘不了她的画。

台上正在进行拍卖的作品正是任丹儿毕业作品中的一幅。

拍卖会主持人巧舌如簧地介绍这幅作品来自邮轮上一位有杰出天赋的工作人员，很可能是明日之星，并且就在现场。

苏易往后望去，旋转长梯上，任丹儿穿着颈边勾勒金色郁金香花纹的黑色典雅长裙，款款走下。

也就是说，刚刚她在楼上的看台，把他和梁泊蹭酒喝的举动看得清清楚楚？

苏易大脑轰鸣，此刻最想拥有的超能力就是隐身术。

任丹儿告诉大家，她所有作品的收入都会一并捐给非洲儿童福利组织。

这个夜晚，苏易只想大醉一场什么都不记得。

那种感觉是，你拼尽全力想在一个人面前表现出色，然而你做得好的时候，对方忙得看不见，当你行差踏错一步，就被对方看在眼里。遭遇无数次重大打击后，你还想顽强地坚持下去，久一点，再久一点，也许下一次，对方会注意到不一样的你。

世间多少爱，都困在这份不甘心里。

梁泊知道苏易需要静一静，也不打搅。

苏易跌跌撞撞地走回舱房，掏出船卡，怎么也打不开门，仿佛全世界都在与他作对。他郁闷得狂踢门板。

房间里的许久安听到外面剧烈的撞击，害怕地期盼沈念双能早点回来，她吃完晚餐后就说要运动减肥，留许久安一个人在客舱。

不过听久了外面的动静，许久安认出这是苏易的声音。

她起身开门，他一下子冲进了浴室，抱着马桶呕吐。

她用热水打湿毛巾，帮他抹了一把脸，发现他又长又翘的睫毛被泪水凝湿。

“你怎么了？”她戳戳他的脸，宁愿看他平日里嚣张跋扈的样子，也不愿看他现在这样失意潦倒。

苏易醉眼惺忪，看清是许久安，知道是自己走错客舱了，一时也懒得回去，难得和她推心置腹地聊天：“如果你以后有了喜欢的男人，告诉我，我帮你去追！我实在不想天底下再多一个像我这么悲惨的单恋失败者了。”

可惜，因为生病，许久安的成长过程极为避世，遇见的不是爷爷辈的医生，就是叔叔辈或弟弟辈的病友，同龄男生在她的生活中几乎是珍稀动物，令常青给她的感觉更像哥哥。“喜欢”这种心情就如同遥远之地的极光一样，只听说过，却从未见过。

她喃喃轻问：“还是你先告诉我，喜欢是什么感觉吧。”

“喜欢啊……”苏易经历了这么久的折磨，当然对这个答案烂熟于心，“喜欢是你为她伤心又不敢让她知道你不坚强的一面，喜欢是你日夜追逐她又不想让她知道两人之间的差距，喜欢是你苦苦思念她又不愿她承受这种一厢情愿的负担……”

这时候，沈念双一身轻松地回来了，捏着鼻子踢苏易一脚，骂他臭烘烘的快滚回去，然后自己侧身进了浴室，贴了一张面膜出来，担心动作幅度太大容易长皱纹，所以她尽量不变化口型，口齿不清地问："安安啊，你是不是和韩哲共浴爱河了啊？"

许久安还在认真回想苏易对喜欢的解释，冷不丁听到这个问题，吓了一大跳。

"我今天在健身房遇见一个八卦的船员，他听说我和你一个舱，告诉我在台湾的时候，你和韩哲船员在中午曾一起湿淋淋地回来。他是把你从爱河里捞起来的，你说，这不就是共浴爱河了？"

那也算共浴爱河？许久安有理说不清，却也知道沈念双就是爱打趣人，索性没理她。

第四章
实属幸运

Chapter 4

当你因生活的不如意而悲伤时，也许世界的彼端，有人在战火中早已麻木得忘记了流泪。

许久安的当务之急，仍然是学游泳的事。

既然邮轮上没有游泳课程，她决定拿出看家本领——自学。

之前，趁邮轮靠岸手机有网时，她已经下载了自学游泳攻略。

第一堂课便是学习换气，在水面上用嘴巴深吸一口气，然后在水里慢慢吐泡泡，直到把气吐完，这个过程尽量延长，不要畏惧在水里的感觉。

许久安扶着栏杆，反反复复地练习同一个动作上百次。她也不怕无聊，这方面她像个老人，也许该感谢那段病房里的生活，她总是比普通人更有忍耐力。

几百次的练习后，她终于找到了换气的感觉，不仅闷在水下的时间有所增加，而且呼吸切换也更加流畅。

当她再次浮出水面时，看到水池边上蹲着的韩哲。

他四处望望，午市时分，池里就她一个，岸边躺着零星几个读报的人。

他敲敲腕上的手表，提醒：“许久安，中饭时间到了。你练了多久？”

“十点过来的。”她看看自己的手指，已经被泡得发白发胀，她倒是没有察觉已经过了两个小时了。

“你自己一个人在这练？”

“嗯。我想先自学试试。”求人不如求己。

“上次落水了，你不怕还出事吗？”

“怕啊，但越怕就越是要学会啊。不然下次出事了还是不能自救。”这是她的逻辑。

韩哲凝视着水中的她，她穿着相对保守的深蓝色系脖泳衣，腰部系了一个黄色的浮力板，表情很认真。

他伸出手在水面上拨弄浪花，静静地思考了一会，这才说：“这样吧，你一个人练很难掌握要领，之后每逢奇数日，我会抽出中午的午休时间，教你一小时。”

说完，他就站起来匆匆离开了。

许久安的嘴角自然地上扬，当她意识到这一点，马上躲进水里，捂着嘴继续笑，好像这种欢喜就应该偷偷地一个人品尝。

从那天起，奇数日变成许久安最期待的日子。她终于要开始人生中第一堂真正的游泳课。

天气出奇的好，天空的蓝分好几个层次，深浅交融，不少人滞留在泳池边躺着晒太阳，这面晒完，晒另一面，像烙饼子一样，不同于东方人喜欢美白，西方人喜欢美黑，据说是因为有钱人才能度假把自己晒黑。

一大拨陌生的面孔里，许久安最先见到沈念双，她正在涂防晒霜，见到许久安就招手让她过来帮自己涂一下背部。

“美女，我能帮忙代劳吗？”还没等许久安动手，梁泊戴着一副太阳眼镜，嘴角勾着笑。

沈念双利落地把这个登徒子踹进水里。

梁泊落入水中，溅起巨大的水花，逼迫水中两个正在竞赛的人不得不暂停。任丹儿和韩哲同时浮出水面。

“重来？”任丹儿冷静地要求。

韩哲看到岸上目瞪口呆的许久安，婉拒：“下次吧，我等的人到了。”

然后，他双手撑着泳池的地面，一跃跳上岸，走到许久安身边，问：“准备好了？”

任丹儿也不强求，抓着泳池里的梯子走上岸，大方地自我介绍：“韩哲船员对吗？我是任丹儿，也在船上工作，舞会上拉小提琴。下次有机会再一较高下。”

临走时，她看一眼许久安，再看一眼梁泊，上次梁泊说这是他女友，看来不是真的，不然不会是韩哲教她游泳。她才不信梁泊这种人会放弃泳池里贴近女生的机会。

“我提前来泳池等你，游了几圈，她看我速度不错，就邀我比试一场。”韩哲说自己小时候被选进过市游泳队，不过志不在此，最后退队了，言谈里对任丹儿很是欣赏，如果不是梁泊中途打断比赛，说不准谁输谁赢。

许久安听苏易说过，任丹儿自力更生做过许多兼职，除了演奏小提琴，还做过沙滩救生员，想来游泳技术是很不错。

一旁的梁泊已经狼狈地爬出水面，懒得和沈念双计较，他裹了件公用浴衣，直奔图书馆。苏易现在越来越爱宅在图书馆看书，今天连泳池都没跟他来一起浪。他必须第一时间向苏易报警，疑似情敌出现！

任丹儿对那个叫韩哲的船员似乎很感兴趣的样子。

当许久安学完第一节游泳课，兴奋地走回客舱时，看到苏易一脸郁闷地等在自己的舱房门口，倚墙翻着一本从图书馆借的书，拿倒了也不知道。

“喂。”他连叫她的声音都十分低落。

“你有问题要问我啊？”

“那个叫韩哲的船员，为人怎么样？”

“很好啊，认真负责，细心体贴，乐于助人……”说起韩哲，许久安能够滔滔不绝地夸一整天。更何况她才上了韩哲的游泳课，感觉自己离摆脱“旱鸭子”身份这一天不远了。

她越是夸，苏易的脸色便越是难看。

“如果你是任丹儿，你会喜欢韩哲，还是我？”

这个问题幼稚得让她不想回答，她转过身，掏出船卡打算开门。

苏易揪住她的手，把她重新抓过来面对面。这么近，她看清他眼中的不安，平日里那般意气风发、耀武扬威的人竟有此刻?

“可能是你吧。”就当日行一善，她敷衍地回答，同时在心里补充一句，除非韩船员其实是个奸诈的两面派，表面上热爱航海，暗地里勾结海盗，最后还把她绑架了，向她的家人讨要巨额赎金。

苏易先是憋着笑，最后是大笑，满意地点点头，放开她，称赞不已：“算你有眼光！”

后天，许久安上第二堂游泳课时，苏易便像是看门的石狮子一样守在她旁边，不时做几个热身动作，看样子准备大战一场。

“你要和韩船员比赛？”

“怎么？你不看好我？”

许久安闭嘴，不敢多说。

果然，韩哲来后，苏易直接挑衅，韩哲见他志在必得的样子，便应允了。

苏易本来就底子不错，这两天还突击训练过，游得累了，就抓梁泊做一做肌肉按摩。据说有天其他乘客见梁泊手艺不错，把他当成泳池服务生，还咨询按摩服务多少钱一次，气得梁泊脸都绿了，这几天的口头禅一直是“交友不慎悔终生”。

比赛的两人都是游泳好手，在水中速度飞快。

最后，韩哲以极其微弱的优势胜出，胜负仅在毫秒间。

“我输了。”苏易虽然服输，但并不气馁，上岸后回想了一下自己哪些动作可以优化，争取下次能够反败为胜。

梁泊喜滋滋的，拍着这两天按得指骨节都酸了的手，加油打气：“嗨，下次肯定就不是这个结果了。”

许久安总觉得哪里有些不对劲，直到一直默默在旁观战的任丹儿站出来说话：“苏易，你不是韩哲的对手，不要继续比了。”许久安忽然明白什么，紧张地看着她，不希望她继续说下去。

这场赛事已经吸引了一群人把目光投向这里。水珠从苏易和韩哲赤裸的上身滑下来，在阳光下闪闪发光。

梁泊不喜欢任丹儿总是这样忽略苏易，声援道：“一次比赛又不能判断双方的真实实力，何况他们差距很小。任大小姐，你不要小看苏易！”

苏易输掉这场比赛并不难过，但是任丹儿的话却如一把刀准确无误地插中他。

他抬头，怅惘至极。

任丹儿转头问韩哲：“韩哲，你刚刚放慢自己的速度了吧？这不是你的真实水平，不然上次在泳池碰见，我不会想和你比一场。”

话音落，万籁俱寂。

许久安呼吸急促，想到若是自己置身于苏易现在的尴尬境地下，恐怕同样难以承受。

炽热的太阳把所有人的脸都晒得通红发热，唯有苏易的脸色苍白。

梁泊装出一副中暑的样子，站立不稳，用手捂着额头喊：“我头昏，苏易，你把我送回去吧。”

苏易不动，盯着他深爱的任丹儿。他一点也不在乎丢面子，事实上他唯一渴求的是，他一次次出现在她面前，总有一次能够让她心有所动，这种动静不用像大浪摇大船，甚至轻微得像微风摇树叶都可以让他满足。

“还看什么看！”梁泊哼一声，拽着他走进室内。

苏易走后，任丹儿问：“韩哲，我们能再比一场吗？”

韩哲断然拒绝。

任丹儿坚持：“我知道你是船员，不好与乘客争锋，所以你才隐藏实力，不让乘客输得太难看。可是我不是乘客，你完全可以与我放手一搏。”

韩哲反问：“你也知道你不是乘客，而是船员，应该以乘客为先？”

任丹儿愣了愣，多年来，她一向把事情做到臻于完美，让别人没有借口来指手画脚地苛责她。如今被人当众批评，这种感觉许久未有了，她反思片刻，竟然心服口服。

韩哲已经再度下水，冲等着学游泳的许久安招招手。

许久安经过任丹儿身边的时候，多嘴一句：“任小姐，虽然苏易不是世界上最强的人，但他一直义无反顾地为你变得更强。”

不论任丹儿是否欣赏，她却由衷佩服这样的苏易。

他也许不是天才，也许迷失了许久的时间，可他毅然告别过去的荒唐，奋起直追。这也是强者，后发也有机会制人。

不知道是不是受了苏易拼搏的刺激，许久安今天游得格外用力，一次也没提休息的事。

又到奇数日，许久安提前和韩哲说好，今日不学游泳，因为邮轮又到了停靠的港口，她终于又可以上岸了。韩哲也同意，因为他也有事要忙。

“韩船员的工作很忙，我还总是占用你的休息时间，我保证，一定尽快学会游泳！”她已经学会七八成，相信不久之后就可以出师了。

“这次不是工作，其实今天我也请假了。”韩哲随口说道，视线落在远方的岛群上。

这是今天的目的地，马尔代夫。

“有人形容它是神遗落在印度洋上的珍珠项链，”许久安跟随他的目光看得入迷，他便主动介绍，“因为马尔代夫由一千多座珊瑚岛屿组成，就像海上的一串珍珠项链。马累是它的首都，也是我们今天停靠的地方。”

忽然，韩哲的语气带上了感伤的情绪：“不过，你最好牢牢记住你今天看到的马尔代夫，在这片土地上，始终有一个倒计时的警钟。因为它的海拔太低，大部分国土不高于海平面一米。在全球暖化的大环境下，海面不断上升，也许一百年，也许五十年，这些岛屿将接连埋入海下。”

接着，两人陷入了沉默。也许对于无法抗拒的未来，他们都充满了无力感。

许久安的眼睛比任何时候都清亮，耳朵比任何时候都灵敏，想看清鱼群怎么游，想听清海风怎么吹，想永远记住这个地方。

她深吸一口海洋的味道，问：“韩船员，五十年后，你觉得你在哪？”

“我想我应该是用前半生的积蓄买了一座小岛，岛上的所有建筑都是我自己慢慢建起来的。天气好的时候，我就扬帆出海，天气不好的时候，我就躲在我的房子里，祈祷自己这个半路出家的建筑师建的房子能够撑下去。岛上会时常来些客人，如果他们不觉得我聒噪，我就讲讲自己一生走过的地方，世界上一共有两百多个国家和地区，每一个我都去过，有些地方还不止一次。”

“韩船员，我觉得，以后你可以把你在每个国家的经历，都当成睡前故事讲给你的孩子听。别的孩子听的是《一千零一夜》，而你的孩子听的是两百多个地方的冒险记，肯定会让其他孩子羡慕坏了。”

许久安笑，韩哲却没有跟着笑，他考虑得很现实：“对于婚姻，我其实期望不大。婚姻是需要厮守的，孩子也需要稳定的照顾，而海员的生活，一年有四分之三的时间在海上到处漂泊，我觉得没有哪一个女孩可以忍受这样的爱情。”

这一刻，韩哲在无尽的海平线上显得无比的孤独。

许久安回客舱准备了一下上岸需要带的东西，到了靠岸时间，和沈念双一起准时出门。

恰好苏易和梁泊也刚出来，两个人在走廊里激烈地讨论什么。

梁泊在劝：“苏易啊，我看你改名叫苏难算了。追那姓任的女人真的很难，你放弃吧，她都明说了不需要你帮忙。何况，她是在帮韩哲的忙。”

苏易还在坚持：“我就想再试试。”

梁泊看到许久安，把她叫过来，说了一通话：“你平常很感激韩哲吧，是不是该报答他？现在有个好机会，我打听到，韩哲今天请假了，他帮民间慈善组织运了一批空气制水机捐给马累。”

“制水机？”

“岛上唯一的海水淡化厂前不久出了事故，你知道他们是海上国家嘛，淡水资源十分紧张，现在还有一些人缺水，韩哲运的物资就是解决这个问题的。任丹儿不知从哪听说了，说要跟他一起去。她拒绝我和苏易去，觉得我俩会添乱，我必须申明，这是非常不合理的刻板印象！不过，你可以找韩哲说你愿意去啊，顺便帮苏难先生盯一下他和任丹儿两人是什么情况。”

四人说话间已经到了邮轮上下口，纷纷刷卡下船。

许久安的确心动，她欠韩哲太多，是应该用实际行动表达一下谢意。远远望到岸上指挥卸货的韩哲，她扭头对沈念双说：“那……念双，和上次在新加坡一样，拜托你还是下船帮我在纪念品店买一个有当地风光缩影的水晶球。”

在新加坡靠岸的时候，她以为苏易和梁泊二人会在那一站重新登船，毕竟他们在上一站是因为找她才错过登船时间，所以她一直在登船口守着，托了沈念双去买纪念品。

“那东西又沉还挺大的。许久安，你要不要这么麻烦？”沈念双噘着嘴，明显不高兴。

许久安双手合十，很抱歉地恳求：“拜托了。我可以帮你洗一个星期的衣服。”

船上的洗衣服务是收费的，所以两个女孩都是自己洗。而梁泊总是借口苏易的衣服自己穿起来比原主更帅，经常借走苏易的衣服，穿完了就一起交给洗衣房，所以，苏易倒是不需要自己动手。

沈念双不是很情愿地答应了。

许久安目送三人走远，才走向韩哲。他的制服已经被汗浸湿，鼻尖上还凝着一滴快要坠落的汗珠。太阳猛烈，他戴着一副飞行员款墨镜，打开运货车斑驳的车门时，才侧身看到她。

“你？”

“我来看下有没有什么我能帮忙的。”许久安递了一条冰镇的毛巾给他，每次靠岸，在登陆的地方，邮轮方都会安排工作人员分发毛巾或者端茶送水，解去乘客的疲惫，她刚刚就是在那里拿了一条。

任丹儿从车后面走上前来，看到了许久安，问：“她也去吗？”

“邮轮只在马尔代夫停留半天，之后又是长达九天的海上巡游，你确定要放弃难得的观光机会吗？”韩哲看清楚她上次在新加坡傻站一天晒伤的脸还没完全恢复，她不常出远门，不习惯太过灼热的阳光，现在的肤色已经红得像煮熟的螃蟹。如果跟着他，会比单纯旅游要累得多。

他多劝一句：“何况，我告诉过你，我帮你的所有事都是一位船员对乘客应尽的职责，你不用特别感谢我。”

许久安咧嘴一笑：“韩船员，我一直觉得，我们的关系不只是船员和乘客，也可以算作朋友不是吗？我今天只是来帮朋友忙的。”

“好吧。你坐后面。”韩哲同意了。

开车的间隙，韩哲抽空介绍了一下马累沿途的风景，尽量让许久安不留遗憾。

副驾驶位的任丹儿开口：“韩哲，你专心开车吧，我来过马尔代夫，我来介绍就行了。”

许久安本意是来帮忙的，不是来添麻烦的，赶紧道：“其实你俩都不用介绍，我自己看看就行，各个目的地我也看过很多资料。今天是来办正事的，你们不用管我。”

他们要把物资运到当地的红十字会机构，还要办理一系列的交接手续。

到达后，韩哲指挥工人卸货，任丹儿配合当地环境资源部门对货物进行质量检测，两人各有忙的，而许久安也被一个工作人员拉住，对方用英文询问物资的事。

可能是前期的沟通没有到位，许久安发现这个工作人员还不知道这批机器的作用，他以为这些东西是雨水收集净化系统。

韩哲在车上简要介绍过这批空气制水机，主要功能是将空气中的湿气转化为纯净水，可以直接饮用。翻译过来倒是没有问题，但许久安还是个英语哑巴，欲言又止的模样。

她看了看不远处停车场的韩哲，他正挥汗如雨地和工人们一起搬货，嘴唇干得起壳。

她暗骂自己，许久安，你执意跟过来不是在这瞎站着，傻乎乎像只呆头鹅一样。那样没用的话，何必浪费搭车的汽油。

她抿了抿唇，开始几个单词说得很小声，后来注意到这个问题，声音就渐渐地响亮起来。

韩哲正搬着一箱零件路过她，听到许久安算是流利的英语一下愣住了。

“你会说英语？”这对他着实是个惊喜。他本来在搬货的时候还担心她一个人怎么办，这下放心多了。

许久安点点头，解释：“我只是怕开口和外国人说话，之前一直没机会向你说明。今天，今天就豁出去了。”

“你帮了大忙了。我之前还担心分身乏术，万一忙晚了赶不上船怎么办，现在三个人分头行事，时间就宽裕多了。你在这边继续沟通协调，我卸完货再和你会合。加油！”没了时间的紧迫感，韩哲似乎一下子轻松了不少。

许久安低头浅浅笑着，不是废人，能够出力的感觉很好。

前半生，她真的休息够了。后半生，想要马不停蹄。

夕阳的余晖下，海水微微泛着红。

韩哲因为提早完成了心头大事，在回程的车上，愉悦地哼着不知名的曲调。任丹儿见多识广，不知从哪里也听过这首曲子，跟着哼唱起来，两人默契地对视一眼。

许久安疲惫地望着窗外的海，喃喃：“这么多的海水，竟然不能直接饮用。大自然对人类还是残酷的。”

“海水含盐量高，一旦直饮，身体为了排出海水中的盐分，反而需要一同排出更多的水分来完成，其实是加剧了脱水的状况。”韩哲常年在海上工作，这些问题对于他来说是再简单不过的常识，一下子就答了上来。

“今天这样的事，你经常做吗？”任丹儿插句话。

“顺手为之。毕竟，地球上的各个地区发展并不平衡，每一天都会爆发各种天灾人祸。在这样一个海风习习的美好傍晚，不知道世界上哪一处又燃烧着战火硝烟，又有人流离失所啊。”韩哲在等红灯，食指敲击着方向盘。

眼前的美景如此平静，完全看不到另一端的满目疮痍。

任丹儿一人发了一瓶矿泉水，举起来，朗声道：“为了此刻的幸运。”

许久安确实一整天都感到嗓子冒烟，一口气喝干净，涓滴不剩。

一行人回到邮轮上时，离出发时间还有大概半小时。一层是船员区域，任丹儿和韩哲都住这一层，但他还是坚持上六层把许久安送回了客舱门口。

许久安进去见沈念双已经回来了，忽地想起了水晶球的事，便问了问。

“我没帮你买啊。我在商店确实看到一个，但真的太重了，我就放弃了，另外帮你选了个当地风景图案的冰箱贴。喏。给你。反正都是纪念品。”

她没接过沈念双递来的冰箱贴，因为她已经冲出门了，她告诉自己，还有时间，一定还有时间，港口的出口处就有小商店，摆满了各种纪念品，她来得及买一个水晶球。

邮轮上大部分室内区域都铺着地毯，但许久安还是跑得咚咚作响，因为她太着急了，跑得飞快。

韩哲送完她后，还在电梯口等电梯，听到脚步声，正想提醒这位乘客不要在船上奔跑，有安全隐患，却看见是一向很守规矩的许久安。

“你做什么？”他看见她狂戳电梯下行的按钮。

“我忘了买一样东西。”她看电梯久久不来，索性冲向楼梯。

韩哲把她拉住，她的手竟然是冰凉的。他问：“忘买什么了？船上有商店，说不定我知道哪里有卖。东西再重要，你也不能这样跑，容易跌倒，也可能撞到人。”

“不行的，”许久安急得有些语无伦次，“必须在马尔代夫本地买，不然就没有意义。我答应过他的。”

“可是，船马上就要开了。港口很大，你来回的时间肯定不够。你告诉我，你要买什么？”韩哲按着她的肩膀，让她慢慢冷静下来。

“我要买一个马尔代夫风景的水晶球。我的船票是别人改签送我的，他生病了来不了，他什么都没要，只要求我做一件事，让我每到一个地方就买一个当地风景的水晶球，以后就放在他的墓前，在晚上被路灯照亮，好像迪斯科舞厅的聚光球一样，整片墓地都high起来。”许久安红着眼，自责自己连这么简单的一件事都办不好。

常青哥一定会很失望的，失望却又不舍得责怪她，甚至会说没关系。

韩哲重新把她送到客舱门口，决定揽下这件事：“我会想办法，你先回去休息吧，今天累了一天。”

客舱里面多了两个人，许久安出去的时候，苏易和梁泊来串门了。苏易坐在沙发上，梁泊却很随便地躺在她的床上，见到她就扬声喊：“这是哪里溜来的花猫？”

他笑的是她脸上晒伤的痕迹，旧伤未好，今日又添新伤，满面斑驳。

“你少讽刺她，”苏易出来主持正义，同时把桌子上摆满的纸盒全部打开，把东西一件件拿出来，说，“沈小姐说你好像不太喜欢那个冰箱贴，那你在这里面挑件喜欢的当纪念品吧。”

桌子上既有茶叶、香料，也有珠宝类奢侈品。

梁泊心疼地说：“你可别乱挑啊，都是我买的。”

“我上次卖手表给你不是还有余额吗? 抵了!”苏易霸气地让她随便挑。

然而这里面还是没有水晶球，许久安摇头拒绝了。

送礼不成，梁泊不好意思再瘫在她床上，干笑着站起来，这才问到正题上：“今天，你和韩哲、任丹儿一起出去，看懂他俩是什么情况没？”

“没什么，志同道合的同事吧。任丹儿好像挺关心国际援助这类工作，向当地机构咨询了好几个项目。”

任务结束后，他们还多逗留了一会儿，就是因为任丹儿想多了解一下当地还有什么需要帮助的地方。许久安听到了保护海滩、解救海龟这些，向他们如实转达。

苏易眼里有笑意，夸个不停：“她就是这样精力充沛的人，不但可以处理好自己的事，还随时关注着更大范围里的事。”

许久安同意，任丹儿不是小女人，不困于小情小爱。与许多自顾不暇的人相比，她的人生格局要大得多。

两人又闲扯了会儿，后来看许久安实在是面色不佳，就起身告辞了。

临走时，苏易自作主张留了一瓶香薰精油给她，说：“这是缓解疲劳的，你试试吧。”

这东西没多买，梁泊舍不得，嚷道：“这是我的。”

苏易不客气吐槽：“你一个公猴子要那么香干吗？光是你身上的古龙水就够呛人了。”

当夜，许久安试了那瓶精油，的确睡得很好，第二日她依旧起得很早，出去看了看天气，云很低，飘着小雨。

她想了想，还是披了一件透气的防水衣，到十五层的室外跑道晨跑去了。

这是她病愈后养成的习惯，刚开始连跑四百米都很喘，到现在慢慢地跑七八公里也没问题。许多事情不是一开始就能做到，只有靠自己慢慢磨炼出来。

时间早，又下雨，这一层只有她一个人。

大海上的寂寞，远离着喧嚣尘世，有时候是种难能可贵的享受。

许久安听着自己的呼吸和心跳，跑了一圈又一圈，不知第几圈时，看到面前多了一个人，看清他胸膛上的名牌，她的呼吸和心跳都有些乱了。

“韩船员。”她抬头，叫道。

他撑了一把伞，大部分罩在她头上。

“我在顶层看到这层有人跑步，身影有些熟悉，下来看，没想到是你。许久安，早安，昨天休息得好吗？”

“当然好，不然我也不会有精力跑步了。”

“对了，我有东西给你。你去里面坐着等我吧。”

韩哲回来时，手里多了一个水晶球，球的基座上写着Maldives，是马尔代夫的英文。

“刚好，我认识的船员中有一个人也喜欢收集水晶球，我让他卖给我，他跟着这航线，以后去马尔代夫的机会多，下次可以再买一个。”

许久安没想到自己能够补上这个遗憾，欣喜若狂：“我不知道……不知道该如何谢你……对了，多少钱？”

“不用。那个船员也只是让我有空去厨房给他做几顿中餐当夜宵弥补，我现在手艺还不错。你呢，昨天本来就是为了帮我，没能好好逛一逛马尔代夫。算我补偿你的。毕竟，那个地方，不知道以后还看不看得到……”

“韩船员，昨天其实是我很难忘的一天。”更严谨的说法应该是，自从登船以后，每一天都很难忘，而这每一天都恰好有他。

之后的几日，邮轮都没有靠岸，一直在海上巡游。到了奇数日，许久安继续到韩哲的游泳课堂报到。后来再上三次课，她就毕业了。

许久安在泳池里游了个来回，冒出水面时，他递给她一条长毛巾，说："擦干换好衣服，我等你。"

"做什么？"她好奇。

韩哲神秘地笑了笑，只说两个字："保密。"

等到许久安换好衣服出来，他还是没有立马揭晓谜底，只是让她跟着自己，边走边聊起一九一二年泰坦尼克号的海难，那是它的处女航，却撞上冰山最终沉没。

"两年后，也就是一九一四年，第一个《国际海上人命安全公约》通过，之后还与时俱进有过多次修正和补充，这份公约严格监管着邮轮安全的方方面面。比如，你上次参加的安全演习就是公约规定的，每一位登船乘客必须参加，"韩哲指着船侧整齐排列的橘色救生艇，继续说，"当年泰坦尼克号的救生艇数量不足，但之后的公约规定，邮轮上的救生设备数量必须保证满载人数每人都能获得，甚至还需要超出一部分。"

除了这些，他还滔滔不绝说了许多邮轮安全措施。

大量陌生的名词塞满了许久安的大脑，水下平衡翼装置、水密舱室、国际冰区巡逻队等等。

韩哲每一样都解释得很细，不时停下来，给她留出充足的时间来理解和消化。

"韩船员，"许久安有些迷茫，问，"你对我说这些做什么？"

他的回答随风入耳，在她的脑海深处轰鸣着。

"其实，说这么多，我只是想告诉你，我不会让你担心的危险发生，船不会沉，就算你没有学会游泳，我也会保护好你。"

"那你当初完全可以早点告诉我这些，就不用这么费心教我游泳了。"

"如果能够让你感到多一重安心，那么我做的就有意义。"韩哲伸出手，许久安握住，他的手心里有茧子，像厚厚的树皮一样，他本身也像一棵屹立的参天大树。

他们握手，他沉声祝贺她："许久安，恭喜你从我的游泳班以A+的成绩顺利毕业了！"

第五章

亡灵诅咒

Chapter 5

我不再听风就是雨，长大的人应该有自己的判断力。

客舱早餐的托盘中放着一份邮轮日报，上面提到一场舞会，为了增进乘客对邮轮的了解，所有高级船员都会参与。这么说，韩哲也会参加。

许久安对着日报发呆。沈念双正穿着粉色睡衣，大嚼着面包，见她一大早就失魂落魄的，抢过她手里的日报，看到晚上九点的活动，一下子振奋起来。

“I’m the party queen!（我是派对女王！）”沈念双已经眉飞色舞地哼唱起来。

“你要去吗？”许久安问。

“当然。你没看到所有的高级船员都会去吗？我肯定要和船长合影一张啊，毕竟在他的邮轮上面长住一百天，我实在很好奇他长什么样嘛。何况，今晚围绕在船长身边谈天说地的，多半非富即贵，多好的机会啊。你难道不去？”

“去。我也想和船长合影一张。”她低头吃东西，知道自己是撒谎了。船长的样子长得是圆是扁她毫不在意，她只是想在舞会上见到韩哲。

这种心情对她来说是生疏的，首次尝到。她不知如何处理这种情绪，只能靠不断进食来掩盖和消解，早餐很丰盛，五六样东西，她不仅神速解决了自己那份，还把沈念双吃不完的半份搞定。

“可是，你有参加舞会的礼服吗？活动下面可是标注清楚了，请务必着礼服出席，这可不像正餐一样只是建议了，”沈念双已经打开满满的衣橱，她自个儿倒是带了适合不同场合的礼服，一边拿出来展示给许久安看，一边说，“晨礼服、晚礼服和鸡尾酒会礼服，我看你一件都没有吧？”

“礼服还分这么多种？”许久安在这方面着实无知。

“当然啦。鸡尾酒会礼服一般是在鸡尾酒聚会上穿的，只会小露，不会像晨礼服那么庄重，也不会像晚礼服那样夸张奢华。”沈念双找出一件镂空蕾丝的晚礼服，说这件可以借给她。

许久安摇摇头，沈念双的衣服实在不适合自己。

“那你自己想办法咯。船上的商店多，我建议你也可以买一件，以后参加其余的活动也用得着。”

“唔，我先去跑步了。”

电梯在十五层停下，门打开，一颗乒乓球滚到许久安脚边。

“Sorry!”门外传来苏易的声音。

她捡起球，走出来，电梯门口的乒乓桌两头的人不约而同笑起来。

梁泊拿球拍当扇子一样扇着，问：“你会打不？”

许久安说不会，梁泊一下子来劲了，殷勤地招呼着：“来来来，我教你，只有一个条件，你帮忙捡球。”

敢情两位大少爷只是缺个殷勤服务他们的球童。

苏易手里还有一颗球，一下子准确无误地打到梁泊的脸上，拆台道：“得了吧，就你那半吊子水平还教人，误人子弟不是。”

“那你行你教。”梁泊假装恼怒地把球拍丢到桌上，让到一边。

作为一个中国人，没学过乒乓球，打小在电视上也看过别人怎么打。许久安握好拍子，按记忆中的画面试着发出一球，球飞得比较高，速度也相当慢，被对面的苏易懒洋洋地挡回来，同时喊道：“左边。”

许久安不信他会这么好心提醒，觉得球会飞右边，闻声就到右边等着，结果球飞向左边时，她已经来不及接了。

“让你不信我。”苏易坐在台子上，傲慢地看她去捡球。

许久安一边追着球跑，一边问：“你们俩怎么这么早就上来练球？”

“日子太无聊了啊。昨天闲逛到这里，见到有两个捷克的小伙子在打乒乓球，我俩想扬我国球威严，没想到分数一直咬得很紧，根本没有取得压倒性胜利，所以这几天多练一练，来日再出征。”

“祝二位选手早日凯旋。”她把球和拍子递给梁泊，她就不耽搁他们练习了。

苏易叫住她：“对了，晚上的舞会你去吗？”他说话的时候也没耽误打球，反正梁泊回球慢，他只要用眼角余光瞄一下就能应付自如。

说起这个就惆怅，许久安摇头：“大概不会去，我没合适的衣服。”

苏易打出一个大杀球，同时笑道：“我倒是有个好办法，我俩合作，一定会赢到五百美元的奖金，到时候一人一半。你买新衣服，我请任丹儿吃饭，我带着她当然不可能去免费餐厅了。”

每晚，戏院在正式演出开始前，都会有一个热场子的互动环节。现场观众自行报名参加，主持人会组织简单的游戏，优胜者会获得五百美金的船上消费额度。

他和许久安一样手头紧得很，但他头脑灵活，这些天摸清了船上大部分消费减免活动，尤其关注戏院的游戏有奖环节，规则简单，奖励又高，着实值得一试。

“可以组队参加吗？”对于这个赚钱的法子，许久安倒是很有兴趣。

“可以。昨晚就预告了，今晚欢迎乘客两两组队参加游戏，我想，多半是为了促进单身乘客之间相互认识。”

“你怎么不找梁泊？”

“他……”苏易有些不忍说出真相。

梁泊恨恨地接过话："我知道你想说我是猪一样的队友！"

苏易为了安抚他，这时特意让了一颗球，假装没接到，这反而激怒了梁泊，他大吼着："实事求是，不要弄虚作假！"

许久安笑了，这两人感情太好了，要是没有任丹儿就好了。

戏院每晚七点开场，舞会在九点，时间上来说赶两场完全来得及。

许久安不知道该做什么准备，但据苏易统计，受道具和舞台限制，百分之八十的互动环节都是快问快答形式。这样的话，获胜就需要丰富的知识面。这也是苏易为什么找她合作，而非梁泊的原因。

"我对于你的知识面很放心，唯一担心的是在舞台上，台下有成百上千的陌生观众，你会不会紧张？完全反应不过来？而且，要说英语的。"

许久安确实想打退堂鼓，语言障碍在马尔代夫时已经解决了，可是她在舞台面前会怯场还是个问题。

说话间，三人已经回到了六层客舱的长廊。

"你不用怕，反正没人认识你。"

苏易见她还是犹豫不定，直接心一横，敲响了6249号的客舱门，见沈念双开门，他深吸一口气，义无反顾地问："沈小姐，我想请你帮个忙，能不能借我你的化妆品和一件裙子？"

沈念双用"你有病吧"的眼神看着他。许久安也是不明白。梁泊倒是快速想通他想干什么，连声道："别别别，咱们可以慢慢劝，别下这么猛的药啊，这么做遭殃的可是你。"

"谁用？"沈念双还有一丝幻想，难道是苏易想帮忙打扮许久安？

苏易平静地说："我自己。"

气氛顿时凝滞。

不过沈念双是唯恐天下不乱的，有乐子为什么不寻，她马上反应过来，喜滋滋地像打扮洋娃娃一样打扮苏易，给他扑粉和画姨妈色口红，还找出一件他能穿的流苏长裙给他套上。唯一有点可惜的是，男生的脚太大，她不能帮他找双高跟鞋。

“所以，你要干什么？”她乐够了，这才问。

梁泊捂着眼睛，全程都在感叹辣眼睛。

此时，苏易依然沉着地看向许久安，眼神坦荡荡，没有一丝的遮挡，开口道：“我想说明的是，许久安，我并不是异装癖，也不是故意要吸引眼球，现在，我会走出去，从船上的最底层走到最高层，我只是想示范给你看，旁人的目光无所谓。任何时候，你都无须怯场。”

大概和武侠小说里的主角忽然被打通了任督二脉一样，许久安只觉得身体里有一股燥热的血流一直在上涌翻腾，她恨不得立刻冲锋陷阵。

“我知道了，你不用这么做。”她挽留他已经迈出的脚步。

“不。我必须做给你看，这样你才记得更牢。”

苏易已经走了出去，三人紧跟着，沈念双想照相，被梁泊把手机暂时扣押了。

一层又一层，苏易走得不快也不慢，就像平时闲庭散步一样。

大部分人并没有特别留意他，一艘国际邮轮就像一个缩小版的地球，容纳着各色人，各种人，各式文化在这里擦撞融合，气氛很自由，自己的人生尚来不及过得更精彩，为什么要对别人的人生指手画脚?

当然，也有少数人盯着苏易看，有些善意地夸奖他很美，有些则默默地绕行。也许因为他一直很坦然，所以没有人找麻烦。

梁泊一直像头黄金猎犬一样东张西望，到了顶层，任务结束，他呼口气，庆幸：“还好没有撞见任丹儿。苏易为了帮你壮胆，牺牲可真是够大的。”

“撞见了也不怕，”许久安盯着苏易的背影，明明他不适合穿女装，她却觉得眼前的他比任何时候都要耀眼夺目，帅在骨子里，她假设道，“如果任丹儿误会了，我会一直缠着她，直到她听我说完他为什么要这么做，他是为了鼓励我一起参加戏院的有奖环节，分了奖金邀她共进晚餐。”

梁泊已经把苏易拉进下行电梯里，苦着脸劝：“好了，苏老爷，您快回去把衣服换下来吧。不然记得你的人多了，别人以后看见我俩老是一起出现，该怎么揣测啊？我能感觉到我的桃花树已经被你这一趟连根拔起了。”

“对了。裙子给我洗干净再还我。”沈念双插话。

苏易点头，看向许久安，扬眉问：“怎么样？晚上有勇气吗？”

“当然有。”她回答的声音既洪亮又有力。有他这样的队友，她还怕什么？

晚上，两人准时在戏院门口碰头。

开场后，长得像男演员Tom Cruise（汤姆克鲁斯）的主持人煽动能力很强，一番幽默风趣的话已经让十来名观众自愿来到舞台上，跃跃欲试。

许久安在台上看着黑压压的观众，发现自己竟然还能镇定地保持微笑，她看一眼旁边的苏易，暗自感谢他。

报名完毕，参赛的选手最终有十二组。男主持宣布今天第一场比赛是唱歌，要求歌词中必须含有城市的名字。

这个题目不算难，每个人都能想出几首符合条件的，但是广为传唱的歌总是被别人抢先唱了，第一轮才到中间就有人被淘汰了。

许久安听着从舞台另一边接力过来的高亢歌声越来越近，急忙道：“糟了，我准备的*Santa Monica*（《圣莫妮卡》）和*Theme from New York, New York*（《纽约纽约》）都已经被人唱了。我暂时想不到其他的。”

苏易还是气定神闲，眨眼道：“放心。梁泊只怕在台下乐疯了，这对我简直是送分题。你准备好晋级下一场比赛吧。”

以前荒唐的时候，他学术论文没怎么研读，但歌确实是听得太多太多了，就当练听力了。

比赛僵持到第七轮，包括苏易在内的四组选手看上去还可以连续不断地唱下去，主持人宣布他们集体晋级第二场比赛。

第二场是抢答题，此行会经过许多国家，这场就是考大家看国旗猜国名。

苏易面露难色，悄声问："这个你行不行？"

"你就只管想好在哪家餐厅请任丹儿用餐吧。"这一回，轮到许久安极其自信，从接受令常青的船票那天起，她就做好了环游世界的准备，曾经看过世界国旗大全。

从左到右蓝、白、红排列的是法国国旗。

从上到下红、白、绿排列的是匈牙利国旗。

上红下白，上方的红色块里有白色的一弯新月和五颗星星的是新加坡国旗。

"Chile!（智利！）"

左上的蓝色块里有一颗白色星星，右上是白色，下面是红色，这是智利的国旗，当许久安抢答拿下最关键的一分，苏易忍不住在台上抱住了她。

五百美元的免费额度到手，许久安还不敢相信这是真的。

"二百五，快去买衣服吧！"苏易眉飞色舞地再见。

"二百五，你也赶紧去找任丹儿吧！"她也不客气地还嘴。

许久安看着镜子中的自己，有些不认识里面的女孩。

她一直以为自己是平凡的，既不能像任丹儿那样有林下风气，也不会像沈念双这样活色生香，她今夜才知道，她有自己的光芒，只是以前不自知也不自信，从未试着点亮。

随着她往下走的脚步，燕尾裙轻轻飘荡。

层层叠叠的水晶灯下，暗香浮动的厅堂中，她像一只燕子一样穿梭在人群中，寻找韩哲。

身着统一白色航海制服的船员们是舞会上最受欢迎的对象。每个船员的身边都围绕着一大堆乘客，等待着提问或者合影的机会。她很难挤进去看清楚被簇拥着的船员到底是谁。

船员们只会参加舞会一个小时，大约过了半小时，这股船员热才慢慢降温，不少船员的身边开始有了空位，许久安挨个观察，这些也都不是韩哲。

船长的身边永远围满了人，一些健谈或者英俊的船员边上也是如此。有些得空的船员开始主动走上前去帮忙回答问题。

沈念双已经完成与船长合影的心愿，欢喜地拿着手机走过来，见许久安还在找人的样子，问："你怎么还不去？再过一会儿，这些船员都要退场了。临走前每人只会跳一支舞，可惜的是，我邀请的时候，船长已经答应了一个超美的白发老太太。"

"你见过韩船员吗？"她略微踮起脚，脚跟已经走得有些痛了，因为所有的奖金都花在穿着的这件燕尾裙上，她又只根据四季变化带了平跟凉鞋、运动鞋和保暖靴，并没有高跟鞋，这双鞋还是沈念双借给她的，尺寸不太合适。

沈念双指了个方向说："在那边。他的人气可不低。"

韩哲的包围圈只略小于船长的，他的东方面孔和谦谦风度在大多数乘客看来充满了神秘风情。许久安从人群中偶然露出的缝隙看清是他，快步走了过去，估计等个十来分钟就能与他面对面。

她在人群的最外层，抿唇笑着听里层的人谈论他，有说他有魅力的，有说他为人不错的，有说他是理想对象的……她听得入迷，在心底替他高兴。

"Ms, may I help you?（女士，我能帮助你吗？）"这时，忽然有个黑色短发、面孔狭长的魁梧船员走到她身边，主动问她有没有什么问题需要他代为解答。

许久安随口问起下一站什么时候抵达。

三天后，在埃及靠岸。他热情地回答道。

他的出现吸引了一些想和船员深入交流的乘客，韩哲这边确实人多，不想浪费时间等待的乘客便在魁梧船员的身边重新形成了一个圈子。

韩哲身边的人立马少了一半，只等了五六分钟，许久安就排到了他的面前。她听到，他刚刚婉拒了上一位女乘客的邀舞，说他已经有舞伴了。

她的手垂在裙子的两侧，暗自抓紧了薄纱。与此同时，她还承受着他打量的目光，却不敢四目交接，不知道他的目光中是惊喜居多，还是疑惑居多。

直到他开口，她才看着他的眼睛，那里像有无数星光落在夜晚的大海上。

“我以为你不会出现在这里。”

“为什么？”

“因为我想象不到你穿礼服的模样。而且，我也知道，你大概是没有带礼服上船的。”

他猜得对，许久安点点头，却不知道再说什么。今夜，看到这么多与他谈笑风生的乘客，她仿佛才明白，自己不过是普通乘客中的一个。他对自己的友好，是职业道德。他对自己的关照，是同胞情谊。这里面没有掺杂多余的东西。

她忽然有些泄气了，只想快点回客舱，便告别：“其实我来这里，不是想合影，也没有什么问题，就是想看看这个活动是什么样。后面还有人等着和你合影聊天，那我先走了。”

“等会儿可以一起跳支舞吗？”韩哲拦住她。

许久安微微张着唇，不敢相信自己听到了什么，心里的困惑问出来：“可是，你不是说，你已经有舞伴了吗？”

“是啊，虽然我觉得你不会来，可是我又在想万一你来了呢？所以我一直在等你，如果最后等不到，那么船员的舞会任务，我邀请最后一个与我合影的乘客就好。”他笑着，说出一早就有的打算。

他继续说下去，但是郑重了许多：“许久安，我真的很开心在这里看见你。环球旅途的安排很精彩，我希望你一个都不要错过，多体验自己平常没有做过的事。像今夜的你，就美得不寻常。”

旁边还有乘客等着，韩哲让许久安先去旁边的座位坐一会儿，他忙完这边再过去找她。

两人说话间，等候他的乘客又被一旁的圈子分走一拨。

韩哲看了旁边的船员一眼，许久安从这一眼中敏感地嗅到一点点不一样的意思。

表演区，任丹儿坐在里面拉小提琴。她看到了韩哲与许久安共舞，不过这一切并没有干扰到她的心境，她沉浸在作曲家罗萨斯的《乘风破浪圆舞曲》中。

但是，曲子进行到中段，本该在大厅里跳舞的两人同时不在了，她不自觉错了一个音，被旁边的乐手眼神提醒。

韩哲带着许久安滑出舞池，已经来到了甲板上。

对于无边的大海而言，这么大的邮轮只是一叶孤舟，全然失去了靠岸时的霸气。而比邮轮更渺小的人，倒是心生豪气。

“韩船员，我的脚不怕疼，让我跳一整晚都可以。”她对疼痛的忍耐力，一向极佳。

原来，刚刚在跳舞的时候，韩哲发现她的鞋不太合脚，脚后跟已经被磨红了，就带着她提早出来了。

现在所有的人都在里间狂欢，甲板上冷冷清清。

“你介意吗？”韩哲问。这个问题来得有些奇怪。

“什么？”

“介意这个，”说话间，韩哲已经把她打横抱起来了，从甲板的楼梯向上走，想要送她回第六层，他边走边道歉，“对不起，我看你的脚已经不舒服很久了，不想让你继续坚持了。”

许久安在他的怀里不知所措地说：“我可以赤脚走。”

“我一时心急，怎么没想到这个方法？”

听他这么说，她以为他会放自己下来了，没料到他还是坚决地抱着她，稳步向上，气也不喘，不能说他赖皮，因为他说话的样子看上去正直极了。

“如果你刚刚提出这个，我也许会听。可是——”他的手微微收紧，继续说下去，“现在，我不想放下了。”

月亮在他们的右侧，大而明亮，幽幽地注视着这一幕。

“今天在戏院时，我看到了。我看到了你在台上的努力，一点也不怯场，发挥很出色，不是我记忆中初见的你。鞋子有磨损，是你借的吧？可是衣服很合身，是你赢了奖金，才去买了参加舞会的礼服是吗？我脑海中有一个想法挥之不去，许久安，你是为了我去参加戏院的比赛，也是为了我才盛装出席舞会的吗？”

可她沉默了，不确定该怎么回答。

韩哲已在这段无言的时间里冷静下来，意识到自己越界的问题，轻轻地把她放下来，道：“六层就在上面，那你自己小心一点走回去。我就送你到这了。”

这一次的告别，像一碗凉掉的，就算重新煮沸也不再可口的粥，有什么味道悄然改变了。

也许因为他问了不该问的问题，也许因为她没有回答这个问题。

“我一直在等你。”客舱的门口，苏易穿着西装礼服，许久安平日没见过他这般正经的模样，这下看着有些贵公子的派头。他也刚从舞会上回来，但是没有邀请任何女子跳舞，只是坐在那看着任丹儿演奏。有女子来搭讪，不过都被他拒绝了。

“怎么说我们也已经成功搭档过一回了，我关心一下你那边情况怎么样？”与许久安不同，他看上去春风得意，应该是离开戏院后找任丹儿预约明天晚餐的事已成。

“就那样。”她不愿详说。她知道自己因为一时犹豫，也许错过了些什么，人生有许多机会和流星一样一闪而过，必须要正好在那一刹那抓住。她现在情绪很杂乱，很想问问常青哥该怎么办，但是海上没有免费网络，她只能憋在心里。

苏易大概猜到了，毕竟他看见她整场舞会都在等韩哲，从头到尾根本没关心过难得露面的船长到底是谁，只不过他没有说破，只是再强调了一次：“我上次说过，如果你有了喜欢的人，我会帮你的。”

“谢谢。”许久安打开舱门，道了别。

而沈念双很晚才回来，虽然没能如愿跟船长共舞，但她似乎认识了一个不错的男伴，看上去心情不错，回来换了睡衣，入睡前忽然想起一件事，问：“对了，听梁泊说，苏易已经约到任小姐了，他想去跟下情况，请我们俩明晚去同一家餐厅吃饭。不知道收费餐厅和免费餐厅有什么不一样，你要不要去？”

只有梁泊才会那么八卦，连别人约会都要去当狗仔。许久安表示没兴趣，沈念双表示自己一个人也会欣然赴约。

翌日晚上，沈念双出门赴约，许久安独自就餐，她一个人不想去吃什么上菜烦琐的正餐，打算随便在免费小吃吧点个热狗就行了。

路上，她遇见和同事并行的韩哲。

“你好，韩船员。”她主动打招呼。

“晚上好，许久安。”韩哲冲她点点头，然后继续和同事讨论刚刚的话题。

两人照面的时间如此简短，好似毫无旧交。

也许，那个没有得到答案的问题，让他们看清楚了两人的距离，船员与乘客，只是一段航程的契约关系，不是一生的陪伴，不宜过远，也不宜过近。

许久安塞了三个热狗，肚子都要撑破了才回舱。沈念双回来后，极尽所能地夸赞收费餐厅食物的精致和美味，可惜激不起她任何羡慕。

“不过结尾很尴尬。苏易要买单的时候，任丹儿拿出了钱包。苏易说这次他请客，任丹儿表示，她纯粹是看在同学一场的面子上才答应赴约，只此一次，下次再也不会了。她想要什么都可以自己付账，不用接受男人的馈赠。”

沈念双学着任丹儿说话的样子，淡淡的，什么都不在意的那种神情特别伤人：“不知道你见过密西西比河与墨西哥海湾交汇处的照片吗？不像世人以为的那样，河水入海会不见痕迹。在密西西比河与墨西哥海湾交汇的地方，有一条无比明显的分界线，一侧是河水的绿色，一侧是海湾的蓝色，泾渭分明，如同你我。”

“你说任丹儿狠不狠啊？”沈念双对任丹儿威震一方的气势又崇拜又讨厌，念叨着，“你没看到苏易当时的脸色多难看。”

“是啊，他很喜欢她。”许久安想起自从上船后，她已经看到他被任丹儿打击过好几次了，更别提以前她还不认识他的时候，又有多少次？

看到苏易这个样子，她都有一点生出对爱情敬而远之的想法了。

没有爱的话，就伤不到了吧？

放下烦恼吧，先踏上旅途。邮轮已在埃及的首都开罗靠岸。

对于许久安来说，这片土地神秘而古老，充满了未解之谜，漫漫黄沙中，金字塔和木乃伊的传说代代流传，世人仿佛始终无法揭开它真正的面纱。

她曾经很认真地考虑过“死”这个话题，还比较过土葬、火葬、水葬等等丧葬方式，她觉得还是一把火烧干净了最好。听说现在有一种技术，可以把火化后骨灰中的碳转变成晶莹的“钻石”，那样也不错，死后可以闪耀于世间，让这件事变得不那么伤感了。

“许久安，你死后想被制成木乃伊吗？”排队下船的时候，身后的梁泊喋喋不休，“你知不知道木乃伊是怎么做成的？古埃及的人呢，觉得人死了但灵魂没有亡，仍会依附在尸体上，所以他们用尽心思保存尸体，掏出尸体中容易腐烂的脑浆和内脏，但是会把心留下，因为这是智慧之源，身体里会填进药物和香料，经过脱水处理，用布包裹得严严实实。”

他讲话的语气阴森森的，以为这样就能吓到胆小的许久安，只不过没有如愿，她本不打算理他，但回头看见只有他一个人，才问：“怎么不见苏易呢？”

“这不还元气大伤着呢，每天连话都不说，跟锯了嘴的葫芦似的，把我闷坏了。今天估计也是没心情去逛金字塔了。”

梁泊有些失望许久安没被吓到，干脆跑到沈念双身边重新讲了一遍，果然收获了小拳头和小尖叫。两个人打打闹闹，自从上次一起去过收费餐厅后，似乎熟络了不少。许久安想，自己上岸后，还是不要去打扰他们的二人世界了。

所以，她一个人登上了去往金字塔的班车，因为不太适应埃及干燥的气候，在路上就流了鼻血，好在她处变不惊的功夫已经小成，不动声色地按住鼻子，直到凝血功能发挥作用。

这一个小小的插曲，并没有让她觉得前路被蒙上一层血色的阴影。

烈日下的金字塔壮观无比，尖尖的塔顶直刺天空，正方形的基底和四个面的等腰三角形极具数学美感，难以想象几千年前，人类究竟是怎样建造出如此宏伟的奇迹。在当年极为有限的技术条件下，他们到底如何搬动重达几十吨的巨石，将它堆叠到上百米高?

在马尔代夫时，她曾伤感于人类在天灾人祸前的无力。可是此刻在埃及，她又为人类在大自然面前巧夺天工的创造力而骄傲。她的想法从命随天定到人定胜天，不过是经历了从太平洋到大西洋这一段路，那么当她环绕地球一圈，想法又会变成什么样?

许久安拿出手机，给令常青的微信留言：我好像明白了，为什么常青哥你这么喜欢旅行。旅行，确实可以改变一个人的想法。而每一次改变，都让人看清以前自己被局限的地方。

她走到纪念品商店，照旧买了一个当地的水晶球，这一次，水晶球里的风景是金字塔。拿着店家找回的零钱，她还来不及放回钱包里，就被一个本地的小贩挡住去路，他摊开手，手里有一把花纹漂亮的石头。

“挑一个，带回家，很便宜，有意义。”大约是见过的中国游客多了，他还学会了用不太流利的中文推销。

小贩黏糊糊的热情让许久安难以招架，她担心误了回程的客车，见石头不贵，赶紧买了一个脱身。

这件事她并没有放在心上，谁料到回程时又恰好撞见梁泊，本来应该和他在一起的沈念双中途就离开了，去找一个早年来这边工作的朋友。

梁泊就是个话痨，沈念双提早走，把他的嘴巴憋疯了，一见到许久安就问她买了什么，她拿出水晶球和石头。

嘻嘻哈哈的梁泊转眼间就变得脸色惨白，仿佛受到了重度惊吓，一时间连舌头都捋不直，结结巴巴地问："我说，你该不会是在金字塔那里买的这个石头吧？"

"是啊。"她看着手心里普普通通的石头，不知道梁泊是被什么吓到了。

"你疯了，"他生怕别人听见他们在讨论什么，低声说，"金字塔是法老的陵墓，你难道没有听说过法老的诅咒？'谁敢碰法老的陵墓，死神将张开翅膀降临到他的头上'。这块石头不知道是小贩在哪捡来卖的，但是都属于法老的土地。对于法老来说，你就是个应当重惩的窃贼！"

"好了，我知道了。"许久安懒得再听他胡诌，加快脚步往船走去。

梁泊一路紧跟，好像生怕她不听自己的建议酿成大错，追着说个不停："喂喂，我劝你啊，赶紧把这块石头送给一个不知情的人，对了，不能丢，丢了的话，七天内，法老的亡魂还是会找你这个上一任主人来报复，只有送给别人，让那个傻瓜来代你承受厄运。"

许久安不理。

"我真不是在吓唬你啊，最早进入金字塔的探险家都死于非命。还有泰坦尼克号，你知道为什么沉吗？据说船上有一件托运的木乃伊石棺。"

梁泊已经追到了客舱门口，许久安终于忍无可忍，像看白痴一样看着他，掷地有声地回复："我承认我是很惜命，可是我并不是什么都怕，很抱歉让你的如意算盘落空了。第一，那些探险家死于非命，是因为古墓中的有毒气体或者细菌感染；第二，泰坦尼克号沉没是一件值得深思和总结的交通事故。”

话音落，关门！

梁泊愁眉苦脸地回到自己的客舱，床上的苏易放下手里的书，问刚刚外面在吵什么。

“不就是用法老的诅咒吓唬了一下隔壁那个许久安。结果，她好凶咧。”

“你干吗吓她！”

“好玩嘛。你记不记得我们登船第一天，她那怕死的样子太好笑了，最近好久没见她那副样子了，我纯粹想逗逗她嘛，”看到苏易铁青着脸，梁泊只能认输，“好啦好啦，我说这些，还不是就想让你笑一笑。你觉得不好笑，那我以后都不再吓她咯。”

晚上十点，邮轮离开了埃及的开罗，可这件事并没有结束。

半夜里，沈念双起身去洗手间，尖叫了一声，因为她看到许久安的枕头被血染红了一片。

许久安迷迷糊糊地被吵醒，问：“怎么了？”

“你……你还活着？我还以为，你脑浆流得到处都是呢？”昨天和梁泊一起上岸，沈念双也听他说了不少异国恐怖故事，让她有点神经过敏。

许久安摸了摸湿润的鼻子，叹道：“又流鼻血了。”

“你快仰头。”沈念双出主意。

“这种处理办法不太对，我小时候常常流鼻血，对这事儿很有经验，最好是压住鼻子，让它慢慢止血。”

半夜里闹了这么一出，第二天两个人都眼下乌青。

早餐送来后，也味同嚼蜡。许久安想好好补充一下营养，逼自己大口大口地吃。

“咯咯咯！”沈念双忽然听见她急促的咳嗽声，又见她脸色青紫，问她什么话她都无法回答，心知大事不妙，估计是食物卡到气管里，连忙从她的背后快速地挤压腹部。

过了会儿，许久安费劲地把东西吐出来，虚弱地道谢。

沈念双嘀咕着："昨晚流鼻血，今早又卡气管，安安，你好像开始走霉运了。"

许久安不由自主望了一眼放石头的地方，可是很快又收回了目光，她并不相信梁泊的话，那是天方夜谭。

可是，接下来，第三天，她在游泳的时候腿抽筋；第四天，她乘电梯的时候遇见设备故障；第五天，她一脚踩滑从楼梯上摔下来……

最近，每天都有倒霉的事在发生。

这一天，沈念双怒气冲冲地回来，伸手就问："那块石头呢？"

"什么石头？"

"我和那个死梁泊闲聊的时候说到你最近的倒霉事，他连说不可能，明明是瞎编的。我才知道他告诉你什么法老的诅咒。这事你别怕，姐姐替你出头，把石头给我，我偷偷放到那个浑球的口袋里，让他自作自受。"沈念双拍胸脯保证会帮她把好运找回来。

许久安很感动，可还是拒绝了。她曾经历过比法老的诅咒更真实的诅咒，也熬了过来，所以，她真的不怕。

沈念双拿她没辙，只好妥协作罢，但一直嘟哝着要找机会修理梁泊。

"好了，我报了名参观邮轮餐厅后厨的活动，了解一下几千人的食物是怎么做出来的。时间快到了，先走了。"

后厨分工明确，连切番茄都有专门的一个人操作，在这样精密的分工协作下，整条出餐流水线运转得极其高效。

许久安参观回来，察觉沈念双的神色有点不对，果然，她拉开抽屉，石头已经不见了。

“你塞到梁泊屋里了？”

沈念双见瞒不下去，只能实话实说：“我倒是想，可是韩哲船员上门来拿走了。”

“他怎么会知道这件事？”许久安才意识到，她已经好些天都没有和韩哲见过面了。以前总是会偶遇，现在却由衷地体会到，这艘船好大，让两个人一直碰不着。

“他说他看了船上最近的报告，发现船员上报的好几起乘客意外都与你有关，然后他调阅了医务室的就诊记录，发现你一次都没去，就来看看你到底需不需要就医，别为了省钱而忍着。我忍不住和他说了梁泊的混账事，只是想让他口头警告下那家伙，没想到他就把那块石头拿走了，说他会代替你保管。”

许久安已经跑了出去。她不知道去哪找韩哲，可她知道自己必须找到他。她不信石头上会带着什么法老的诅咒，可是她也不愿意把这块石头给他，好像是在让他去代她承受不好的事。

她连续找了几层楼，都没有发现韩哲的踪影，正当她打算去服务台询问的时候，他的声音在身后响起：“还嫌自己的意外不够多吗？我不是告诉过你不要在船上奔跑吗？”

这声责怪拉近了距离。普通的船员对普通的乘客不会像这样说话吧？

她扭过头，韩哲看上去像是生气了，面若冰霜。

“把石头还给我吧。”她低声恳求。

“为什么？难不成你还喜欢它？就这样，我会替你保管到航程结束。”他的决定从不轻易更改。

“韩船员，你信法老的诅咒吗？”

“不信。”

“我也不信，所以留在谁那里根本无关紧要。”

她很执着，他更固执。

"就算我们都不信，梁泊说的话总会对你造成一定程度的心理暗示，哪怕只有一丁点的影响，在我的船上，我都不会允许。我说过的，会为你的安全负责到底。"

这句铿锵的承诺，他从未忘记。

那颗石头正放在他上衣胸前的口袋里，贴近他的心，胸膛里有力的心跳，足以击破任何诅咒。

第六章 他乡之月

Chapter6

国外的月亮没有比较圆，反而月是故乡明。

邮轮经过苏伊士运河，进入地中海水域。许久安特地在图书馆借阅了一本《希腊神话故事》，重读了一遍，因为希腊要到了。

小时候听得最多的故事，除了国内的聊斋，就是丹麦的童话、希腊的神话。希腊这个地方，在她心中有十足的分量。神话里，永远在推石头的西西弗斯，给人类带来火种的普罗米修斯，因迷恋自己美貌而坠入水中化身水仙的纳西斯……这些故事最早点亮她对远方的憧憬。

如今，她终于来到这些神话的发源地。雅典是希腊的首都，至今还保存着大量的历史遗迹。

“看你兴奋成什么样，”沈念双边涂防晒霜边叹气，“我也翻了下你借的那本书，人物关系太混乱了，你看众神之王宙斯风流成性，逼得他老婆赫拉疯狂地报复丈夫的情人，其中一个女人被她变成半人半蛇的怪物，还永远不能睡眠。”

“有时候，爱错一个人，毁灭的是自己。”许久安陷入深思。

沈念双懒得和小丫头讨论这种情感话题，转而注意她的脚，说：“你看看，我的大脚趾比其余四根脚指头长，这就是埃及脚。我看看你的呢？”

许久安伸出脚，她的第二根脚趾比其余的长，沈念双说这是希腊脚，据说出美女的数量最多，又看看她的脸，啧啧嘴说："这样看来不太有科学依据。"

还有一种脚是脚趾长度差不多，称为罗马脚。

沈念双躺在床上，懒洋洋地用她的埃及脚夹了今天的邮轮日报给许久安，说："看看今天有没有什么注意事项。"

有是有，不是个好消息。

"During our stay in Athens some local unions are taking strike actions."许久安直接念出来，意思是在我们停留雅典期间，一些地方工会正在进行罢工活动。

"啊！那不是公共交通可能受到大的影响？"沈念双哀号。

许久安也没想到此行开局就不顺，从国际新闻上看，希腊深陷债务危机已经有几年的时间了，生活在这里的人不可能不受影响。

"上岸多注意点吧。"她只能说。

"那你自己一个人小心点，你去的帕特农神庙那些我没有兴趣，我和别人约了逛厄鲁姆大道，看看当地的美女怎么穿。"

"那好吧。我先走了。"

许久安又是一个人背着背包上岸，猛然被身后的人提起来。

"苏易！梁泊！"想也不用想，船上会这样和她恶作剧的不是苏易就是梁泊。

她被放下来，转头看，果然是笑眯眯的二人。出手的是苏易，看来心情总算恢复了。

他刚提起她时，觉得她包很重，此时便问："要不要我帮你背？"

"不用，"她每天都重视锻炼，身体并没有看上去那样弱不禁风，马上毫不犹豫地拒绝了，"不过，你说你帮我背，难道是让我和你们一起逛？"

"当然。"苏易和梁泊把她夹在中间，简直像两大护法。

"不用了，我不是第一天下船，不会来不及回来。"她晃晃手里的地图。

苏易白她一眼，不耐烦地说：“废话真多，今天你必须跟着我们，下次到了别的港口，随便你怎么走。”

三人的纠缠引起了岸边船员的注意，韩哲今日也在码头值班，他走过来，梁泊从第一天闹出罐头事件就有些怵他，此刻躲在苏易后面提醒：“那个煞星过来了。”

“许久安，他们两个人在纠缠你吗？”韩哲凌厉的眼神扫过他们俩。

“没有，我们的误会早已经解除了，他们是想邀请我同行。”

韩哲看出一旁缩着头的梁泊是没胆子闹事的，苏易的眼神里却有危险的火花，令韩哲变得警惕起来。

许久安当然知道苏易的敌意是因为任丹儿，连忙问：“韩船员，还有事吗？”

韩哲的目光移到她身上就立即温柔了许多，提醒几句：“哦。我也想问问你，看过今天的日报了吗？雅典多处有罢工抗议活动。你最好和人结伴同行，不要在岸上逗留太晚，回程要预留充足的时间。”

“我知道了。谢谢关心。”她心头一甜，自从韩哲收走了那颗石头，两人的关系又回到了从前，比普通船员对乘客的关心要多一点点。

“走啦，我和租车公司约的提车时间快到了。”梁泊催促。

“租车？”

“今天到处大罢工，公共交通可能要么用不了，要么寸步难行，梁泊就租了车。上次任丹儿坚持AA，我还剩了些钱，转给梁泊用，就当抵这次的车资了，”苏易看出她正在算租车费平摊下来多少钱，补一句，“你那份我一起给了，反正奖金是我们一起赢的。”

既然他这么说，她就接受了。

梁泊租的是敞篷跑车，适合在这高远的蓝天下加足马力跑。

大好的天气，许多商店却都门可罗雀，处处透着萧条的气息，与许久安所想象的欧洲风情、繁荣景象完全不同。

以前总觉得国内有许多发展不如意的地方，如今走出来一看，发现国外的月亮比较圆只是因为距离产生美。一路走过来，她越来越为自己的来处感到骄傲。

“帕特农神庙到了。”梁泊停好车，道。不过，他下车后使劲搓了搓眼睛，不敢相信远处山冈上耸立的残垣断壁是今天的目的地。

“距今两千多年了。”许久安盯着金色阳光下的神庙眼睛发热，这就是供奉雅典娜女神的神殿啊，坐落在卫城的中心，虽然庙顶坍塌了，浮雕剥落了，可她依稀能看到昔日的辉煌。

“你们去吧。我自己转一转，和好看的小姐姐搭讪一下。”对着这景象，梁泊对要去的地方完全提不起兴趣。

苏易只能跟着许久安，她在一根立柱前都能停留半个小时，讲起来滔滔不绝，从智慧女神雅典娜和海神波塞冬争夺这座城市的传说开始说起，到两千多年来神庙几次三番遭到战火的破坏。

虽然她所说的那些，苏易最近在图书馆的书里也看到了，可他就是不忍心打断她，静静地听着。

因为当她在说她擅长的领域的事情时，整个人没有平时那么呆板，反而像只知更鸟一样灵动。

“许久安，如果以后你要和男人约会，不适合去KTV或者购物街，你适合和他一起去名胜古迹，那样，他看到的你会有趣活泼得多。”他诚心建议道。

“有那么一天再说吧。”她一直觉得，自己说不定要孤独终老呢。

逛完帕特农神庙，因为怕遇见罢工游行队伍，万一路上堵车误了船就不好了，所以三人早早就驱车回来。

梁泊望见韩哲还在码头，远远就说：“韩长官，你看，我们俩可是没有打击报复，把她完完整整送回来了。”

韩哲从上到下看了看许久安，确实是毫发无损，“嗯”了一声，表示满意。

明天依旧在希腊，不过邮轮在夜间离开了雅典，于清晨停留在了圣托里尼岛附近。圣托里尼港口的水太浅，邮轮只能停在海中央，分批用小型渡船送乘客上岸。

梁泊挥挥手道：“今天这儿没罢工，旅游小岛的治安也不错，嘻嘻，那别怪哥哥们抛下你了，毕竟大哥哥去的地方，你估计不好意思去。”

许久安听他阴阳怪调，忍不住问：“你们要去哪？”

苏易无可奈何地回：“他要去天体海滩，非拖着我一起去不可。”

天体海滩不允许穿衣服进入，崇尚自由。

和他们分别后，许久安一个人坐上缆车，到了岛上的费拉镇。小镇依着悬崖而建，一排排房子像搭积木一样高低错落，站在高处能望见低处的屋顶和远处的海，人文与自然相映成趣。在这里，蓝色和白色两种颜色都美到了极致，浪漫地铺开来，随处可见。

“这里就是地中海啊。”许久安走在鹅卵石铺就的地面上，感受着阳光的热度，心却始终是冷的。

昨天的雅典和今天的圣托里尼不一样，雅典看到的主要是古迹，而这座岛上到处是蓝宝石一样的海景，走到哪里都摆脱不了，容易让人触景生情。

她明白自己内心的酸楚来得莫名其妙，她抬起头，望着瑰丽的地中海，最后还是抵抗不住身体内汹涌而来的情绪，怔怔地落了泪。

太阳快落下的时候，她已经走到了伊亚小镇，据说，这里有着世界上最美的日落。只可惜她的眼睛已经哭肿了，看得并不清楚。

她只模糊地看见夕阳染红了海水，然后慢慢地坠落下去，有人见悲，有人见喜，她是前者。

“踩到驴粪就值得哭成这个样子吗？”有人在她耳边说，并递给她两杯咖啡，自己却蹲在她面前，拿出一张纸巾，细致地替她拭掉球鞋边缘的驴粪，逆光的脸上没有嫌弃的意思。

她今日见着地中海，整个人浑浑噩噩，倒是没有注意到什么时候一脚踩到了驴粪。这也不稀奇，岛上到处是驴子，它们曾是这座岛上最主要的交通工具。

“韩船员。”她想起来了，初见面时，他说过他去过世界各地，非要说一个去过之后还想再去的，应该是坐在伊亚的悬崖上看日落。于是，他在今天也不例外地来了。

他又拿了张湿纸巾擦了擦手，接过一杯咖啡，说：“另外一杯是给你买的，就当是安慰踩了驴粪的你吧。”

天色已经暗下来，是一种独特的静谧的深蓝色。

“怎么样？我推荐的地方不错吧？”

许久安吸吸鼻子，喝一口咖啡，咖啡并没有过滤干净，唇齿间还尝得到细细的粉质，她摇摇头，回：“我不喜欢地中海，而且，咖啡的味道也怪怪的。”

任性的话语并没有让他不满，韩哲看着她憔悴的样子，用比晚风还轻的声音询问她怎么了。

“我……”许久安望向夜色下的地中海，如此的迷人，为什么会被用来命名那样讨厌的疾病？

“韩船员，你听说过疟疾吗？”这件事，与漫长的历史有关。

早在几千年前，疟疾就开始感染人类了。蚊子是传播疟疾的使者，它们在炎热的地方数量更多，所以疟疾在气候炎热的地区比气候寒冷的地区要普遍。

但是，人类怎么会被轻易打倒呢？用达尔文的进化论来看，疟疾肆虐地区的人类的基因慢慢进化，让自己对疟疾的抵抗力更强。

在医学发达的今天，疟疾对人类的威胁渐渐小了，可是，这种曾让我们强大的基因，它的缺陷却慢慢显现出来。这种基因缺陷分为轻、中、重度三级，轻度携带者不影响正常生活，几乎看不出来，而中、重度的携带者却有死亡的危险。

轻度携带者因为不自知，有可能会两两结合，生下的小孩就有一定概率是中度或者重度。

这种遗传病最早在地中海地区发现，所以被命名为地中海贫血，但它不只在这一个地区高发，而是广泛分布于世界各地，包括我国的南方。

“我是南方人，我父母也是南方人。他们恋爱结婚的时候，并不知道要做基因检测，都不知道自己是轻度地贫基因携带者，而我就落在那个不幸的概率里。小的时候，我总像一个吸血鬼一样，定期到医院里输血，长大后，我终于有机会做了干细胞移植手术，彻底康复。但我一直忘不了地中海贫血这个病名，甚至，有些不理智地不喜欢地中海这个地方。”

咖啡苦涩，许久安最后却品出了特有的风味。她往后仰着，半躺在悬崖上，凝视着夜空，苦笑着总结：“这种遗传基因，既能从疟疾中救我，也能置我于死地。我想，人生一定有许多这样复杂的事吧，说好的也有不好的一面，说不好的也有好的一面。”

韩哲看着年纪轻轻的女孩已有这么多的感叹，他欣赏她历经磨难后的思考，可是又宁愿她是一个单纯的姑娘，轻狂也好，无知也罢，至少没有受过这些折磨。

“咖啡喝完了吗？给我。”他接过她手里的咖啡杯，借着不远处的灯光看清杯底。

“怎么了？”

“让我帮你看看以后的运气，”韩哲一边看，一边解释，“船上有个希腊籍的船员，每次喝完咖啡都要看一看咖啡渣，说他们这的人喜欢咖啡占卜，所以煮咖啡时从来不会过滤咖啡渣。”

许久安看他装模作样地拿着杯子看，研究了许久才得出一个结论，她以后会平平安安，顺顺利利，再无风波。

闻言，她低着头偷笑，她知道一向不说假话的韩船员这次是说了假话。

希腊人喜欢咖啡占卜，可他绝对对这个一窍不通。

他只是为了鼓励她。

“让我看看你的。”她抢过他的咖啡杯，轻快地跑进附近的一个咖啡馆里，问高鼻子的老板娘会不会咖啡占卜。

老板娘神秘一笑，蔚蓝的眼睛盯着她说：“这杯咖啡的主人正在被人喜欢着。”

许久安慌张地回头看，韩哲已经跟着她走过来，此刻正在门口等她。

她放下咖啡杯，若无其事地走过去。

“老板怎么说？”

“老板不知道。”

她不想告诉他，正如那日他问她：“我脑海中有一个想法挥之不去，许久安，你是为了我去参加戏院的比赛，也是为了我才盛装出席舞会的吗？”她也不想正面回答。

因为，此时此刻，她只想自己一个人悄悄地喜欢他，不想说出来打破这份宁静。

邮轮到了欧洲后，靠岸的站点就变得密集了，因为欧洲有太多的旅游胜地，单是意大利就有两个站点，先到罗马，再到威尼斯。

看世界地图的时候，意大利很容易被认出来，因为它的轮廓就像一只靴子。这个国家的男人普遍颜值很高，而且格外注重自己的形象，许久安在大街上看见许多意大利男人穿着合身的西装配着锃亮锃亮的皮鞋，个个都像T台模特那样身姿挺拔，身上还喷洒着成熟的香水。他们仿佛知道自己的魅力，对路过的人毫不介意地释放笑容。

梁泊在抵达意大利前，还专门来提醒过隔壁舱的两位女士：“小心在意大利被迷得七荤八素，连家都不想回了。”

“为什么？你嫌姐姐见的世面少？”沈念双自以为定力稳如铜鼎。

梁泊不肯多作解释。苏易揭好兄弟的短，补充：“那是因为留学的时候，他在情场上老输给意大利的男人。他们天生就会说情话，相当厉害。”

许久安在街头的冰淇淋店买了个甜筒就感受到了此话非虚。

“Dear.”黑色卷发的意大利年轻小哥找零钱时这么叫她。

她一时回不过神，错愕的样子让对方嘴角一扬，催她快点品尝手里拿着的冰淇淋，因为她可爱得让冰淇淋融化的速度都加快了。他还说，她可能不会觉得他家的冰淇淋太甜，因为她本身的甜美就足以让冰淇淋的味道甘拜下风了。

许久安听得脸红耳赤，她本以为这应该只是偶然的个例，可是她去许愿池用硬币许愿时，到附近的商店换硬币，梳着小马尾的大叔店主开口也是这个风格，神一定会帮助你实现愿望的，因为你本来就是他派驻到人间的天使。

沈念双在这个时候发来消息：我深深嫉妒这个国家的女人，天天听着蜜糖般的话，简直就是具有超强滋润效果的精神面膜，幸福感好强烈！在这里，半天听的情话比我这辈子交过的所有男朋友说过的还多！

感叹号连着有十几个，可想而知她有多激动。

许久安回复她：“你再心旌摇荡，也别忘了按时回船。”

收好手机，她告别把她称作天使的店主，握紧手中的硬币，朝着人山人海的许愿池去了。

许愿池的原名是特雷维喷泉，宽近二十米，巴洛克式富丽堂皇的风格，池中间，海神等雕像庄严地守卫着这里，水面清澈，尤其是水下层层叠叠的银色硬币在阳光下闪闪发光，晃得她很难睁开眼睛，据说，每年在这里会捞起几十万欧元的硬币。

今天一样有许多人排着队往池里抛硬币，许久安也是其中一员，她只有一个虔诚至极的愿望，希望常青哥能够快点好起来。

许愿时要背对着喷泉，硬币需从肩以上抛到身后的水池里。当她许完愿望转身朝里看，已经分不清哪枚硬币是自己的了，只希望自己的心意能够被众神周知。

众神没有回答她，然而身边一个栗色卷发的白衬衫男人正抓住另一个平头男人的手臂，告诉她，在她许愿时，这个人偷拿了她的钱包。

平头男人手中的钱包确实是她的，他见自己被发现，用力一挣，白衬衫男人一不留神就被他推向水池，大半个身子入水，倒下时还紧拽着钱包。

电光石火之间，那个小偷已经扒开人群逃之夭夭。

衬衫湿透后，变成半透明地贴在他的身体上。湿漉漉的他站起来，递过滴着水的钱包，让许久安检查一下里面的东西是否全部都在。

许久安不用检查也知道里面干瘪至极，她一向谨慎，护照和钱包分开放，钱包里最多五十欧，用于应付穷凶极恶的劫匪，在万一不得不花钱保命的时候双手奉上。

白衬衫男人名叫Angelo，安杰洛，在罗马念大学。

两人离开许愿池，安杰洛在附近的小巷里找到一家自助洗衣店，脱了湿衬衫丢进滚筒里。

挑高的房屋里，阳光透过彩色马赛克玻璃窗照进来。面前的男人赤裸着上身，许久安不自在地看向店门外面。

罗马的小巷密如蛛网，马路并不宽敞，两旁的建筑也并不是现代化的新楼，多是一些老而不旧，充满了历史感的房子，像是一幅保存完好的历史画卷。在这里，就算穿着文艺复兴时期的蓬裙也不违和，随时能融入背景之中。

“Grazie.（谢谢。）”她说，这算是她仅会的几句意大利语。

“你说第八次了。”他笑得有些顽皮，居然回的是中文，“我一直在学中文，我们学校有中国来的留学生，都是我的好朋友。我还会唱一些中文歌。”

衬衫在他腔调奇怪的中文歌声中洗净，但还有一道烘干程序。

烘干时，他开始从唱歌变成表演他从港台功夫片中学到的一招半式。他打得有模有样，不得不说非常赏心悦目。

“我很想去你们那拜师学艺。听说你们从小就练武强身，一直坚持到老。”他的深棕色眼睛里充满了期待。

许久安想了半天，认为他可能是说学生们的广播体操，以及老年人在公园里打太极。她实在忍不住笑起来，不知道该说是还是不是。

意大利人的情话又来了。他惊叹着：“你真的不用再对我说谢谢了，为了看到你的笑容，我愿意做一切事情。”

这时，烘干机响了一声，许久安帮他把尚有余热的衬衫拿出来，递给他。

“是不是我换好干净的衣服，我们就要分别了？”他抱着衣服，一动不动地望着她，塌塌的睫毛特别长。忧郁的他看上去仿佛一尊守望的雕像，还是胸肌袒露的那一种。

“我等会就要离开罗马，我是乘船来的，船停在奇维塔韦基亚港口，从罗马过去需要赶火车。今晚我的船就会出发去威尼斯。我不得不走。”许久安一边说，一边留意着他渐渐失去神采的眼睛，他看上去很难过的样子。

安杰洛穿好衣服，一脸郑重地说：“我等会要去许愿池许一个愿望，希望我们能够再次相遇。”

听到这句话，许久安不以为意。

回程的短途火车上，她碰到了沈念双。两人都是卡在这个时间点回去。

沈念双捧着一大束火红的玫瑰，整个人光彩照人。邻座的小哥插一句话，恕他直言，玫瑰不如人美。

她和沈念双对视一眼，两个人都心照不宣地笑了。这样的体验，今天未免太多，像马卡龙甜点自助餐一样，撑得心里甜爆了。

沈念双一边精心侍弄着花朵，一边总结：“蜜月的话一定要来意大利，让老公天天看着你如何被吹捧得和下凡仙女一样，让他时时刻刻醋性大发，必须一直牵紧你的手，免得一不留神，你就被这些情圣们撩走了。”

“这花是谁送的？”

沈念双眯着眼回忆：“大街上，一个超级帅的小哥捧着这束玫瑰直接向我走来，然后单膝跪下献给我。”

“这么浪漫？”许久安想想自己遇到的那些，比起献花，还是小儿科了点。

“不过呢……”沈念双还是有些遗憾地叹了口气，“我接过花后，他就找我收钱了。”

“啊！竟然是卖花的？”

“是啊，不过这么罗曼蒂克的陷阱，我也轻飘飘地栽进去了，当自己投钱做女主角，演一出爱情电影经典情节了。”说话间，沈念双摘完一朵花的花瓣，往空中一抛，这场“雨”又美又贵。

然后，她想了想自己的买花钱，还是有些心疼地感慨：“出门在外，防不胜防啊。”

没有哪座城市是完美的，乱花渐欲迷人眼的风景里，总有扒手，总有套路，总有阳光下的阴影。

港口处，抱着鲜花归来的美人自然惹眼。

梁泊不识趣地吹了声口哨：“哟呵，不知道沈大美女的花是免费的还是收费的。”看来他是听说过这种卖花伎俩的。

沈念双一直在努力地自我安慰，没想到梁泊主动撞到枪口上，再加上上次他胡诌诅咒吓唬许久安的旧恨，这个时候，她愤怒值猛涨，居然以花为械，直接打向他。

花刺钩在梁泊的脸上，划出一道道浅浅的血痕。

梁泊这才知道玩笑开大了，虽然他经常在分手时被女孩子们泼水，但一向注意点冰镇饮料而不是热咖啡，被玫瑰打是第一次。

他抱着头，一边狼狈地逃跑，一边不停地道歉：“我错了还不行吗？”

登船口的韩哲注意到这边的情况，立即跑过来阻止沈念双。许久安也赶紧挽住她的手，夺过已经破败的玫瑰。

梁泊没想把事情闹大，何况他自知理亏，生怕韩哲处罚沈念双，马上跑回来解释：“韩长官，都是误会，我们闹着玩的。”

沈念双别过脸，不吭声。

韩哲见两人都想息事宁人，看向许久安，指指她手里的花，说：“当心别把手钩破了，交给我处理吧。”

回到船上，梁泊去医务室涂了药膏，他的脸上泛着一层淡黄色的药色，不过他现在在意的可不是脸面问题，而是如何讨好沈念双。

苏易说他受伤是活该。他本想反驳，想了想竟也同意了：“在这事上，我确实活该。”

邮轮上没有花店，但晚上刚好有一个学习折纸的活动，梁泊混在一堆闹哄哄的小孩里，缠着老师教他折玫瑰。

最后，他花两个小时的时间，用不同颜色的卡纸折出了九朵纸玫瑰，放在沈念双住的6249号舱门前，敲了门就跑，躲在走廊的拐角处偷偷看她的反应。

沈念双左右望了望，没发现人在哪里，只能把花拿进来，关上门。

梁泊这才从拐角处出来，谁料她忽然打开门冲出来，一下子把他抓个正着。

“是你折的？”沈念双眯着眼，低沉地问。

梁泊被她抓着衣领，委屈地点头说是。

沈念双忍着笑，看着他皱成一团的五官，对着他的伤口轻轻吹了一口气。她涂了薄荷味的唇膏，吐出来的气带着点薄荷清香。

梁泊的脸上泛起一阵麻酥酥的痒和疼。

“你嘴巴这么坏，我罚你二十四小时不准说话。你做到了我就原谅你。”

他本来想答“是”，可是想起她的话，紧紧合上嘴，点了点头。

回到旁边的客舱，梁泊被苏易问进度如何，他摆摆手，牢记着沈念双的话，心里头有些郁闷，自个儿为什么要听她的话?

另一边的舱房，许久安看着沈念双趴在墙上，耳朵紧贴着墙壁，像个变态狂一样仔细地窃听对面有没有传出声音，脸上一直带着诡异的笑容。

第七章

何必叹息

Chapter 7

最好的爱人，如同港湾，为你加油鼓气，让你去疯，让你去闯，让你去闹。

We travel around the world.

翌日，邮轮在意大利的水城威尼斯靠岸，这里的一切都缘水而兴，城里有一百多条交错的水道，船是市内唯一的交通工具，渡轮载的人多，按固定路线依次到站停靠，像陆地上的公交车；水上出租车通常限载十人，听凭乘客吩咐去往哪里，像陆地上的的士；还有一种两头翘起，如同新月一般的尖舟叫贡多拉，已经有一千多年的历史了，通常它的船夫也打扮得比较考究。

许久安一睁眼就看见沈念双不知道什么时候醒了，她继续在贴墙偷听，大约听到那边出门的动静，她也马上拉开门，笑眯眯道：“早啊。两位先生。”

“沈小姐，早。”苏易打个招呼。

梁泊差点就上当了，准备开口的时候冷不丁想起答应过她的，二十四小时还没到，紧急闭嘴，结果不小心把舌头给咬了，表情十分狰狞。

沈念双像只狐狸一样笑起来，主动邀约：“今天给你们一个面子，带我游威尼斯。”

许久安在里间看着，觉得沈念双今日的表现就算评不上威尼斯电影节最佳演技，也颇得莎士比亚笔下戏剧《威尼斯商人》里那个奸诈富商夏洛克的真传。

沈念双打个响指，问许久安好了没，抓紧时间一起出门。

“好了好了。”她抓紧时间洗脸漱口，背上包和他们一起出发。

四人下船便看见一个英俊的男人在港口持花而立，花开红似火，今日威尼斯的天气有些阴阴的，衬得这束花的颜色更加饱和耀眼。

男人高兴地冲他们招招手。

沈念双只以为这卖花的手段从罗马流传到了威尼斯，当下火冒三丈，正要上前拼了。

谁料许久安拖住她的手臂，声如蚊蚋：“那个人是来找我的。”

三人齐齐看向她，眼睛里都写着不可思议。

持花的男人是安杰洛，她也没想到他会来。他说他会去许愿池许愿两人再次相遇，没想到他真的就在威尼斯等她。

一面之缘不知深浅，许久安想假装不认识，躲在三人的背后往前走，没想到被他叫住了。

“你不记得我了吗？我是和你袒裎相见过的安杰洛。”

安杰洛会说中文，但显然对词语的意思掌握得还不透彻，“坦诚相见”这四个字可不是这么用的。

“袒裎相见！”苏易最先蹙眉重复了一遍。

“是那个袒裎相见还是那个坦诚相见？”沈念双夸张地大声问。

“唔唔唔唔唔……”梁泊也很想出声，可是一想起二十四小时约定，他的声音都没在嗓子眼里，但是仍在很激动地比手势。

韩哲今日依然在登船口主持工作，这几人频频出事，算是他的重点关注对象，因此听到这边声音一大，他循声望过来。

持花的男人明显不是船上的乘客，却和许久安有些瓜葛的样子。

“‘袒’不就是脱去上衣，露出身体的一部分吗？‘裎’不也是脱衣露体的意思吗？我昨天确实脱了衣服和你见过面啊？”安杰洛咬文嚼字地解释这个词，不明白自己为什么说得不对。

许久安看他越描越黑，真是感觉天昏地暗。尤其是眼角的余光看见韩哲走过来了，她更加心慌。

“什么情况？在罗马你们脱衣服见面了？”沈念双一惊讶，声音变得又尖又细，像给地面铺上了一层钢针毯，刺得走过来的韩哲步履不稳。

“喂。”苏易眼神不满，示意她声音小点。

“对不起对不起，我只是看不出来小安安在罗马还发生了这种风流韵事，”沈念双双手合十道歉，小鸡啄米般点着头，声音渐渐小得听不到，两只眼睛却亮得像灯泡一样照着安杰洛，嘀咕着，“这个意大利小哥哥长得很可口啊。”

韩哲已经走过来，先是确认了一下沈念双没有像昨日一样拿着玫瑰殴打梁泊，然后直接盯着许久安问：“怎么回事？需要帮助吗？”

“没什么。韩船员，你忙去吧。”许久安一边说，一边拖着安杰洛往外走，只想快点离开人群，然后再和他说清楚。

沈念双望着一高一矮的背影，嘟囔：“看来她今天不会和我们一起行动。也是啊，在这么浪漫的地方，陪在自己身边的人当然是颜值越高越好。”说完，她嫌弃地看了一眼满脸药膏的梁泊，扭头就走。

梁泊追上她，指指自己的脸，却不敢吭声，意思是你也不看看这是谁造的孽啊。

这两个冤家追追跑跑也走了。

苏易落在最后面，不急着跟上他们，对仍在原地的韩哲悠悠道：“想必你听说过意大利的男人多有魅力。”

韩哲没有回复。

“想必你也了解威尼斯有多迷人。”

韩哲还是没有回复，只是微微侧过身，看着他，瞳仁里泛着复杂的光。

“想必你也同意许久安太年轻，涉世未深。”

韩哲点了点头。

“想必你也知道在种种因素的加成作用下，那家伙很容易被感情冲昏头脑。贡多拉船上适合谈心，圣马可广场适合牵手，黄金宫里适合告白，叹息桥下适合拥吻，威尼斯每一个地方都适合定情。”

苏易说完时注意到，一向持重的韩哲，眼神竟有些涣散，不过很快聚拢回来，某种情绪变得锐利而坚定。

“我明白。”他只说了三个字，然后就回到了船上。

苏易摇摇头，觉得他应该还是没有明白，不然就不是回船上了。

安杰洛在威尼斯有朋友，借了一艘贡多拉，把许久安扶上船，慢慢地划开去。

“我在意大利招待你，以后我去了中国，你也当我向导好不好？”他站在贡多拉上，长身鹤立的影子倒映在水里，被桨打破。

威尼斯有几百座桥，许久安不记得自己穿越了多少座桥，也没怎么注意听安杰洛在说什么。

他见她闷闷不乐的，只好说些好事哄她开心：“我在许愿池许过愿望，希望我们能再次相遇。没想到昨天我回去后，就收到朋友的信息，邀请我来威尼斯过周末。我昨晚搭飞机来这里，今天一早就去港口等你，还以为是给你一个惊喜，但你看上去好像不怎么愉快。”

许久安总算笑了笑。如果许愿池那么灵验的话，希望她的愿望也能成真，让常青哥快快好起来吧。她会努力还他一张船票，让他也亲身体验绕地球一圈，而不是在她的文字和图片里做着虚幻的梦。

两人总算打开了话匣子。

“我是不是说错话，让你朋友误会什么了？”安杰洛现在才反应过来，未免太迟了。

许久安摆摆手，想装洒脱假装没事，实际上一直牵肠挂肚地在想，韩哲有没有误会。

安杰洛回忆并分析着：“当时现场有三位男士和一位女士，一位男士满脸是伤，似乎和那位女士更亲密，排除这两位后，你担心的是其余两位中的哪一位？”

话音落，他忽然有了答案，雀跃地指着岸上问：“我猜，是那一位对不对？”

他们的贡多拉已经划到壮观热闹的圣马可广场附近，拿破仑曾称赞这里是“欧洲最美的客厅”。

韩哲就站在广场的河边上，航海久了，他的身姿在平地上站得极稳，如同礁石一样稳稳立着，只有视线移动并搜索着。一只大胆的鸽子停留在他的肩膀上，歪头轻啄自己的羽毛，大概以为他是不会动的雕像。

许久安不明白韩哲为什么会下船并一身便装出现在这里，正想让安杰洛划走，没想到他已经朝着韩哲挥手致意，并且向这个方向划去。

她飞快地拿起安杰洛送的玫瑰挡住脸，又恍然想起这属于掩耳盗铃，只能讪讪地放下花。

不过，这画面看上去似乎是一个怀春少女捧着花坐着船，去见她的情人。

许久安想到这，赶紧把花又丢远了些。

这个动作似乎取悦了韩哲，他望着她一笑，呼吸的变动惊到了肩头的鸽子，振翅飞上近墨色的天。

贡多拉已经到了岸边，她不得不硬着头皮打招呼：“韩船员，你怎么在这？不用在船上值班吗？”

“忽然有重要的事，就请假了，”他伸出一只手，似是随意提起一件事，“如果你已经在船上坐够了，那么我陪你在岸上走走。”

话音落的同时，他已经主动牵住了她的手，坚决地一拉，就把她牵上了岸。

安杰洛也没废话，识趣地离去。

圣马可广场的鸽子之多，在他们身边围成了一个包围圈。据说威尼斯的鸽子比人还多，当地政府因鸽子空降粪便，破坏历史建筑的问题而大感头疼。

韩哲急着带她离开安杰洛的贡多拉，越远越好，大步流星地走，每走出一步都有数不清的鸽子在他们的脚边飞起。

“前面是叹息桥，”圣马可广场旁边便有一座拱桥，韩哲带她走到桥中间停下来，介绍前面河上一座密封的桥，“桥的两端是法院和监狱，囚犯被送过这座桥去行刑，临刑前感悟人生常有一声叹息，叹息桥因此而得名。如果我没有来的话，那个人是不是正要带着你来这里？”

这样一个地方，居然不停有贡多拉出现，从桥下缓缓划过。船上大多是一男一女，亲密地拥吻。

“我也不理解为什么叹息桥成了威尼斯最负盛名的定情之地。传说是有一个死囚透过窗，看到自己从前的恋人与新欢在桥下的贡多拉上拥吻，陷入疯狂，撞死在桥上。照这么看，这个血腥的传说是在提醒人珍惜感情吗？”

韩哲低头凝视着许久安，她似乎预感到了什么事会发生，从到这里来后就一直低着头。

“抬头！”他极少在非工作时间用祈使句对人说话。

她犹豫了片刻，终是抬了头，看着他令人沉迷的眼眸。

这一看，就像鲸鱼入水，只想游向更深的地方，在那里安营扎寨，永生定居。

许久安想起在罗马的火车上，沈念双说的那番话：“蜜月的话一定要来意大利，让老公天天看着你如何被吹捧得和下凡仙女一样，让他时时刻刻醋性大发，必须一直牵紧你的手，免得一不留神，你就被这些情圣们撩走了。”现在看看，韩哲所做的，似乎就和她说的一模一样。

“我到过很多地方，听过很多浪漫的传说，不管是前人流传还是后人编造，反正故事的核心都是让全世界的情侣疯狂。同样是河，巴黎有一条塞纳河，河上有一座传说能锁住爱情的桥，每年，各地来的情侣们都喜欢在桥上挂上一把爱情锁，然后把钥匙丢到河里，导致那座桥不堪重负，曾经有警察对游客们进行过紧急疏散，当地政府后来只能拆除桥上的爱情锁。我想，相爱的人依旧相爱，不爱的人恐怕没有等到拆锁就已经分开。”

韩哲也极少这么多话，说完一大段，他顿了顿，难以克制自己的情绪伸手抚向许久安震惊中带着欢喜的脸，但他没有唐突地接触她的肌肤，只是隔着一层很薄的距离，掌心的温度可以辐射过去，可他并没有真正碰到她。

他继续说了下去：“我不相信埃及法老的诅咒，也不在意希腊咖啡渣的占卜结果，更没想过去干涉别人是不是在传说之地拥吻定情。可是，今天的事逼得我不得不打翻自己的计划，我请假下船，只怕有谁与你在此立誓。我……”

在最接近谜底的地方，他蓦然停住了，眼底尽是寂寥。

“韩船员？”在他长久的沉默后，许久安迷惑不解地出声。

他的声音似渴极了的人尝到海水那般苦涩。他颓然地收回自己的手，望向叹息桥说：“可是，我除了自私又冒昧地阻止你与别人在此立誓，也无法多做什么了。”

他所做的一切，只是担心她一时冲动投身于相识才两日的露水情缘。

仅仅是这样吗？许久安好奇那个无法得到的答案。

韩哲的心里大概也有一声叹息吧。

这声叹息，当任丹儿乘着贡多拉从叹息桥下经过时，她适时抬头望着桥上，从韩哲的表情里“听”出来了。

她不是一个人乘船，还有一个邮轮上的同事。韩哲和许久安若非那么专注地看着彼此，也许会认出那个同事就是那天舞会时，从韩哲身边分走大批乘客的人。了解他的人知道，他不是想帮忙，他和韩哲有职位上的竞争关系，他只是怕在船长面前，韩哲的人气明显高于他而已。

“马彼特。”任丹儿打断他对叹息桥传说的讲解，“我虽然是第一次跟船工作，可是我来过威尼斯，我知道这些传说。”

“好吧。”马彼特在新加坡长大，汉语、英语、马来语和泰米尔语是新加坡的四大语言，因此他的中文也不错。

看任丹儿兴致缺缺的样子，马彼特遗憾地想自己大概是不能与她践行这个传说了。

“你在看什么？”他跟着抬头看。

“没什么。”任丹儿收回目光，催促马彼特给自己拍张照，一时竟忘了递上自己的手机，让他用他的手机拍了。

这张照片就这样存在他的手机里，但她不知道的是，他的手机里早就有许多她拉琴时的工作照。

“好了，回去吧。”现在，威尼斯的风景看上去索然无味，她觉得有些累了，不如早早打道回府。

和马彼特回到邮轮上，任丹儿本想先为晚上的演出再熟悉一下曲谱，可是鬼使神差就来到了第六层客舱。

“我找一下我朋友。”她对马彼特下逐客令。

“那个苏易吗？”他听说过船上有位男乘客经常纠缠她。

任丹儿板着脸强调：“这是我的私事。”

“你知道邮轮上的规矩。”他也强调。

“我很清楚。”

听她的语气很肯定，马彼特也就放心地走了。

这是任丹儿第一次主动找苏易，所以当梁泊开门时，认为自己涂的伤药可能有神奇的致幻功能，直接扇了自己几耳光以谋清醒。

任丹儿还是俏生生地站在他面前。

“啊啊啊！”紧紧闭了二十多个小时的嘴的梁泊终于忍不住叫出声了。

一直想方设法抓他纰漏的沈念双在隔壁闻声火速开门，大吼一声：“你果然还是食言了！”

“好了，今天你在威尼斯故意拉着他叽叽喳喳一整天，一个劲下套让他开口，他不还是千辛万苦地忍过来了，何况……”里面的苏易被他俩吵得头疼，又不得不出来劝和，可他走出来看到外面的任丹儿，语速骤然慢下来，“现在已经满了……二十四小时……”

“苏易。”任丹儿出声，证明她真的在这里。

苏易刚从床上起来，仓促地拍了拍衬衣的下摆，希望它能笔挺一些。

任丹儿瞟了一眼隔壁沈念双打开的舱门，暂时隐去了来意：“我们还是进去说吧。”

“你也进去再教训我。”梁泊当然巴不得让二人独处，也拉扯着沈念双进了她的客舱，多半是替苏易开心，他进去后一直摸着后脑勺嘿嘿傻笑，完全没留意到沈念双将他折的纸玫瑰在床头的墙壁上贴成心形。

只可惜，隔壁舱里，两人的发展并不如梁泊所期待的那样。

任丹儿开门见山：“你认识隔壁舱的许久安对吗？你清楚那个女孩和韩哲船员是什么关系吗？”

苏易是什么感觉呢？

当她出现时，他纵然有过刹那的欣喜，却很快被他忍痛捻灭了，就像徒手捻熄一支烟那样。因为不计其数的失败，让他形成了动物对天敌的警惕性，任丹儿虽然是主动找上门，但怎么可能忽然转变呢？

他很痛苦地为她着迷，如同满身烈火在燃烧。

此时此刻，她问这样一个与他毫不相干的问题，他竟丝毫不失落，反正沉到谷底的心也没有继续下坠的空间了，淡淡的也就回答了：“不清楚，反正不会是我们这种密西西比河与墨西哥湾界限明显的关系。”

“你不知道的话，我直接去问她。”任丹儿果断转身开门。

“你为什么这么关心他们的事？”

她很爽快地回答：“我很欣赏韩哲，不希望他自毁前途。”

苏易苦笑，原本已经触底的心继续往下落，落到棺材里，一了百了地埋葬了。

任丹儿走出来，又敲响了隔壁舱的门。她是个很有行动力的人，喜欢一鼓作气把事情做完。

还是梁泊开的门，笑得像花一样，问："你们谈完了？我不急着回去的。你们聊到天光大亮也行啊。"

"不是，我找许久安。"

这次，她没有要求单独谈，见到许久安就直接阐明来意："许小姐，想必你知道船上有一千多名船员，岗位竞争十分激烈。我是船上的临时工作人员，只签订了一个航线的表演合同，所求不多，只是想顺道看看世界。可是韩哲船员不同，他在海上数年时光，既希望也值得拥有更大的发展空间。而邮轮之上，恰恰是绝对禁止船员与乘客恋爱的。言尽于此，望你知悉。"

任丹儿投下了一枚"深海炸弹"，就翩然远去。

许久安这才明白，为什么韩哲今日说："可是，我除了自私又冒昧地阻止你与别人在此立誓，也无法多做什么了。"然后就不说话了。

为什么韩哲那一日问："我脑海中有一个想法挥之不去，许久安，你是为了我去参加戏院的比赛，也是为了我才盛装出席舞会的吗？"然后就止步，不再送她。

无边的大海有无尽的可能，可是他和她却几无可能。

邮轮继续西行，一天后就到了法国的马赛，而非久负盛名的巴黎。马赛位于法国南部，水深港阔，而巴黎位于法国北部盆地的中央，邮轮并不能直接停靠在那，所以航线中没有巴黎这一站。这也是邮轮旅行的弊端之一，只能沿着海走，好不容易抵达一个国家，可也许留给岸上的时间，并不足以到访当地最著名的城市或景点，有时候就与它们这么擦肩而过了。

常听说法国普罗旺斯薰衣草之美，实际上普罗旺斯是一个大的地区，马赛也在这片区域范围内。大众所熟悉的薰衣草通常是紫色的，其实白色、粉红色的薰衣草同样很美。薰衣草直接闻的话几无香气，要用手轻轻揉搓它，再闻指尖的香气就很浓烈。

遗憾的是，当地薰衣草的花期在六七月份，现在还太早了，无法看到。

不过没关系，法国本身已经充满了浪漫的情调，浪漫主义在十八世纪时就已在此盛行。

按沈念双的话说，整个航程，她最期待来到的就是法国，在这里，没有不可能的爱情。她解释起来头头是道："你知道新任法国总统马克龙的妻子吗？她比他大了二十多岁，还曾经是他的老师。许多人偏执地认为，年长的女人是缺少魅力的，离过婚还带着孩子的女人很难再嫁，可法国总统坚定地娶了这个女人。这件事让我知道，女人外表衰老不可怕，女人曾经的情感和生活很坎坷也不怕，只要她栖于身体的灵魂有魅力，爱永远都会来敲门。"

岸上，沈念双伸了个大大的懒腰，抛了个飞吻，说她要去碰碰运气，万一在这里遇见了后半辈子的爱情呢?

梁泊追上她的脚步，沈念双赶他走，他却像块牛皮糖一样黏着，说他知道哪里的马赛鱼汤好喝，他可以带她去尝尝。

被抛下的苏易和许久安四目相对，他先提出邀约："一起走走吧？"

"也好。"两个人都是被任丹儿投"弹"击伤的人，确实有许多共同话题。

"你最近在看什么书？"许久安随口问起。她知道，自从他在船上看过莎士比亚的戏剧后，就经常在图书馆借书。

航程才走了三分之一，苏易的变化却是巨大的，以前他的傲慢来自他从未明说的身世背景，可他本身并没有什么建树，只是背有靠山，如今，他被任丹儿的雷电狂风虐久了，好像成了在悬崖峭壁上狠命生根的树，拼命地吸收着为数不多的阳光雨露，积累了一些扎实的底蕴，不再如从前那般轻飘飘了。

"到了欧洲后，我就开始看《断头王后》，是法国国王路易十六的妻子玛丽皇后的传记。她身为奥地利的公主，在十四岁时嫁到法国，年纪小得根本应对不了复杂的宫廷局势，便整日沉溺于奢华享受，挥霍无度，成为赫赫有名的'亏空夫人'，最后在法国大革命中被送上了断头台。"

两人沿着海港散步，海面上波光粼粼，大好风光收进眼里，他们有一句没一句地聊，想到什么说什么，对话并没有很紧凑，却都能感觉到这种缓慢的节奏很舒适，像多年的老友不必急于一时把一世的话一口气说完。

“你会恨任丹儿吗？”

苏易摇摇头，他并不是因爱生恨的那种人。他继续说那本书的内容：“那本传记的作者是茨威格，在他的笔下，玛丽皇后并非十恶不赦，只是‘她那时候还太年轻，不知道所有命运赠送的礼物，早已在暗中标好了价格’。”

上船后这段时间，他明白了许多以前执迷不悟的事，说道：“你知道任丹儿成年后就主动签署了放弃家中继承权的协议吗？她比玛丽皇后聪明多了，她早就知道命运不会无偿赠送礼物，所以洒脱地选择不要。而我和梁泊那时候还什么都不知道，家人为我们安排什么，我们就接受什么，当我们感觉不自由的时候，才知道自由的价格有多昂贵。”

对于任丹儿，他也是很冷静地看得很透彻了，得出一个答案：“我钟情于她，可也越来越清楚地知道，一直以来，她凡事都走在我前面，且没有回头的习惯，她永远不会留心我到了哪里。而超过这样优秀的她，何其难也。在她的前面，又有许多的青年才俊，她也许什么时候就会与其中一个携手并进。所以，在我变得足够好之前，我打算先把她慢慢放下。”

这时，许久安小跑到马路对面的甜点店里，买了一盒马卡龙，这种法式甜点被称作“少女的酥胸”。回来后，她递给苏易一块薄荷绿的，真诚地说：“希望它的甜度能安慰你一下。”

他也递给她一块粉色的，同样真诚地劝说：“你听到沈念双今天的话了。你和韩哲之间的阻碍，并没有二十多岁的年龄差那样大，也没有再婚那样大。法国总统做的其他事，你不一定能做到，但这件事，你可以做到。邮轮只限制船员和乘客不能恋爱，却没有限制船员与船员，也没有限制船员和结束航程的乘客。来日方长，没有什么不可能。”

马卡龙太甜，他起身买了两杯伯爵红茶，与她坐在海边的长椅上，一口茶一口甜点，悠闲地品尝在马赛的下午茶。

法国之行在一天内结束，沈念双回来抱怨，有梁泊这个跟屁虫，她根本没有机会艳遇，而明天邮轮会抵达西班牙的巴塞罗那。这一回，她算是梦碎法兰西了。

第二天起床时，她还在抱怨：“我现在啊，真想当西班牙的斗牛士，把姓梁的像牛一样斗得奄奄一息。”

许久安友情提醒：“现在西班牙很多地区已经禁止斗牛了，因为这项活动过于血腥危险。”

这时，有人敲门。

许久安去开门，沈念双问是谁。

“那头牛来了。”看着在门口灿烂笑着打招呼的梁泊，许久安哭笑不得。

“苏易让我带句话给你，说在圣家堂等你。”

“圣家堂在哪？”

“这么出名的‘烂尾工程’你都不知道啊，圣家堂就是圣家族大教堂，从一八八二年开始建，修了一百多年了，到现在都还没完工。”

沈念双也知道一点，接过话题：“我记得好像是西班牙建筑设计师高迪的作品，因为他的设计过于天才又过于疯狂，所以建筑难度极大，当他去世时，圣家堂的建造进度才完成不到四分之一。”

“哇，念双，你不仅长得漂亮，而且超有内涵。”梁泊像她的小迷弟一样，眼冒星星。

沈念双却是没领情地回一句：“滚！老娘的好，不用你来说。”

许久安转动眼珠子来回看两人，觉得他俩的关系发生了奇妙的变化。

“那我走了。”她说，但争争吵吵的两人并没有在意她的离去。

许久安下船后坐公交来到圣家堂附近，这座顶上还有施工脚手架的神奇建筑十分引人注目，远远就能看见。

它确实无愧于一百多年的建筑时长，普通的建筑大多是平的、直的，而它是异想天开的，大量的曲线和复杂的图形震撼了人们的感官，怪诞之中充满了感染力。

她买票排队进场，并没有看见苏易，反而被两面精美绝伦的彩绘玻璃窗吸引了注意力，一面是暖色调，一面是冷色调，阳光透过它们落在地上变成一块块颜色丰富的光斑，像是天使在大地上的信手涂鸦。

因她痴痴站着，些许光斑也落在她的身上，为她镀上一层彩色。

在韩哲的眼中，此刻的许久安看着像个精灵。他走到她的身边，身上也一同落满了光。

“高迪的建筑语言处处有隐喻，这里的冷暖色调象征着日出与日落。”他开始当她的向导，介绍着。

许久安想到一个可能，问道：“韩船员，是苏易约你过来的吗？”

“嗯，他说我到了圣家堂就会明白，可我不知道他指的什么，还在找有没有线索是他留下来的。”

两人一起找了一圈，还是一无所获。

许久安提议道：“不如，我们坐电梯去塔顶看看。”

从塔顶的窗户望出去，可以饱览巴塞罗那的风光。只不过塔顶的墙是弧形的，通行的甬道很窄，迫得他们只能紧紧地站在一起。

“苏易好像也不在这。”韩哲没见他的人影。

许久安听到手机的提示音，拿出来一看，说：“他发了条信息给我。”

韩哲也摸出手机，表示他也收到了。

此刻的苏易还在甲板上晒太阳，估摸他们该见到了，他才拿出手机给两人发了条信息——

圣家堂预计在二〇二六年竣工，也就是高迪逝世的第一百年。

只有这么短短一句，不像藏着任何线索。

许久安每天习惯做完邮轮日报上的填字游戏，算有一定的解谜经验，可此刻也犯了难，不知道苏易什么时候起变得这么高深莫测。她只能从字面上理解，发出感叹：“还有这么久啊。”

高迪就葬在圣家堂的地下墓室里，他已经等了一百多年，竟然还要继续等。可她转念一想，对于高迪来说，只要后人能够完成他的遗作，也许就是一桩幸事。

在她心中，喜慢慢大过于悲。她也倏然理解了苏易为什么约她和韩哲来这里。

“韩船员。”她慌乱地叫他一声，却看到他了然的目光，那一瞬间，她知道他也懂了。

有些事需要时间，就算一时不能完成，但可以等待，可以坚持，可以蓄势，以后再完成。

“对不起，苏易瞎起哄，打扰你了。”许久安满脑子只想着代他道歉，没有注意陡峭的台阶，险些跌了下去。幸亏韩哲一把抓住她，因着惯性将她拉进怀里。

她听到他打鼓一样的心跳，知道面对海上暴风雨也面不改色的韩船员并不总是那么冷静。

“我明白苏易的意思，可是这样对你不公平，”在他说话时，他抱住她的手在慢慢松开，语带伤感，“我没有资格要求你等我。”

可是，在这短短的几秒间，许久安已经想通了许多。她想做到法国总统做到的事，爱一个人就不怕重重阻碍，她也愿意像西班牙的圣家堂一样等很久以后才完成。

“我那次去舞会，是为了见你才专门买了那条裙子。在希腊的时候，老板娘说咖啡渣显示有个人在喜欢你，我也故意没有告诉你。我本来想悄悄地喜欢你，可是在意大利，你让我感觉你也同样地在意我。任丹儿说船员和乘客禁止恋爱，我怕自己影响你的工作和理想，本来打算把这份心思继续藏下去，但是刚刚，我想到了另外一个办法——”

许久安勇敢地抬起头，与正低着头的他四目相对，真好，他的眼睛里有她。

“我愿意等你，等到航程结束，我不再是船上的乘客了，我们再确定关系。我想，回去后，我会转到与船上工作对口的专业，以后申请成为你的同事，这样我们就不用异地恋，可以在大海上长相厮守。”

“好了，别说了，”听她一口气在短时间内说完以后大半生的事，韩哲摸摸她的头，心有些疼，沙哑地说，“辛苦你等我了。”

“不辛苦，”许久安眼睛弯弯地笑，生出一个大胆的念头，问，“我可不可以打个欠条？”

“什么欠条？”这里暂时没有其他人，他的眼睛和语气里都充满了宠溺。

“我想从未来借一个东西。”

“借什么？”

“一个至少一分钟的拥抱。”她说，“不像是刚刚那样只是一时情急为了救我才抱住，而是认认真真地抱着，像蛇缠着猎物那样用尽力气越来越紧。”

她的比喻很荒诞，却很形象。

韩哲笑：“好，借给你，只是下不为例。”

她一下子扑进他的怀里，主动抱住他桅杆一样直的腰，她也感觉到他的手臂渐渐收紧，两人似要合二为一。

第八章 我遇见你

Chapter 8

遇见你，竟然改写了我的命运。

快到港口了，韩哲说：“你先走。”

为了更好地保密，两个人最好是一前一后回到邮轮上。

“不，你先走。”

“我想看你久一点。”他的声音低沉又好听，带一些讨价还价的无奈。

“可是，我也想多看看韩船员。”许久安耍赖。

“船上两千多名乘客，一千多名船员，你可以时不时偷看我都没人发现，但我不能在船上只看着你。”他变得严肃些了，已经板着一张脸，只是眼睛深处还藏着盈盈笑意。

“那好吧。”她只能妥协了，先走出一步，又回头，看到他还在原地，目光一直锁定着她，她窃喜地又迈出一步，这一次却强忍住回头的冲动，一直向前走了下去。

她牢记着两人的约定，在航程结束前，只做朋友。韩哲像一条鲸鱼，小河小湖装不下他，只有宽广的海洋才是他的归属地，她绝不能毁掉他的理想。

在许久安走后，韩哲正准备动身回船上，却被一个人叫住了。

“韩哲。”是任丹儿的声音，从后面冒出来。

她看上去有些焦灼不安，他不禁问她怎么了。

她深吸一口气，脸色恢复如常，只是声音听上去还有些余怒未消：“我没事，我只是想提醒你不要犯错误，珍惜自己这么多年的心血。”

韩哲顿了顿，低声道：“你都知道了？”

任丹儿心情复杂地盯着他，如果他惊慌失措地遮掩或撒谎，她可能还会对他失望，可他一被戳破就坦荡荡地认了，她反而被折服。

“放心，我不会说出去。只是你要注意马彼特，他一直是你最强劲的竞争对手。我知道上面在筹划明年的新船和新航线，你和他都想成为这艘船处女航的主宰，”话说到这里，她有些责怪地问，“你为什么不忍一忍呢？这是你人生的关键时刻。”

“那只是我的理想的关键时刻，”韩哲纠正道，“遇见她，才是我人生的关键时刻。”

一想起许久安，他眼里的柔情如风和日丽的天气里碧波荡漾。

“为什么？”

任丹儿没料到区区的许久安会在他心中占有如此沉重的分量，竟让他说出这种话。其实，韩哲也问过自己类似的问题。爱她是一件极具风险的事情，稍有不慎就会折戟沉沙。

“初见她时，只觉得她是个需要留心多照顾的乘客，头次出门，还是环游世界这样的大工程，我以为她会添不少乱子，没想到她性格那么坚韧，从没带给我什么麻烦，她很努力地适应新生活，让我看到刚毕业上船时被无聊的老船员戏弄的自己。所以，我并不是因为航海的孤独才倾心于一个女人，而是这样的女人值得我不惜代价去爱。”

任丹儿没有再问了，这个答案已经足够。

“那你小心。”

“谢谢，我和她已经约好，航程结束后才正式确认关系。”提起这个，韩哲就满怀歉疚。

而许久安回到客舱中，也没有和沈念双提起这件事。

这是个秘密，像一颗含在自己嘴里的糖果，无法和别人分享。

苏易见到她也没有多问，他们只交换了一个眼神，就互相懂了。

邮轮上的生活一切如常。许久安和韩哲并没有经常碰面，而是保持着一定的距离。他知道她早上会到十五层跑步，所以他在早上会到十六层看天气，顺便远远地看看她。她知道他什么时候在哪值班，也会在同一时间故意路过那，和别人一样打声招呼便走。

她能够克制住自己的感情，而别人不一定会。

对于船上的部分女乘客来说，整天穿着航海服且身材威猛的异性船员是妥妥的制服诱惑。

许久安这日照常算好韩哲的值班地点和时间，打算顺路去打个招呼，却在路上就遇见了他。

正是晚上，酒吧外的甲板上，一个面孔精致的金发女人醉得双面酡红，步履不稳地拦住韩哲，还未开口便被风吹得软绵绵地倒向他。

韩哲扶她站直，准备把她送回较为安全的室内，以免发生意外落水事件。

她妩媚地笑着，顺势亲密地揽着他的手臂，问他能不能教她他的名字的正确发音。

乘客的正当要求不能无理拒绝，韩哲极有耐性地说了一遍自己的名字："韩，哲。"

可是女乘客醉得舌头都捋不直了，"韩"这个音勉强通过Handsome（帅气的意思）这个词的前半小截发出来，"哲"这个字却怎么也说不出来，舌头舔舔菱唇，她傻乎乎地笑起来。

韩哲说，没关系，她可以叫他的英文名。

"No."她气鼓鼓地拒绝道，直白地说，她等会想在床上叫对他本来的名字。

听到这句话，韩哲立刻松开搀扶她的手，正色道："You're drunk.

（你醉了。）”

对方还是笑着，眼神更加勾人，似乎是为了证明自己没醉，她说她还能背诗呢，是为明天参加邮轮上的读诗会准备的。

“It's my favorite.（这是我的最爱。）”

韩哲明显已经有些怒了，对于女乘客口齿不清背诵的诗并没有认真听，只是快步架着她走进室内，放在一张空沙发上，拍了拍袖子离去。

他重回到室外甲板上，才看到已经站在这里多时的许久安。

他竟然感觉脸有些热，不自在地问：“你都看到了？”

“嗯。还听到她背的诗，是E.E.Cummings（卡明斯）的*May I Feel Said He*（《让我感受你好吗？他说》）。”她并没有生气，只是认真回答他的问题。

“我没注意听，你知道这首诗的话给我念一念？”

他只是随口一提，没想到她听到这个要求，脸一下子通红。月亮躲到薄雾后面，好像和她一样害羞至极。

“怎么了？”他看她忽然转过身，便跟着移步到她面前，看她微微垂着头，那样子像含羞草一样十分可爱。

许久安纠结了一番，咬咬唇，很怕旁人听到了那般细声细气地说：“那位诗人是个怪才，那首诗全文没有一个露骨的单词……但写得十分香艳，引人遐想……”

“哦？”韩哲本想逗逗她背一下全诗，可是看到她窘迫的样子又不忍了，改口说，“好了，小姑娘，那我们不背了。”

“你去工作吧。”许久安明显舒了一口气，退后一步，拉开距离，总算闻不到他染在身上的女性香氛。

“没有生气吧？”他问。

“没有，”她摇摇头，语气正常，“我和韩船员现在只是朋友。”

韩哲知道她是在为他考虑，心头涌起一阵深深的感动，却只能化为四个字：“来日方长。”

是啊，来日方长，还有余生要共度。

对于邮轮的下一站摩洛哥（Morocco），许多人容易把它和摩纳哥（Monaco）搞混。其实两个地点只是名字相似，摩洛哥在非洲西北部，摩纳哥在欧洲法国以南。

“你看过那部电影《卡萨布兰卡》吧？也有另外一个译名《北非谍影》。”甲板上，苏易慵懒地背靠着栏杆，问正在看海的许久安。

“看过。”这部电影获得过奥斯卡最佳影片奖，算是经典之作，讲述的是二战时期，一个发生在卡萨布兰卡的爱情故事。

“再过一个小时，邮轮会停在摩洛哥的卡萨布兰卡的港口。这是我们到的第几个国家了？”

“新加坡、马来西亚、马尔代夫、埃及、希腊、意大利、法国、西班牙……”她仔细地数了数，回答道，“第九个。”

“走了这么多地方，有什么心得？”他望着天空，懒洋洋地伸手，像要去抓天上的云。

许久安也从看海变成望天，她觉得天上有一朵云的轮廓很像常青哥的脸，温柔而俊秀。

“越来越感激送我船票的那个人。如果不是他，我可能一直在坐井观天。他帮助我行了万里路。”

他也偶尔听到过沈念双说起这个人，便问：“那个人还好吗？”

“不怎么好。最后一次联系是在意大利，我说我在许愿池为他许愿了，他回了谢谢，之后，我在法国和西班牙给他发消息，他都没有回复。”她很担心，他的身体是不是越来越糟了。

阳光太刺眼，他见她忧心忡忡地看着云，连眼睛都忘了眨，便主动伸手隔空盖住她的额头，为她挡住直射眼睛的光。

“别害怕。”他看着她阴影下有些湿润和流露出恐惧的眼睛说。

怎么能不害怕呢？那个人对她有着极其特殊的意义。她会在这里，完全是因为他。

当许久安下了船，第一件事就是找Wi-Fi，连上网络，看看令常青这几天有没有给她发消息。

没有！新消息里没有一条来自于他！

卡萨布兰卡在西班牙语中的意思是“白色的房子”，这里白色的房子特别多，许多游客都觉得，这里的风景看久了，会像一块干净的橡皮擦一样，一点一点擦掉心头的烦恼，还人清心。

可是许久安的烦恼是顽固的，无法擦去的。苏易自下船后一直紧紧地跟着她，发现她对周围的美景毫无兴趣，眼睛根本没有离开过自己的手机，最后，她终于受不了长久且毫无回音的等待，不顾摩洛哥和中国的八小时时差，直接拨通昂贵的国际长途电话。

“喂，王护士长吗？我是许久安。是这样的，我想问问常青哥的情况，他最近怎么样？”

“久安啊，你还在旅游吧，一切回来再说。”对方闭口不谈。

“王护士长，你知道我和常青哥的感情有多深，麻烦你告诉我他好不好，他已经许多天没有回复我的消息了。”

“这个……”

苏易看见许久安的手机掉落在地上，而她像木偶一样呆滞，完全没有躬身去捡的意思。

那应该是个很坏很坏的消息。

当他正在犹豫自己是不是应该过去安慰一下的时候，却看见她忽然敏捷得像头母豹子一样，彪悍地冲到繁忙的街头中间，拦了一辆出租车。

“许久安！”

她听不见他的叫声，因为她已经上车了。

苏易赶紧跑过去捡起她的手机，飞快地拦下一辆出租车，刚用英语说完“跟着前面那辆车”，就发现司机年龄有些大，不太听得懂的样子，他急得汗水直流，用手机翻译软件找到这句话的阿拉伯语该怎么说，汽车才终于启动。

他了解许久安，她十分节省，在邮轮上除了上次舞会时用奖金买裙子，再也没有其他消费，而岸上这么多站，她一般是走路或者搭公车观光，从来没有乘过出租车。

今日她太反常了，一定出了事!

目的地有些远，车开了很久还没到。

两辆出租车一前一后地停下，苏易发现她竟然到的是机场。他找到她时，她正在询问航空公司柜台人员，最快飞往中国的航班什么时候起飞。

她拿出信用卡准备付款，却被他一把抢走。

“你要回去？”他瞪着她哭得红通通的眼睛，愤怒的语气不由自主放轻了些。

“关你什么事，常青哥不行了。我要回去看他。”她像发疯了一样，抓他，挠他，悍然不顾地要把信用卡抢回来。

苏易仗着体能优势，轻易地按住她的手，大吼：“冷静点，难道你想让这里的保安把我们抓起来盘问一通吗？”

看到机场的保安已经开始留意这边，苏易装作闹别扭的情侣，把她用力搂紧，让她动不了，毕竟他们在这里语言不通，事情闹大后不好解释，官方语言是阿拉伯语，他们只会说英语。

可许久安怎么能冷静？她现在一心只想回去，她泪流满面地哀求着：“你把信用卡还给我好不好？”

苏易怒不可遏地骂她：“他把船票送给你，不就是希望你代他看完整个世界吗？现在一半的路都没走完，你有什么脸面回去见他？”

他抬起手粗暴地帮她擦眼泪，看似下手重，却在触及她的肌肤时力度变轻，并未弄疼她，可旧的才拭去，新的又涌出来了。

他一下更生气了，眼角余光瞥到灯箱上撒哈拉沙漠的风景图，他绷着脸扭头对柜台说，麻烦订两张去马拉喀什的机票。这座城市位于摩洛哥西南部，地处撒哈拉沙漠边缘。

“你要干什么？”

“带你去沙漠，那里干得要命，我看你到了那里还有力气哭吗？”苏易说话无情，像个专横的暴君。

“你不回船上？”

“邮轮在摩洛哥的港口停留两天，我们速去速回，还赶得上明天夜间开船。如果你从沙漠出来，还哭哭啼啼地闹着回去，你再想买回国的机票，我绝不阻止。”

坐在卡萨布兰卡飞往马拉喀什的飞机上，许久安仍是精神恍惚。现在想想，她确实是乱了分寸，竟然答应跟着苏易进入撒哈拉沙漠。

也许是因为常青哥也对她提起过这里吧。

那时她什么远方也没去过，一直生活在一个地方，长居在医院里，最多去过近郊踏青，看过小小的山丘和不大的湖。

“安安，这辈子若有机会，你一定要到访大山、大海、大沙漠、大瀑布、大雨林、大峡谷……每一种风景你都要看一看，看看这颗蓝色的星球有多美。”

“大山去哪？”

“世界上最高的山是珠穆朗玛峰，在我们国家和尼泊尔的边界上。”

“大海去哪？”

“世界上最大的海是珊瑚海，在太平洋西南部海域。”

“大沙漠去哪？”

“世界上最大的沙漠是撒哈拉沙漠，在非洲。”

“大瀑布去哪？”

“世界上最大落差的瀑布是安赫尔瀑布，在南美洲的委内瑞拉。”

“大雨林去哪？”

“世界上最大的热带雨林是亚马孙热带雨林，也在南美洲。”

“大峡谷去哪？”

“世界上最深的峡谷是雅鲁藏布大峡谷，在我们国家。”

常青哥既如兄也如父，不厌其烦地回答她的问题。其实最开始，她只是寂寞久了，想找个人不停地说话，没想到他说的话，却点燃她远行的梦想。

“可是，这些地方离我的城市都好远，我此生不一定能去。身体是问题，时间是问题，钱也是问题。”她曾以为那是个遥不可及的梦，不敢去幻想成真。

“安安，没关系，我们不能连想都不敢想。去不了大的，我们可以去小的。去不了远的，我们可以去近的。如果连小的、近的都去不了，我们可以在图片上看看它们，重要的是，我们的心不能小小的、窄窄的，我们的视野不能局限于我们居住的寸土之地，我们内心的格局必须要足够大，装着大山、大海、大沙漠、大瀑布、大雨林、大峡谷……”

他知道她灵魂深处的自卑，被正常的世界排斥已久后，她总认为自己不如别人。所以，他鼓励她看开一切，活得更加自信和大气。

到马拉喀什时将近下午一点。

苏易在飞机上搭讪了两个也赶时间去撒哈拉沙漠的旅客，四个人刚好凑一车，下飞机就包了辆车出发。

在炎热的天气里频繁更换各种交通工具，长途的奔波已让许久安变得又酸又馊，一身的汗臭味，好在大家闻起来都一个味，彼此之间都没有在意这些。

另外两人见她一路上都是一副麻木的表情，以为她是晕车，并没有多想。大家都知道进入沙漠需要保存体力，因此极少说话。

车内相当安静，有的睡觉，有的凝视着车窗外连绵不断的壮丽风光，只有习惯了这种酷热天气的本地司机时不时低声哼几句异域情调的歌谣。

路上，司机问他们是否需要沙漠向导，他有相熟的人介绍。苏易问过大家都没有意见，就作为小团体的代表谈好了具体价格和服务。

到达撒哈拉沙漠时，一行人又累又饿，浑身像散了架一样，叫阿迪勒的向导大叔牵着骆驼，在沙漠的边缘看见他们，赶紧热情地招手催他们上骆驼，快点赶到营地早点休息。

苏易自我感觉是个男人都有些撑不住，但看许久安正一声不吭地爬上骆驼，心里也是服气的。

现在的许久安大概是屏蔽了五感，一心一意地沉浸在伤怀之中，什么感觉都没了。说难听点，就是一具行尸走肉。

骆驼爱冲生人吐口水，许久安双眼没有焦距，见它朝自己吐口水也不知道躲避。苏易一路以来都分神注意着她，见到骆驼的动作，马上伸手把她拉开，自己倒来不及闪开，正面迎上了骆驼的见面礼。

他苦着脸擦干净脸上的骆驼的口水，却见她仿佛没有意识到刚刚发生了什么，傻站在一边，连句道谢的话都没有。

阿迪勒一人发了一条纱巾包头，主要是护住口鼻。许久安接过纱巾，也没有任何动作，苏易只能帮她套在头上，像个照顾女儿的新手爸爸。

阿迪勒在旁敏锐地观察着一切，等苏易把自己的纱巾包好，他把苏易拉过来问，这个女子是不是没有基本的自理能力？他作为向导，需要了解客人的情况，也好准备一个应急预案。

在这里，阿迪勒常年和外国游客打交道，好多国的语言都会一点，英语虽然口音重，但也算流利。苏易听懂他的意思，坚定地表明许久安没有问题，只是有点放不下的心事。

这时，许久安已经爬上了骆驼，坐在双峰之间，眼神空空地望着远方。

苏易转身也找了头骆驼坐上去，队伍开始向沙漠行进。

阿迪勒说，“撒哈拉”在阿拉伯语里面本来就是沙漠的意思。另外两人对这些知识听得津津有味，但苏易没怎么听，他骑着骆驼去问落在最后的许久安：“你好些没有？”

“哦。”她给了个模棱两可的答案。

“说人话！”他受够了她这副死气沉沉的样子，咬牙切齿地说。

他一凶，她也怒起来，像是休眠的火山突然苏醒过来爆发了。

“我不好，我当然不好，我最重要的朋友去世了，我连他最后一面都没见到。他永远地闭上了眼睛，而我眼前全是撒哈拉沙漠的壮景，我满脑子都在想，这样的生活是他给我的，但是我什么事情都没有为他做。”

说着说着，她眼睛的水龙头又开了，哗哗地流个不停。

这么恶劣的环境，看到这样痛哭不已的女子，苏易完全没有怜香惜玉的想法。他矫健地跳下骆驼，把它背着的水囊解下来，拧开盖子，二话不说全部倒掉。

水一进入沙子，立刻没了踪影。

这样还不够，他把许久安骆驼上背着的水也扒下来全部倒掉了。

两人本就在队伍最后面，前面的人正如痴如醉地欣赏沙漠风光，一个又一个问题不断蹦出来，阿迪勒忙着解说，此时也没怎么注意这边的情况。

如果他们看到了苏易倒水的疯狂举动，肯定会大惊失色地阻止，并骂他是个活腻了的疯子。

水是沙漠里最重要的东西，性命攸关。

许久安被苏易的举动震住了。而苏易很满意这样的效果，他一脸轻蔑地说：“许久安，你不是一向怕死吗？你怕死的话就别再哭了，我们俩没有水了，所以请你珍惜你身体里的水分，直到明天我们走出沙漠。不然，你干脆变成撒哈拉沙漠里一具女干尸算了。”

“你们好吗？”阿迪勒还会说一点中文，回头见他们俩停下，扬声问。

“来了。”苏易大声回道，重新爬上骆驼，骑久了骆驼，他的大腿根部和臀部像被大卸成八块那么痛，然而只要一看到许久安已经被吓得不敢再哭，他的心情就很好，愉悦地笑眯了眼睛，意气风发得很。

大约坐了一个小时的骆驼，他们总算到了营地，阿迪勒给分配了帐篷，每两人一顶。

同行的两人问苏易和许久安吃不吃干粮，许久安回不吃，她没说她的水都已经没了，吃干粮的话只会噎住，她只说自己不饿。

“Me too.”苏易整个人看上去容光焕发，不像周围人都灰头土脸，他一个人像打了兴奋剂似的。

“你就这么开心？”许久安有气无力地问，她不相信他不饿也不渴，她明明看到他的唇都裂开了。

他休闲惬意地躺在沙子上，如置身于五星级酒店的泳池里，得意扬扬地回：“没有人在我面前哭丧着脸，我当然开心。”

“我哭不哭，关你什么事？”

“路见不平拔刀相助，我愿意多管闲事。”

“难道人难受了，哭一下不行吗？”

“可以哭啊，但不能没完没了，也不能哭着去做傻事。你说，你现在回去有什么用？你现在回去看到的是死去的他，你坚持完成他的遗愿后再回去，看到的还是死去的他。两者没什么不一样。”苏易越说越渴，情绪又激动，说到最后嗓子都跟破锣似的。

“行了，不说了，你看天上。”他拍拍旁边，示意她躺下来。

原来天已经黑了，天空如一匹极有质感的黑缎子随意地铺开来，上面缀着数不尽的水晶。这里没有光污染，宇宙的本真面目被看得清清楚楚。

许久安情不自禁地问：“常青哥死后，会变成一颗星星吗？”

残酷如苏易当然不假思索地摧毁了她的幻想：“当然不会。人死如灯灭，死了就是死了。你会像埃及人那样相信，人死后灵魂还在，身体就是灵魂的容器，所以必须做木乃伊保存灵魂吗？”

撂了这样的狠话，他其实担心她又会被自己气哭，于是偏着头看向她，还好，那张脸上有风沙，有疲惫，就是没有眼泪。

不哭，就是好事。

“你看什么？”许久安也偏过头看他。

“看丑女啊。你的脸又脏又油腻。多看看，我就倒尽胃口，也就不饿了，”他被她清丽的眼睛看得有些心慌，口不择言道，“你就别看我了，我这么秀色可餐的帅哥，你会越看越饿的。”

对于累极了的人，最艰苦的沙漠也像是最舒服的床垫，过了一会，许久安在星空下沉沉睡去。

苏易把她抱回了帐篷里面，然后走出去，从自己的骆驼上解下一袋水，沾湿了蒙面的纱巾，然后回到帐篷里，轻手轻脚地帮睡得昏沉的许久安擦了擦脸，重点用湿巾润了润她同样干得起壳的嘴唇。

他怎么会在沙漠中做那种倒尽水源自取灭亡的事，他其实还藏着几袋水，只是没有让她知道，他对她是很凶很坏，可他永远不会害她。

“愿你明天会好起来。”他咕哝着，连自己都听不清楚自己说的是什么，嗓子火辣辣的疼，但他依旧坚持着没有喝水，反正明天就出沙漠了，他威胁她没有水，那么自己也会做到。

一切的事做完，苏易才感觉到排山倒海的倦意袭来。

他抱着一个睡袋出去，在她的帐篷门口睡下，就这么在外面守着她。

阿迪勒很早就叫他们起来看沙漠里的日出。

苏易揉揉惺忪睡眼，本想开口说话，却发现自己已经失声了，只能拦着阿迪勒比手势解释，别去吵帐篷里的那个女孩，让她多睡一会。

阿迪勒皱着眉确认了好几次，不太明白为什么这两个人好不容易来到沙漠里，却连最好的景致都不愿意看一眼，行事奇怪得很，但只要不赖账，他也不想节外生枝。

苏易比着OK没问题的手势，总算送走了满腹狐疑的他。

另外两个人兴奋得跟猴似的，蹦得老高地照相。

当许久安醒来，太阳已经升高了。

苏易正蹲在帐篷外面玩沙子，像个童心未泯的小男孩。

“太阳已经出来了？是我睡得太死，没听见你们叫我吗？”她走出帐篷，仰望着天空中火红的太阳，失落极了。

苏易摇头，在沙子上面写字：“我没叫你。”

“你嗓子怎么了？”许久安想，自己和他昨天吵吵闹闹，他会失声也正常，只不过自己怎么没事?

“小问题。”他写道。

“对了，你为什么不喊我起来看日出？你知道我们在沙漠里的时间很短暂，马上就要往回走了。”他们不是专业的探险家，不可能往里更深入了。

“遗憾？”苏易脸上挂着吊儿郎当的笑容，嘴里叼着一根不知什么植物的根，写得很简略。

“当然。”睡了一觉之后，她的情绪平复不少，现下只想着身在撒哈拉，就认真地多看一眼这个让常青哥魂牵梦萦的地方。

苏易慢条斯理地写：“如果你今天中断航程提前回国，还有更多的遗憾呢。”

许久安揣摩了一下这句话的意思，未来的航程还有更多精彩，她如果选择了回去，就会像错过撒哈拉沙漠的日出一样错过它们。

“你最近是不是看了很多哲学书，讲起道理来一套一套的？”

“扔掉那些痛苦吧。”他写完这句话，抓起“痛苦”两个字周围的沙，用力一扬，然后用亮晶晶的眼神看着她。

当她还在迟疑的时候，他索性又抓起一把沙，朝她扔了过去。

许久安顾不得拍净身上的沙子，手和脚都动了起来，对着他又扔又踢，弄得他一身沙子。

一场沙战打得酣畅淋漓。她总算重新变得生气勃勃，斗志昂扬。

“还要回去吗？”苏易写。

“不了，继续走。绕地球一圈，回到原点再见他。就像你说的，早回，晚回，他都已经……长眠了……”

两人骑骆驼走出沙漠，先找地方吃喝了一通，然后才坐车回到马拉喀什，又换飞机飞回卡萨布兰卡，总算准时回到了邮轮上。

“许久安？”韩哲在登船口看到她，险些认不出来。

“我去了一趟撒哈拉沙漠。”看到他时，许久安很想告诉他自己很累，很想再从未来借个拥抱，可是周围这么多准点归船的乘客，众目睽睽下，她只能装作什么事也没发生，轻描淡写地回复。

“两天一夜？难怪你这么风尘仆仆。”韩哲隐约察觉到她有什么地方不对劲，可在她刻意的遮掩下，又看不出痕迹。

“拜拜，我先回舱休息了。”

许久安走后，韩哲把目光投向和她一同回来的苏易。

苏易正在手机上打字，打完了递给他看。

“她有一位挚友刚刚辞世，所以心情不好。”

韩哲没想到这两天她遇见了这么大的事，而他完全不知情，一刻也没陪在她身边。他当即就想追上她好好安慰一番，却被苏易拍了拍肩膀，给他看下一段话。

“别太担心。这两天我一直在开解她，大情绪基本平复了，可能有些小情绪还会时不时冒上来。”

他刚一直在想许久安的事，这才注意到苏易一直没说话而是打字，便问：“你喉咙受伤了？”

苏易摆摆手，表示没什么大问题。

“谢谢。”韩哲十分诚恳地道谢，只是看着苏易晒得黑黢黢的脸，他多想在沙漠里陪伴她的能够是自己。

他决定，以后一定要再带她来撒哈拉，十倍百倍地弥补这一次的缺席。

这里剩余的事没什么紧要的，韩哲将工作交给副手，匆匆上六楼。

电梯门才打开，他就与沈念双打个照面，她粉面含怒，自言自语：“气死我了，真是个死脑筋！”

“怎么了？”

沈念双看到他，气话脱口而出：“韩哲船员，我想申请换客舱，不知道程序该怎么走？你别劝我，告诉我怎么办就行！我受不了了！”

“可是，这次航线的客舱早已售罄，所有旅客也都按时登船，暂时没有空舱。到底怎么了？你怎么忽然想到换舱？”

“还不是许久安……”沈念双刚开口就后悔了，自己客舱的破事何必与外人说，于是改口道，“没事。”

说完，她走进电梯，按了下行按钮。

韩哲走到6249号客舱门口，敲了敲门。

许久安几乎是一瞬间就开了门，见到是韩哲而非沈念双，愣住了。

“你们吵架了？”他记得她才回船没多久，这么短的时间竟然爆发了这么激烈的冲突，严重到有人想申请换舱。

“是啊。”她看上去很消沉。

“久安，我很担心你。”他破例略去了她的姓，改用更亲密的称呼。

“韩船员，”许久安苦笑一下，提醒，“这是在船上。我没事。”

她刻意地展颜一笑，懂事得让他的心抽痛了一下。

他凝视着她，在他的脑海里，他已用力地将她拥入怀里，抚摸着她的头发，吻着她的耳朵安慰她，有他在，一切都会好起来。

可是现实里，他什么都没能做，这种无能为力的感觉糟糕透顶。他只能说：“回国以后，我会陪你一起去为你的朋友扫墓。”

许久安累了，靠着门，说话如梦呓般：“你知道吗？他就是那个送我船票的人。如果不是他送我这张船票，我也不会遇见你。他叫令常青，说起来，他改写了我的命运。”

当她说完，韩哲伸手抓住她垂在门边的手，十指紧扣着。她挣扎了一番，却没有挣出，只能由他握着。

过道上没有其他人，只她一人听见他慎重的话语：“那么，我会珍惜这份来之不易的命运。”

这里是卡萨布兰卡，同名电影里有一句经典台词流传甚广：“世界上有那么多城市，城市里有那么多酒馆，你却偏偏走进了我这一家。”

她却偏偏上了他的船。

与此同时，酒吧里，梁泊正在陪沈念双喝闷酒。

她一杯接一杯，一心想要放肆地大醉一场。

“你知道吗？令常青死了！”沈念双醉醺醺地大喊大叫，“他是我的谁？只是网友而已。许久安跟他同一个病房过，难过得跟死了至亲一样，我好心让她节哀，说要带她去跳舞狂欢，把所有的不开心都忘了。你知道她对我说什么吗？”

她愤愤地拍打着桌子，打个响亮的酒嗝，学着许久安惊讶又难过的语气：“沈念双，常青哥死了，为什么你可以完全不受影响？你们……你们不是曾经有过一段感情吗？对不起，我不是有意要评判你什么，我只是……只是以为……他对于你来说，多多少少有一点点分量……”

梁泊看着她已经醉得从凳子上往下缩，动手把她抱起来。

她还在喃喃：“拜托，这种暧昧的网恋能当真吗？我和他连面都没见过，说好了登船时第一次见面，给彼此一个惊喜，结果他轰的一下病倒了，把船票送给一个我认都不认识的陌生女人，我祝福他早日康复，但也暗自头疼，明明是他把环球旅行说得很好，我才买了贵死人的票，到头来他爽约了，我还要担心新的室友会不会和我气场不合。这时，他主动提出做回普通网友，毕竟以前说好的见面、同游，一切都无法实现了，我也同意了。连番折腾下来，我对他的感情比任何一任前男友还要淡，我最讨厌的一任还脚踏两只船伤我最深呢，可是这个渣男至少也在我姨妈痛的时候帮我煲过粥，做过让我掉眼泪的事。令常青呢，我们有的只是虚拟网络的聊天记录。他死了，我很遗憾，但我花了这么多钱买了一张环游世界的船票，当然要调节好自己的心情，抓紧每一分每一秒好好享受。”

沈念双越说越气，她对令常青只有淡掉的男女情，但她和许久安同舱这么久，实打实的朋友之情却是逐渐加深。现在两个人因为一个男人闹矛盾，她接受不了。

梁泊也不知道怎么劝说，在他这个风月老手看来，这是两个女人处于不同心理年龄的冲突。许久安用情重，对每个人都希望以真心换真心。沈念双却是对感情很精明的人，付出感情会经过考量和筛选，有些人只逢场作戏，有些人是合作双赢，有些人需考察待定，有些人值得倾心相待，有些人当忘则忘。这下子，她们遇到同一个人，轻重之间就有了矛盾。

“好了好了，”他像哄闹别扭的小女孩一样，柔声劝，“我们出去吹吹风醒醒酒。”

第九章 没有永远

Chapter 9

能够真正在一起一辈子的朋友或者爱人，都是幸存者。

很晚的时候，梁泊把喝醉的沈念双送回来。

醉眼蒙眬的沈念双看到许久安那张悲戚的脸就烦，转身抱着梁泊的脖子，闹着还要再去酒吧喝个尽兴。

“哎，你把她扶着，她老这么乱动，我可不是坐怀不乱的圣人。”梁泊把她的手从脖子上摘下来，又把她交给了许久安。

“不要她！”沈念双把许久安一推，自个儿一下子没人接住，踉跄倒在地上。

客舱里有地毯，也摔不疼。摔倒的她还以为自己到了床上，一秒入睡。

“你抱手，我抱脚，先把她扔床上去。”梁泊指挥着，两个人总算把烂醉如泥的沈念双弄到床上。

他看到许久安麻利地拿了条湿帕子帮沈念双擦脸，心里挺放心的。这两人怄气归怄气，关心还是没怎么少。

“喂，我举个不恰当的例子呀，”梁泊瞧了瞧门外，苏易没在那，他才大着胆说，“你知道苏易有多喜欢任丹儿，可对于任丹儿呢，苏易什么都不是。感情如果不对等，总有一方等于屁。也许在你看来，那个所谓的常青哥用情很真，对沈念双念念不忘，很动人，可是就像苏易的感情对任丹儿来说是个累赘，那个常青哥的感情对沈念双来说也是个累赘。”

他说完，又心虚地往门外望了望。那里空无一人。

梁泊平日里总是特别不靠谱，今晚难得靠谱，许久安聚精会神地把他的话都听到脑子里，点头同意："我知道，对我来讲很重要的人，对于别人不一定重要。可是常青哥死了，我控制不住自己的情绪，整艘船上只有念双和我认识常青哥。我以为我和她可以相互安慰，可是……"

"打住，打住啊！许多事就是毁在'我控制不住'这种行为和'我以为'这种想法上。你也算读过万卷书，走过万里路了，人也成年了，为人处世不应该凭感觉，而应该靠理智了。你以为大人那么好当吗？年少时你的权利更多，别人为你考虑，成人后你的义务更多，你要为别人考虑。"

没料到梁泊能说出这番话，许久安目不转睛地盯着他。

他得意极了，继续侃侃而谈："苏易恋情失败后，天天思考人生嘛，有时候找我讨论，我就记住一些。谁不是一边挨着生活的耳光，一边总结下次怎么少挨揍呢？"

这时，本已睡着的沈念双忽然坐起来呕吐，还好许久安早就放了个盆子在床边接着。她吐完后，又倒头继续睡，仍是毫无意识。

梁泊直接用手帮她揩去嘴角的残污，然后进卫生间洗了手出来，站在舱门边，准备离去前说："其实，我看念双今晚也蛮难过的，那个常青哥可能只占了很小的部分，倒是你占了很大的部分。对于她来说，你作为朋友都不理解她，比勉强算作前任男友的令常青的死，更让她难过。别看你俩平常不怎么黏在一起，但关键时刻她挺愿意为你出头的，上次我用法老的诅咒吓唬你，她就把我骂得狗血淋头不是吗？"

关上门后，许久安坐在沈念双的床前，说了一句"对不起"。抛开沈念双该不该为令常青伤心这件事不议，至少她自己有件事没做对，她无权要求沈念双和自己一样伤心。

翌日，沈念双中午才醒来，宿醉后的头痛令她精神不济。她是个出门必须要打扮靓丽的人，所以努力打起精神来化妆。

许久安这一夜也没怎么睡踏实，虽然苏易费了大力气劝她接受了常青哥已死的事实，可她时不时还会想起以前两个人在一个病房的事情。

她不敢和沈念双说，就一个人坐着发呆。但沈念双一看她的表情就知道她在想什么。

整个客舱的气氛沉闷极了。最便宜的客舱没有窗户，现在她们才知道一个窗户是多么珍贵。

沈念双化好妆，换好衣，准备出门。

许久安听到开门的声响，主动问一句："你是去吃饭吗？"

"是啊。难道你要和我这种无情无义的女人一起吃饭吗？"沈念双说完也有些后悔自己的冲动，可说出去的话收不回来，她在门口站了会儿，最终一个人走了。

许久安本想借中午两个人一起吃饭的机会，好好把话说清楚，但现在没那个机会了，这一刻，她也没了胃口。

她疲倦地躺在床上，不知道时间过了多久。

有人敲门，她还以为是沈念双回来了。

她准备好一肚子的话，打算开门就说，然而门一拉开，外面是韩哲，他端着一个满满的餐盘，手里还拿着一瓶鲜黄色的果汁。

"你还没吃饭吧？"他问，同时走了进来。

她探出头，往走廊左右看了看，问："像你这种高级船员做这种送餐的小事，别人看到会觉得奇怪吧？"

韩哲在桌上摆好餐盘和刀叉，说："如果为我担心的话，那你以后就按时吃饭。"

"知道了。"她乖乖地点点头。

他把果汁递给她，盯着她皲裂的嘴唇，看样子比昨天从沙漠回来时还严重，蹙眉问："你没有润唇膏吗？"

许久安喝了一大口果汁，回道："有，但是昨晚和念双闹矛盾，忘记涂了。”

“你先吃，在哪？我找给你。”

“在那边第一个抽屉里。”

韩哲站起来，从抽屉里找到一个浅绿色的小圆管，他拧开来，许久安准备伸手去接，他却直接捏住她的下巴，照着她唇的形状仔仔细细涂了一圈。

“和吃饭一样，下次你还忘记涂润唇膏的话，我就只能自己动手了。”幽深的双眸锁定她，他看她以后还敢不敢忘。

“我真的知道了。”她像唯唯诺诺的下属，不敢违逆他的命令。

韩哲满意地点头，指着餐盘里被她刨开到一边的食物，嘱咐道：“别挑食，都要吃完。”

“我知道。你先走吧。”她怕沈念双回来见到他解释不清楚。

他确实不便久留，同意离开：“向我保证你会照顾好自己。”

“长官，我保证！”

“过几天就要到巧克力王国比利时了，你上岸时可以多尝尝商店里不同品种的巧克力。听说，巧克力中的某种成分可以帮助人调节情绪，现在的你会需要这些。”

“知道了。”

“很抱歉，因为工作安排，我没法每次上岸都陪你。”每次看到情侣们牵手下船，再看到她一个人孤零零地下船，他都会很内疚。

许久安上前一步捂住他的嘴，让他不要再说了，她自己有分寸：“韩船员，我不要你内疚。我只要你一想到我在这艘船上，就对自己的职业更加热爱，因为你不仅是在为我保驾护航，也是为船上的所有人。”

过几日，邮轮停在比利时的泽布吕赫。比利时不大，仅三万多平方公里，但它远远不算欧洲最小的国家，最小的是梵蒂冈，不到一平方公里。

许久安听韩哲的话，一下船就直奔巧克力商店。

当她带着一肚子风味各异的巧克力回来时，殊不知隔壁舱的苏易也是带着一肚子的食物回来，不，已经冒到嗓子眼了，不，现在已经吐出来了。

梁泊郁闷地过来敲门，让许久安去帮个忙。

“我尽力了，但他太恶心了，我不擅长照顾人。我那天看你照顾念双挺熟练的，过来帮把手行不行？”

她看到他胸口的呕吐残留物，问：“他大白天喝酒了？”

梁泊半遮着脸，说：“那倒不是……只是吃撑了！”他吞吞吐吐，显然是觉得事情的真相实在是太难以启齿了。

堂堂的苏家子弟，像一头饿狼一样，在异国他乡吃到吐了。

“邮轮上有免费餐厅啊，一路上又没饿着他，他到底吃什么了？”她边问边走到他们的客舱里，看到地上只有同一样奶黄色的呕吐物，她更糊涂了。

“华夫饼，起源于比利时的华夫饼，”梁泊皱鼻又撇嘴，相当不情愿地回答，“还好是比利时的华夫饼，不是比利时的巧克力，不然他的血糖会高到爆表。”

“有这么好吃吗？邮轮上每天的免费早餐都可以点华夫饼啊。”许久安一边帮他们收拾着狼藉的室内，一边问。那种格子状的烤饼，她偶尔会点，奶香浓郁，味道还可以。

苏易不是酒醉，他是清醒的，只不过很虚弱地躺在床上，动弹不得，听到她的声音，他强撑着起床，朝梁泊砸了一个枕头，气若游丝地问：“你怎么把她喊过来了？”

“你是为她搞成这样的！冤有头，债有主，我当然找她。”

听梁泊这么说，许久安不解地问：“什么意思？”

“你们从撒哈拉沙漠回来后，他成天念叨着欠你的钱要早点还上，但是邮轮总在换站，他又不能在哪里下船打黑工，之前卖表的钱还要精打细算才能满足上岸的正常开销。今天下船后，他看到当地有一个华夫饼大胃王比赛，就报名参加了，以为可以赚点奖金。说实话，看到以前和我一样挥金如土的苏少爷，为了区区奖金不停地往嘴里塞东西，我的心好痛！我当时都想把这个比赛举办权买下来，内定他是冠军算了！”梁泊捂住自己的心口，用力地捶了几下。

苏易的银行卡早就被家里停了，前几天两人去撒哈拉沙漠的时候，林林总总的开销的确是刷的许久安的卡。

“你是为了开解我才去撒哈拉沙漠的，所以不用把钱还我。如果不是你，后半程的邮轮旅行我全都损失了。而且，你以后也别再参加这种比赛了。我看过电视节目对日本的一个很瘦的大胃王女生做过检查，发现她的胃虽然空着时和正常人差不多大，但进食后可以变大几十倍而不被撑破。遇到这种对手，你怎么赢？”

“这次的教训我会记住。但我绝对不用女人的钱。那样像什么？男伴陪游？”苏易头一扭。

梁泊从另一边献宝似的送上自己的钱包，求他：“那你用男人的钱吧。江湖救急。”

“都别说了，回国后我会抓紧时间找工作，拿到工资立马还钱，按银行贷款利率算利息。”苏易一锤定音。

这时，他的状态恢复了些，起身自己打扫房间。

“你最近还好吧？”他问。

“还好，”她看他病恹恹的样子还有空关心自己，答，“至少比你好多了。”

刚说完这句话，她就感觉鼻子湿湿的。

“你流鼻血了。”苏易把她扶到床边坐着。

“在太干的地方就容易流鼻血。在埃及的时候流过，这次我以为走运了，在撒哈拉沙漠一点没流，没想到只是迟流了。”许久安倒没他那么慌，不过她怕流出的鼻血弄脏他的床，站起来打算回去处理。

苏易把她按下来继续坐着，说："我听说你和沈念双吵架了，估计你这样子回去后，她也不会怎么照顾你。就在这吧，至少有我看着。要不然，我叫他来？"

他说得很含糊，但她知道他说的是韩哲，只不过他清楚两人还处于保密状态，并没有在梁泊面前戳破这些。

"不用了。我才向他保证过会好好照顾自己，不想让他觉得我只说不做。"她抿抿唇，皲裂已经好多了，只是一想起韩哲为自己涂润唇膏的动作，还是会心跳如擂鼓。

"那好吧。"

过了比利时，邮轮向北来到冰岛。冰岛因境内冰山与火山共存，所以被称为"冰火之国"。雷克雅未克是冰岛的首都，位于北纬六十四度左右，比北极圈低两度，现在是五月，高纬度的雷克雅未克日照时间相当长，虽然没有极昼那样夸张，却也达到了十八个小时左右。

许久安下船时，韩哲专门叮嘱她不要忘了时间："今晚十点多才日落。你别看天还没黑，就以为时间还早。我们十点就要开船。过来，你和我对下时间。"

她一听这话，想起自己今早的确忘了调表，不情不愿地走过去，但是一直蒙住自己手腕上的表，生怕被他批评。

邮轮长途旅行，常常在各个时区中穿梭，调表几乎是每日必不可少的动作。

"把手松开。"

许久安只能把手伸过去让他看表。他像检查作业的老师，她像没写作业的学生。

韩哲眉毛一挑，说："你的表还是比利时的时间。"

"下次我会记得的。"

“不用，那我们就按比利时的时间过，今天你提前两个小时回来，这两个小时归我处理。”

许久安只能答应，好在今天的行程主要是去蓝湖，来回时间很充裕。

因为地处板块交界处，所以冰岛的地热资源丰富，蓝湖就是世界著名的温泉胜地，湖面热气蒸腾，好像仙境迷雾袅袅升起一般。

“你一个人，还是和谁一起？”

“苏易，”她想了想，觉得有必要补充一些话，“梁泊现在和念双关系很好，两个人总是在一起行动，我和他就分别落单了。你可别多想，苏易看不上我，他喜欢任丹儿呢。”

“傻瓜。比起吃醋，我更在意你的安全。与人结伴，就算有意外发生，也有个照应。”

当许久安和韩哲告别时，苏易就在不远处等着。

韩哲遇见熟悉的乘客都会寒暄几句，与她的单独谈话并不突兀。

“聊什么呢？看你红光满面的。”他调侃一句。

“没什么，他就是关心几句，让我早点回来。”

这时，任丹儿下船，袅娜地从他们身边经过。

许久安戳了戳他，问：“你要不要去和她打个招呼？”

“不用了，她心里没我，我打招呼也是无用功。你看你的韩哲船员，你人都走到这了，还时不时看我们这边呢。”

她一看，果然，韩哲正好望向这边，嘴角微扬，心情像今天的天气一样晴朗。

“你就偷着乐吧。”苏易扯着她的胳膊走向港口出口，两人还得赶车去蓝湖。

去蓝湖的车上，许久安前面的位置上坐了个可爱的小女生，像个精致的洋娃娃一样，她常常扭过头来蒙着眼睛偷偷地看许久安。只要许久安和她对视，她就害羞地转过头，过会儿又转过来了，如此反复。

过了几个站，英俊的平头男子和干练的短发女人牵着她下车，她借着两人的手臂荡秋千，摇啊摇的，一直咯咯笑。

“你相信婚姻吗？”苏易忽然问。

“当然相信。我看过民国的一张婚书，上面写着‘两姓联姻，一堂缔约，良缘永结，匹配同称。看此日桃花灼灼，宜室宜家，卜他年瓜瓞绵绵，尔昌尔炽。谨以白头之约，书向鸿笺，好将红叶之盟，载明鸳谱’。你不觉得婚姻是恋人之间最重要的承诺吗？”

“可是冰岛人不这么认为，冰岛的非婚生子女比例在欧洲常居前列，他们似乎更爱合法同居而不是结婚。”

“这和我们那里普遍的观念很不一样。”

“是啊，每个国家的文化都不一样，有时候会激烈地冲击着我本来的认知。”

“那你相信婚姻吗？”

“我相信，如果任丹儿愿意，我可以马上单膝跪地在她面前求婚。”

两个人聊着冰岛的话题，很快到了蓝湖。

蓝湖的白泥据说有美容奇效，泡温泉的时候，苏易建议许久安抹厚厚一层，把在撒哈拉沙漠晒粗的皮肤快点养回来。

她浸在幽蓝色的水里，迟缓地躲着他帮忙往脸上抹泥的手，有些喘不上气地拒绝：“别。”

“你怎么了？”苏易改方向，把自己涂成一个小白脸。

“不知道，下水以后有些闷，让我缓一下。”她闭着眼睛，靠在岸边的火山石上，嘴唇紧闭着，努力忍耐着身体中骚动的痛苦。

“对不起，让你扫兴了。”她知道他这段时间也累极了，千盼万盼来到冰岛，本以为能在蓝湖好好放松一下，没想到被自己搞砸了。

“你这说的什么话！”苏易不高兴地反驳，干脆把她扛出水面，让她在岸上好好休息。

“门票这么贵，你去泡吧。我一个人能行，而且旁边还有工作人员看着呢。”

他把手伸进湖里，舀起水，直接泼到她脸上，怒斥：“你再这么对我客客气气地说话，我就不客气了。”

他这么说，她终于吐露实情，不再抑制身体的颤抖，低声重复：“苏易，我怕……这种感觉，似曾相识。”

“那我们走！”苏易二话没说，用一张大毛巾裹住她，揽着她的肩膀往外走。

身后的蓝湖依旧美得像个碧蓝的梦境，许久安也希望，这里发生的一切都是幻觉。

在医院里待了很久，两人出来时，天空还是亮的，但实际上已经是晚上。漫长的日照，让人的时间感变得非常薄弱。刚到这个时区的人，总有一种不知今夕是何夕的恍惚感。

苏易是头次知道许久安的病史，十分后悔以前总是拿她怕死来说事。

“医生说你的身体出现一些手术后的排异反应，虽然暂时没有大碍，但需要定期复查以及好好静养。许久安，你还是回去吧。”他劝道，心中懊丧自己在摩洛哥的时候干吗要劝她劝得那么起劲，现在搬起石头砸自己的脚。

许久安望着大晚上还阳光明媚的天空，笑一笑说：“怎么当初劝我留下来的是你，现在劝我走的还是你？”

她站定了，一个字一个字说：“我不走。”

她扫视着周围的一砖一瓦，一草一木，目光灼灼道：“我答应过替常青哥出来看世界，现在他死了，我必须走完全程。不然，我怕我回去以后，再也没有机会出来帮他实现这个梦想。何况，我已经走了一半了，剩下的一半，我会很注意自己的情况，一万个小心不出差错。”

苏易摁住她的肩膀，一声怒喝：“你不怕死了是不是？”

许久安早已经从最初的不安，到完全接受了现实，她把自己的决定想了几百遍，每一次都是这个答案，因此她回答得铿锵有力：“我只要这一辈子不留遗憾。”

他气得想把她撕碎，可是又不舍，只能打开天窗说亮话：“你知不知道我是谁？我爸是苏合建，不知道你看了这么多书，里面包不包括商业杂志，反正我爸的名字经常出现在里面，我们乘坐的普兰尼特号就是我爸公司收购的邮轮品牌的旗下产品，他送我上船就是打磨我的性子。我不是欠你钱吗？以后我可以把这笔债务利滚利转成一张船票还给你，等你休养好了之后，想去哪就去哪。”

许久安知道他和梁泊的来历不普通，只不过他们没说，她也就一直没问。现在她知道了，可是也没有攀高枝的打算，她直言道：“你不是告诉过我吗？你想像任丹儿一样依靠自己。那些都是你爸的，不是你的。”

“我只破这一次例！”他眼眶微红。

“不行的，苏易，一旦下定了决心又破例，那么就永远做不到。我的事和赢得任丹儿的尊重相比，后者对你更重要。”

他一脚踢向街头的垃圾桶，声音愈大愈痛苦：“可是我当你是很重要的朋友。”

“那么，我希望你能够重色轻友一回。”她故作轻松地说。

回邮轮前，许久安已经和苏易说好，这件事不能告诉任何人，包括韩哲。

“我和韩船员还不是男女朋友，这样也好，无论是他还是我，放下这段感情都要容易一些。好聚好散。”

命运总是不按计划出牌，而她从一开始拿到的就不是一副好牌。

“有那个必要吗？你又不是得的绝症，韩哲并不是这点担当都没有。”

“可我曾向他承诺，等我回去后，我会转到与船上工作对口的专业，以后申请成为他的同事，这样我们就不用异地恋，可以在大海上长相厮守。现在，我不确定以自己的身体条件是否做得到。”

“你们女人，就爱自己拿主意。”话是这样说，苏易却勉强答应了。

今天因为这些事一耽搁，他们几乎是前脚上船，后脚船就开了。

许久安想起韩哲嘱咐过她提前两小时回来，这两个小时归他安排，她并未做到，也不想找他解释，也许就从这件事开始，让他以为她是个说话不算话的人也好。毕竟，在两人最重要的未来上，她已经食言了。

她回到客舱里休息，才躺下不久，就有人敲门。

来的是韩哲，一见面就先看她的手表，检查是不是出问题了。

她的手表还是比利时的时间。按理说，她应该记得提早回来的。

“冰岛太美了是吧？”他竟没有责怪的意思，只当是冰岛美得让她流连忘返。

她没有接话，他只当她是累了，转而道：“那你好好休息吧。失约的事，别放在心上。反正以后还有机会。”为了这两小时而做的各种准备，他只字不提。

当他转身时，她惶恐地想到总有一天，他就会彻底消失在自己的世界，想问的话已经先于理智说出来：“韩船员，万一以后没有机会了呢？”

“怎么会没有机会？”他朗朗笑起来，笑声像被撞击的风铃一样好听，“我不老，你也年轻，我们有大把大好的时光做无数的事。”

“万一世界末日了呢？”

“你是听说冰岛有一百多座火山，担心它们突然全部喷发了吗？”他以为她是看到一些本地旅游资料介绍所以有了几分担忧。

许久安不置可否。

韩哲的目光像是北极圈在极昼时节后首次迎来夜晚那样暗下来，压抑已久的情绪喷薄而发，他伸手梳理着她的头发，呼吸变得很烫，说：“末日到来的那一天，我也要你。”

每个字都像盛满了海上的风雨，激烈得雷电交加。

这时，隔壁舱的梁泊打开门，一看见走廊上的韩哲，招呼着："韩长官，这么巧？又来视察我们这一层啊？"

韩哲不动声色地朝他移了一步，颔首，问："梁先生，晚上好，以前你总担心船上的日子很辛苦，怎么样？体验之后出乎意料吧？"

"还成吧。现在我和苏易一样，当考察业务。"梁泊回得没头没脑的。

韩哲也习惯梁泊说胡话，也没深究，顺势道别。

苏易也慢慢走出来了，梁泊揽着他肩膀，看着韩哲的背影说："你说，以后韩哲在总部看到我们，会不会很震惊？他当初差点把两个小老板赶下船？"

梁泊畅想那个场景，嘿嘿直笑："到时候我一定会说，没关系，我很欣赏你秉公办事的风格，决定予以重用。"

"好了。小心雷劈了你这大尾巴狼。"苏易把他的手推开，梁泊一歪头正好看到许久安，立马捂住嘴，意识到自己说漏了。

很快，他决定恢复真实身份，臭美地整了整衣摆，中气十足地说："没错，我和苏易行事十分低调，表面上住在便宜客舱，实际上是深藏不露的……"

苏易利索地打断他浮夸的自我介绍："不用了，我今天已经跟她说得差不多了。"

"说了？"梁泊咬住手指，不敢相信地惨叫，"这种惊天大逆转的戏份你竟然不留给我表演！"

"你的转折演出可以留给沈小姐。"

"也对。"梁泊钻进客舱里，准备再拾掇一下自己的形象。

苏易在门外向许久安解释："我今天回船上才听梁戏精说，他家刚大笔购入我家公司的股份，所以，普兰尼特号也算他家的船了。"

梁泊在室内听到这句话，嚷嚷："对啊，我们总算成了真正的一家人，荣辱与共。以前我老觉得，我们当中要谁是女的，还有任丹儿和我那些前女友什么事啊。”

“多少前女友？”沈念双正好回来，问。

“其实没多少，呃，大概和我姓名笔画差不多。”他恨不得自抽一耳光，多话是种罪过。

邮轮离开欧洲，继续航行，这次要经历长达八天的海上巡游后，才会抵达美国纽约。

沈念双每天早出晚归，似乎是刻意避免和许久安同处一室。

许久安有意拿苏易当挡箭牌，平日里尽量和他一起行动。

在一个印度船员开设的瑜伽课上，苏易抱怨：“其他事也就算了，可是瑜伽课你也拖我一起来，我这身子是铁打的，不是揉面的啊。”

“有时候在船上单独遇到韩船员，我不知道怎么面对他。”她正在做犁式动作，声音有点发颤。

当课程动作切换到单腿下犬式时，梁泊冒冒失失地闯进来了，身后还跟着沈念双。

“出来。”他言简意赅地只说两个字，但语气不善。

“你可算来救我了。”说完，苏易本想借梁泊扶一把站起来，没想到他侧身一躲，苏易手一空，只能扶着墙起身。

梁泊的表情像块冻结的冰，冒着寒气，与他平日的作风大相径庭。

许久安停下正在练的动作，决定跟出去看看情况。

走到室外，梁泊开口：“先什么都不说，打一架吧。”

“你到底怎么了？”苏易也意外得很。

梁泊直接揪住他的领子，作势要挥出一拳。

“发生了什么事？”韩哲路过此处，本想顺道看看预约了瑜伽课的许久安，没想到撞到这一幕。

梁泊像匹桀骜的野马，眼里根本没有规矩，冷声道：“韩长官，不关你的事。”

“到底出什么事了？”苏易看出他不像闹着玩，似乎真有大事发生。

“你还是去网上查查你苏家的运油船出了什么事吧。”

甩下这句话，梁泊带着沈念双走了。

苏易拿出手机，登录联网页面，点击了昂贵的按时计费，开始搜索自家的新闻。

网上有很多图片，有被燃油污染的海域俯瞰图，也有环保组织在苏家大楼前静坐抗议的现场图，还有集团的高层出面道歉的新闻图，甚至有可怜的海鸟和企鹅因浑身油污而奄奄一息的特写图。

苏家海上运油船失事，造成巨大范围的海洋污染，后续清理工作长达数年，而且面临巨额索赔。

许久安想到梁泊前几天还在喜滋滋地说两人终于成了一家人，梁家刚刚大笔购入苏家公司的股份，难不成苏家是为了解决资金缺口，故意瞒住情况引梁家入局？后来事件影响持续升级，引起国际新闻媒体重视，最终还是纸包不住火。

因为船上联网太贵，苏易又被家里人限制消费，所以他在海上巡游的时候，一直没有上网，丝毫不知外界消息，而梁泊则没有这个顾虑，天天刷网，所以消息灵通得多。

“我需要问一下家里。”他心中也和许久安有一样的猜想，不过那个计策太恶毒了，他不愿意相信这是父亲所为。尽管他知道，在商言商，商场连父子都没有，哪还有朋友？

过了许久，许久安看着他放下手机，脸色死灰。

“我去找他。”苏易没走几步就腿一软，不得不扶着栏杆站稳身子。

打击这样大，他寸步难行。

“我……”许久安本想说自己帮他一起去找梁泊，可是韩哲拦住她，摇了摇头。

“你不用跟过来，这是我和他的事，别人没法掺和进来解决。”苏易像个做复健治疗的固执病人一样，僵直地走远。

许久安回自己的客舱等消息，等着等着就睡着了，但睡眠很浅，很晚的时候，她一听到外面的响动就醒了。

原来是沈念双回来了，她一回来就把箱子铺在床上，开始收拾东西，动作的声音很大，也不顾及是不是会吵到别人。

“你这是要去哪？”许久安想，邮轮还在海中央漂荡着，她不可能下船上岸，船上所有的客舱都满了，她能搬到哪里去？

“梁泊和苏易闹翻了，他俩不可能继续住在一个客舱，不然天天都会出事，”东西收拾好了，沈念双把箱子一合，开始往外拖，说，“梁泊让苏易滚出去，我和梁泊正在交往，会搬去他的客舱，至于苏易有没有地方睡，是不是要继续待在船上，或者换到我们的客舱来住。就看他自己了。反正你和他关系不错，也不会在意吧？”

沈念双把箱子拖到走廊，她已经有了隔壁舱的船卡，刷一下门就开了。

关门时，她说：“如果我是你，现在会去找找苏易在哪。”

苏易没钱，因此所有的消费场所可以通通排除，这样一下子就缩小了搜索范围。许久安最终在船上最高的十六层室外找到他。

他坐在栏杆上，融合在多愁的夜幕里。

她蹑手蹑脚地靠近他，还是被发现了。

“放心。我又不会跳海，”他自嘲着，“这邮轮是我家的，若我跳海了，不但会有个丑闻传出去，邮轮方说不定还得为我付一些身故赔偿金，这钱来自哪？还不是来自我家里？”

许久安听他还有力气开玩笑，多少安心了些。

“这里风大，你这身板就别上来吹这种寒风了。”到这个时候，他还有余力关心她。

“下个站，你是回家，还是继续？”

没想到他也需要面对走还是留这个问题了。

“我想过了，这个时候回去，就算我能够插手集团的工作，也改变不了定局，加上我还没有实际的项目经验，回去之后也帮不了老爷子收拾烂摊子，还不如留在船上，和梁泊缓和矛盾。苏家是苏家，我是我，梁家是梁家，他是他，希望他也这么想。”他们曾经像彼此肚子里的虫子，现在苏易不敢肯定了。

“念双已经搬去你的客舱了，那你……搬到我那吗？”按理说，沈念双和苏易算是无差价换舱，他只能搬去她那住。可是孤男寡女同处一室的情况，她还不知道怎么应对。

“我先把行李搬到你那吧。今晚我去图书馆看书。马上就要到美国了，美国历史才两百多年，趁这几晚看得完。”苏易也心领神会这是件棘手的事，想了个暂时的解决法子。

两个人回到六层客舱，看到门口到处是散落的行李，应该是梁泊从房间里把苏易的东西都扔出来了。一个船员正在清扫，他拍过6251号舱的门咨询，不过里面的人情绪糟糕地否认是他们所为。

船员往上报告，来处理突发事件的是韩哲。

苏易正把行李往许久安的6249号舱里面搬，她不知道怎么说，由苏易出面告知：“我和沈小姐换舱了。”

韩哲闻声，表情一凝。身为船员，乘客之间自愿协定的事，若没有违反邮轮规则，他无权插手。

这时，里间的梁泊又找到一件属于苏易的东西，打开门，直接丢出来，砸到苏易的身上。

苏易任其发泄，整件事确实是苏家的错。

许久安瞅准门缝，吃力地掰开门，看到梁泊愠怒的脸，争分夺秒地解释：“苏易事先并不知情！”

“所以，我就该当什么事都没发生？”梁泊冷笑一下，使劲地要合上门。

在千钧一发的时刻，韩哲稳住门，让她的手先脱离出来，梁泊关门受阻，更为用力地关门，韩哲的手被重重夹了一下，这才缩回来。

“韩船员！”许久安看到他指尖的瘀血。

他对这些小伤不以为意，伸手揩去她额头的汗水，叮咛：“你胳膊不粗，没那么大的劲，以后别随便去堵别人的门。”

刚刚清扫走廊的船员在韩哲来时就走了，而苏易这时也已经把行李放到房间里，说声自己去图书馆，也走了。

此时此地只剩下两人，许久安现在最怕的就是和韩哲独处，她学会了游泳，不担心沉船，可她很担心，自己沉沦于韩哲的情感旋涡，要怎么自救。

“他们决裂了？”韩哲问，他还记得第一天登船时，梁泊主动帮苏易背黑锅，如今造化弄人。

提起这个话题，她也怅然若失：“韩船员，真的有一辈子的感情吗？”

“世人皆说有，可看过的人极少，做到的人极少。”他阅过的世事比她多，得出这样一个结论。

“我曾经很羡慕他俩的友情，看到两人现在闹成这个样子，我很迷茫。没人能断定以后的生活会出现什么考验，到底要怎么做，才能一辈子莫逆于心？”

她想到自己和沈念双，也是一个坎跨不过去，然后就分道扬镳。

在夜半无人时，看她想那么多别人的事，韩哲一下将她揽入怀中，下巴抵在她的脖颈处，低语：“无论别人如何离散，我只希望，无论是贫穷、疾病、猜忌、离间、天灾、人祸，都不能让我们分开，我们会是一切考验的幸存者。”

她没想到他忽然从友情的话题转到两个人的事上，急得往后缩了缩。这个举动令他不悦。

“许久安，不准退，”他警告她，“我们这辈子已经签约了，这个约定不支持退改签。”

邮轮不知遇见什么，这时候大幅度晃荡了一下。

两个人都没站稳，一下子摔倒在地，韩哲撑起身体，双手放在她的耳畔，脸离她越来越近。许久安推着他坚硬的胸膛，他却还是徐徐而坚定地靠近，呼出的鼻息近得可以拂动她脸上的细绒毛。

“我也想从未来借一样东西。”

“我不借。”她害怕越陷越深。

“由不得你。只许你借一次，就不许我借一次吗？”他忽然霸道起来，申诉道，“而且，你没提前告诉我就同意苏易搬进来，我也会有不快，也想要一点点安慰。”

他的眸光深沉，一路向下移，从与她对视到定格在她小巧的唇上，她的唇像剥壳的荔枝那么水润润的，看上去完全从撒哈拉沙漠的晒伤中好过来了。

润唇膏是无色透明的，他看不到。他需要确认一下，问：“你有听我的话，记得涂润唇膏吗？”

“有有有。”她担心受到更多惩罚，赶快邀功。

“我检查一下，”他埋下头，问，“你的润唇膏是什么味？”

“阿月浑子。”她怕他索吻，紧紧抿着唇，鼻子下只剩一条缝露在外面，她本来还吓得闭上了眼睛，可是一想到电视剧里接吻才闭眼睛，所以她把眼睛又睁开了，像打开的手电筒那么亮，威慑他人不敢犯事。

她的表情有趣，他一边观察，一边放缓了说话的节奏，慢慢问：“那是什么味道？”

“地中海地区盛产阿月浑子，我们国内叫开心果，我在希腊买的这支润唇膏。”她现在只想多说话拖延时间，让他忘了要借东西的事，因此答得十分详细。

他所谓的检查是凑近闻了闻她的唇膏味，但与此同时，鼻尖轻轻地蹭到她的鼻子，就像蜜蜂停到花瓣上。这下子，她连呼吸都屏住了。

“嗯！”他赞叹一声，“希腊的香薰产品的确做得不错，阿月浑子的味道闻上去很可口。”

他说可口，她好怕他吃了她。

还好，他让开身子，拉她坐起来。

然后，他牵着她的手放在自己的胸口上，要求：“就是这个位置。你印个看不见的唇印在这里。我以后忙起来看不到你的时候，也能感知到你的存在。”

许久安没有办法，现在的条件总比她之前设想的任何一种要好。

她的唇吻到他白色的制服，两个人同时心跳加速了。

“不只如此，我总得换衣服和洗衣服，每次我换一件新的，就会过来找你盖一个吻。不然，阿月浑子的香气会散掉的。”

第十章 人在低谷

Chapter 10

地球有盆地有丘陵有深渊有高山，人生也同样起起伏伏，别以为自己在高处掉不下去，也别以为自己在低处爬不上来。

第二日早上，许久安在图书馆找到苏易，他长手长脚却缩在一张椅子上，睡得正酣。图书馆是公共区域，一直亮着灯，这种场景里的睡眠质量可想而知。

她喊醒他："你快回去睡一下吧。"

苏易迷迷糊糊地往外走，许久安叫住他："喂，方向错了，算了，还是我送你回去吧。"

两人回去时，看到沈念双正在敲他们的舱门。她一见他就直说："来得正好。我们今天去把换舱手续登记了吧。"

木已成舟，苏易只能同意。

他办完手续回来，疲色更浓，抱着枕头倒在床上，不知在想什么，许久安说："那我先出去了，你好好休息。"

他合上眼睛，默认了这种早晚分舱的模式。

许久安出门后来到室外跑道，因为身体的变化，她现在已经改跑步为慢走了。海上的空气清新，她呼吸得饱饱的。

有人来到她身边，她正准备让道，却看清楚来者是任丹儿。任丹儿只是用眼神观察她，并没有开口。

"早上好。"许久安主动打破沉默。

“以下的发言只是出于我的好奇心，我无权过问你的私生活，你可以选择不回答，”任丹儿的说话方式恰如一个严谨的律师，“我的问题是，一方面你和韩哲关系匪浅，另一方面你又和苏易同舱，请问许小姐，你是作何打算？”

“我和苏易只是朋友。韩船员方面，我已经和他沟通过了。”这一点，她问心无愧。

“我也很厌恶自己现在这种探听隐私并妄加评断的做法，所以很抱歉造成你的困扰。只是我明知是自己有错在先，却不得不提醒你一句。苏易这个人不思进取，大学四年时光几乎都只用在追求女生这一项上，好吧，坦率点说，那个女生就是我，我熟悉他的手段，希望你能当作参考，不要轻易掉入他的情网里，这样，对韩哲不公……”

许久安听着任丹儿高高在上的发言，冷言打断：“这就是你对苏易的看法？”连她这样一个局外人听着都觉得心寒，不敢想象苏易听到这番话该有多么雪上加霜。

“这是我的主观评价，仅供你参考。”

“呵呵，”许久安笑起来，反讽回去，“我认为你的主观评价是种偏见，苏易从来没有大撒情网，他由始至终只倾心你一个人。”

许久安的反应之强烈，出乎任丹儿的意料，任丹儿思量了一会儿，随即光明磊落地道歉，倒让许久安一时之间无话可说：“我接受你的意见反馈。也许我对他的认识不够全面，可能是因为初次见面时，他对我什么都不了解，只看一张漂亮脸蛋就对我展开追求，给我留下很差的第一印象，之后每次见面都是在初始印象上继续叠加印象。如果以上皆是我的评判失误，我道歉。”

许久安知道苏易曾经不怎么好，任丹儿的说法也没错，现在他慢慢好起来了，任丹儿却没有留意到。她希望帮他一把，就像他之前帮她和韩哲那样，于是问：“你能再给他一个机会，重新认识他吗？”

任丹儿转头看向早晨的海，风平浪静，悠悠答道："可是，我已心有所属，而那个人，也没有再给我机会。"

遇到了，不一定代表有缘。也许造物主只是一时兴起开个玩笑，让你们相遇，然后让你亲眼看看，你到底错过了什么。

每晚，苏易都在图书馆里看书，看累了就蜷着睡一会儿。许久安这夜睡不着，走去图书馆找他，看到桌上放本书，而他一手支着脑袋，困得一直点头。

"回舱睡吧。"许久安心生不忍，苏易也是买了船票付了钱的，没道理连一张床都没有。

"没关系的。我又不是天桥底下风餐露宿的流浪汉，这环境够可以了。"苏易拍拍图书馆的皮沙发，又软又弹，邮轮在软装上舍得砸钱。

他看她拉着脸，开个玩笑："而且，说不定我回国的时候我家已经破产了，所有的别墅都被查封抵债了，我早点适应没家没床的日子也算是有先见之明啊。你回去睡觉吧，你这身子骨不能熬夜。"

她盯着他脸上的黑眼圈，咬牙说："其实一男一女同舱住也没什么的，你和梁泊上次去圣托里尼岛不是还去天体海滩了吗？大家只要心里坦荡，不用那么陈腐。"

苏易看着她故作大方的样子，笑着说："还说呢。上次明明是他满怀激情拉着我去，结果到附近就㞞了，蔫蔫地打道回府，还告诉我如果别人问我风景怎么样，一定要胸脯一挺说相当精彩，死活不能承认没去的事。"

笑着笑着，他的神色慢慢变得凝重。

他们一起经历那么多，好的坏的，有趣的无聊的，疯狂大胆闯祸的，夹着尾巴做人的。生命里大半的回忆都有这个伙伴，如今却生生抠除了。

"这几天你见过他吗？"

他眼里的光突然暗下来，满腔孤寂："有时候在走廊里会遇见。他和沈念双正说说笑笑，看到我的瞬间脸就僵了。如果不是邮轮客满，我想他会恨不得搬得远远的。”

“不想了，回去休息吧。”她伸手拉他。

“我睡觉打呼的，梁泊总嫌我吵，其实他自己也磨牙的。”

“我戴个防噪耳塞就行。”她并不是没有和男生住过同一间房，以前她和令常青就住过同一间病房，不过那是四人间，而且不像客舱是密闭的，总有护士来夜间巡房。

他还是拒绝：“我不希望韩哲误会你。”

“你知道我打算和韩船员慢慢淡掉，说不定你住进去还能帮我呢。”她想到这个法子，心里却很苦。

苏易极不赞同，把她推去电梯的方向，申明自己的观点：“你要记得，永远不要故意用一个男人去气另一个男人。这是最残忍的分手方式，你既打击了他的自信，也重伤了他对爱情的信仰。你可能会把他变成另外一个人。你既然爱他，就不要对他这么残忍。”

“可……”许久安还打算说什么。

苏易已经把她推进电梯里，按了下行按钮关上门。

八天的海上巡游总算结束，快要抵达美国纽约时，好多人都蜂拥到甲板上，眺望着海港处的自由女神像。这是法国为纪念美国独立战争胜利一百周年而送给美国的礼物。

许久安本来也随众人一起争着看自由女神像，可是她个子不高，又站在人群的边上，踮脚也望不到前方的海港，反而是看到前面的苏易，连续八天日夜颠倒，再加上诸事不顺，他的头上竟然多了一丝刺眼的白发，仔细看后，又发现不止一丝。

“看不到吗？”当许久安正为苏易的少年白头而心酸时，韩哲磁性的嗓音从天而降。

甲板上人太多，不少船员都出来维护安全。

“反正上岸了也能看，不要紧。”

她才说完这句话，立马感觉到身子往上一升，视野豁然开朗，竟是韩哲将她举到肩头坐着。

她没做这样的准备，身体摇摇晃晃掌握不了平衡，急得扶住他的航海帽。

这几秒钟里，她已经匆匆忙忙地看到了屹立在碧海蓝天中的自由女神像，她尖叫着：“韩船员，好了好了，快放我下来。”

他对她的要求置若罔闻，慢条斯理地问：“看清楚女神像的冠冕有几道尖芒了吗？”

“看清楚了，七道。”她挣扎着想要下来，偏偏他的手牢固得像烙铁一样，简直是把她固定在上面了。

“那象征着七大洲，”他的声音里微微带笑，继续不慌不忙地问，“看清楚女神像左手和右手的动作了吗？”

许久安环顾四周，这里的人密密麻麻，多得数不清，她感觉自己的血管都要爆炸了，她想乱动，迫使他放她下来，可是坐在他的肩膀上，她不敢乱蹭。

“看清楚了吗？”他追问。

“看清楚了看清楚了，右手举着火炬，左手拿着一本书。”她这辈子语速都没这么快过。

“火炬象征着自由，书是《独立宣言》。”都火烧眉毛的时刻了，他还在一本正经地当解说员。

许久安不得不哀求：“真的，请放我下来吧。”

韩哲将她最后高高举一下，然后才把她放下来。

她被刚刚大庭广众之下他做的事吓得腿软，一时没站稳，脚一偏，幸亏攥住了他胸前的一颗铜扣，才没有摔倒。

人群的挤压令两人贴得很近，她的身高刚好到他胸前，鼻子在这时候却意外的灵敏，她闻到若有若无的阿月浑子香气，是她之前涂着唇膏印到他的制服上的。

“韩船员，这里人那么多，我们不是说好了吗？”她的声音好小好小，他本来听不到，可是这种情况，他不用猜都知道这个女孩脸红着在抱怨什么。

“没关系的，这是航线里的重要一站，在自由女神像面前，大家行事都会无拘无束一些，不信，你看，好多船员都举起了后排的乘客，帮他们望到女神像，”他伸手弹了她的脑门一下，说，“我行事有分寸。”

许久安四处张望，果然，不仅有船员也抱起乘客，还有船员直接和乘客贴面吻。

“还要继续看吗？”

“不用了！”刚刚已经被他逼着看清楚了，她转而问，“今天你有时间上岸吗？”

“邮轮在纽约港停留两天。我今天可以上岸。”

“那我们能一起吗？”

他似乎对她的主动邀请感到惊喜，迅速答：“当然可以。”

这时，旁边一个坐在轮椅上的老奶奶拉了拉韩哲的制服。离港口越来越近了，人群爆发着一阵阵的欢呼声，她说什么，他听不太清，她指指许久安，他就明白了。

“Of course.（当然可以。）”

韩哲一下子把瘦弱的老奶奶举过肩膀，让她把自由女神像望得一清二楚。

满头银发的老奶奶发出少女般雀跃的笑声。

韩哲对她的快乐感同身受，用力将她举得更高了。

许久安仰望着韩哲，满眼皆是倾慕。

她想她最初喜欢他，就是因为他对弱者的温厚平和，对强者的不亢不卑。他没有尖锐锋利的棱角，但有百折不挠的坚持。他像是一味性平的中药，非寒，非热。只要与他一起，她就深感安心。

下船后，许久安在距离港口一个站的地方等韩哲，尽量避免被人看到他们同行。

韩哲穿的是便装，会合后问她："你想去哪？大都会博物馆、中央公园，还是时报广场？"

"先去旅馆登记入住吧。"许久安用手机查了下路线，如是说。

她走了几步，发现他没动。

她叫了声："韩船员？"

"我刚刚走神了，没听清楚你说什么。"

"哦，我说，先去旅馆登记入住吧。"

"你预订了几个房间？"

她想也没想就如实答道："一个。"

纽约街头有不少热辣奔放的女郎，韩哲对许久安的突然转变有些惊奇。两人之间牵手和拥抱都极少，初吻更是没有，每次距离稍近，她就像只蒸熟的小龙虾那样红透了，现在居然很坦然地说到今天晚上同住的事。

"你确定？"他再次确认。

"当然确定。怎么？邮轮不是在纽约停两天吗？今晚回船上住的话，来回的路有点远。而且我订的旅馆不贵，到达各大景点的交通也方便。"她完全没有理解他的担忧，只是在陈述这个旅馆有多不错。

韩哲不能否认自己心中的期待，男人面对自己喜欢的女孩当然渴望占有，在晚上说晚安，在早上说早安，可他并不急于促成这件事。他有一种近似酿酒人的心情，愿意为她等待更多时间。

"走吧，巴士来了。"许久安招招手。

他几个跨步走到她前面，拉起她的手，带着她跑起来。

一触碰到她，他的手就变烫，指尖像燃着火苗。

许久安订的旅馆在皇后区，旅馆的大堂不大，只有一张接待台，后面站着一个年轻的白人姑娘，编着雷鬼辫。

许久安正在与对方确认她订的房型。韩哲一路上都有些神不守舍，这时也不例外，没有注意听她们说什么。

辫子姑娘办完登记手续，偏偏头示意他们跟她走，去看看房间。

门一开，一个狭长的大房间出现在眼前，好像大学宿舍一样的上下铺一张张排列整齐，尽头的那张床上，上铺的女孩子为了迁就耳机线的长度，正俯下身和下铺的男生一起听音乐。

辫子姑娘指指左边靠墙的上下铺，意思是这是许久安他们的床，然后关上了门。

韩哲这才知道，许久安订的住宿，竟然是青年旅舍里多人混宿间的两个床位。他看着她澄澈的眼神，难以描述此刻的心情。

许久安看他表情怪怪的，一拍脑袋，似乎这才意识到问题所在，可惜还是没说到点子上："对了。我忘了韩船员的薪水一定很高，也许是不习惯住廉价青旅的。"

"没关系，我不挑。"

"谢谢……而且，我带你来这里，是有特殊目的的……"她期期艾艾，不知如何组织语言。

韩哲静心以待，以免自己又会错意。

过了一会儿，许久安总算想好应该怎么把事情说清楚，终于开口了："其实是事关苏易，他现在和我一个客舱，但是他担心你误解，每天晚上都在图书馆看书，白天才回舱补眠。这样日夜颠倒下去也不是办法，我想客舱里面反正是两张床，我们各睡各的没关系。虽然我是上船之后才认识苏易的，但我相信他的为人。请你也相信他。"

苏易十分在意韩哲的想法，她只能这么做，取得韩哲的认可，才能让苏易同意住进来。

"你带我来这，就是想让我看看青旅的混宿间也差不多，让我别在意？"他总算理清了思路。

原来她是这个脑回路，韩哲不禁对自己最初的想法摇头苦笑。

“韩船员，你笑什么？”

“没什么，是我自己想多了，白紧张一场，”他注视着她，顿生柔情万千，“久安，我们已经订下余生的盟约，我岂会连这点信任都不给你？”

可许久安还在回味他的前一句话，等她想通了，脸顿时涨红，不停地摆手说：“韩船员，我没有那个意思，我也不知道你会想到那里去。”

“好了，你别急。”韩哲把她搂住，在他的怀抱里，她立即噤声了。

“其实苏易住你那也有个好处。以前你们两个女生住，我不方便来。现在有苏易在，有什么事我也方便过去。”

许久安苦涩地想，等苏易搬进来了，再让他好好帮她参详如何抹去这段感情吧。

“我真没有那个意思。”办完旅馆登记手续后，他们到附近的商业街散步，许久安还在说这件事，可见心中之纠结。

“以后有也不迟。”韩哲刚说完，就发现她突然转身，问，“怎么了？”

“对面的人好像是船上的乘客。”她怕与他在一起被看到，让邮轮高层知晓便不好了。

这里人来人往，来人只在专心看古着店里的橱窗展示，根本没有注意到他们二人。

“你太过敏感了。”韩哲把她转回来，两方已经交错而过，她还心有余悸。

“真的不是吗？我瞧着像住在我们六层的乘客。”她偷偷摸摸地回头瞄对方，反复确认到底是不是。

韩哲的手蒙住她的眼睛，不许她再看。

“我明白你是担心影响我的工作，可如果你和我在一起总是战战兢兢束手束脚，我会无比痛恨自己给你带来如此大的压力。”

他慢慢松开手，让她看着自己，他必须让她知道一件事，说道：“我知道爱你的风险，也愿意承担全部的后果。就算最坏的结局是我被革职下船，我也甘之如饴。因为我可以换一家公司重新上船从头做起，但不一定可以再在千千万万的人群当中，遇见像你一样令我心动的女孩。”

许久安良久无话。她明白这是自己的幸运，可是她无法保留这份幸运。

站在街头，他拦了一辆的士，说了一家餐厅的地址。

餐厅的接待处不是很明亮，韩哲在此点完单，然后让许久安一起把身上的手机、手表和相机都交给接待员保管。

他推开旁边一扇门，她跟着走进去，竟是陷入一片毫不见光的黑暗中。

她正想问他这是停电了吗？一个温润的声音响起：“Please follow me.（请跟我来。）”

韩哲把手搭在声音主人的肩膀上，同时牵着她，三人慢慢地来到一张餐桌旁。

许久安摸到毛茸茸的凳子坐下来，不久后，耳朵灵敏地听到，对面也响起窸窣的落座声。

“韩船员？”她试探着叫了一声，不太确定他是否还在她身边。

“我就在你对面，已经坐下来了。”

她摸摸身上的口袋，本来想借着手机的屏幕光源照明，摸遍了也没找到，才想起在接待处已经寄存了所有能发光的东西。

声音的主人请他们稍等，说厨房正在准备此桌的餐点。他在黑暗中倒是来去自如，走路轻盈得像猫一样。

“那些服务生都是盲人。这家是黑暗餐厅，所有人都在黑暗中用餐。这是我们第一次正式约会，我不希望你总在担心会被船上的人发现，我想要你用心体会。”韩哲摸索着找到她放在餐桌上的手，轻轻地拍了拍。

她瞪大了眼睛想要看清周围的环境，然而全是徒劳，这里确实连一丝光也没透进来。

服务生已经为他们端上了两份餐。

许久安找到刀叉，又一点点确认了菜的位置，一丝不苟地开始切分。她闻到煎烤后的肉香和迷迭香的味道，可是切了一小块送入口中，却不知道到底吃的是什么，只觉得肉汁鲜嫩，回味无穷。

“你吃出来是什么了吗？”韩哲问。

“是羊排吗？”她也不太确定，以前总是看着食物吃的，现在不能用视觉，其余的感知就算放大了，也难以分辨出来。

“是的。”黑暗中，韩哲的低音很好听，是她的听觉大餐。

“好吃吗？我点的不是这个。”他问。

她切了一小块，用叉子戳着伸进对面的黑暗里，摸黑说：“那你尝一尝我的。”这种新奇的体验里，她完全放下了防备。

“唔。”一声低呼。

许久安也从末端传回来的触感觉得自己没喂对地方。叉子“哐啷”一声掉在桌子上，她急着问：“怎么了？”

他的鼻音变重了，回：“你喂到我鼻子里了。”

对面响起克制的擤鼻的声音。

服务生似乎对刀叉掉落的声音司空“听”惯，很快送上了新的餐具。

过会儿，韩哲的声音恢复正常：“还是我来吧，你尝一下我的是什么。”

许久安不知道对面喂过来的菜的位置是高是低，紧张地感受着空气的流向，当她感觉到自己捕捉到一丝丝空气的变动时，嘴唇已经正准确衔到一块富有弹性的美食。

看不见的香气令她食指大动，她大口吞了进去。

然而嘴唇接下来的触感却让她一惊。太柔软了。温度不似食物的热度，而似人体的体温。她慌张地侧过脸，竟贴着擦过一张带着剃净的胡楂硬度的侧脸。

“韩船员……”

尽管看不到，她却能够想象到黑暗中的他站起来，越过大半个桌子，身子向前探，嘴里咬着小块的美味，以唇相送。

“我的是七分熟的纽约客牛排。”他很镇静地介绍。

她感觉自己哽住了，很费力地才将它咽下去，至于什么滋味，完全不知道。

“你刚刚，为什么要那样喂我？”她的声音就像一座小小的火炉，像有生气的柴火在噼里啪啦地燃烧。

“隔着叉子找不准距离，我担心也喂到你鼻子里或者身上，所以决定用自己的身体感觉来找到你。”

他说得义正词严，可她怎么觉得，如果这时候有一束光，绝对可以照亮他嘴角弯弯的笑。

“只是我没想到你会一口吃那么深，而且会扭头和我擦碰到。”

他的解释合情合理，令她没有办法挑刺。

他居然继续问：“还吃吗？”

“不要！”她郁闷得吞了一大口羊肉。

“不要吃得太急。”他嘱咐道，他能够听到对面大快朵颐的发泄声，可她也能听清楚他尾音里上扬的得意。

出了餐厅后，许久安重见光明，明明才“失明”不到两个小时，她却像过了几年那般难熬。耳聪目明能说能笑可跑可跳的人生，真好。

她回头看韩哲，他的鼻梁上有一粒黑胡椒，应该是她喂羊排的时候弄上去的，可她就是闹别扭不想提醒他，让他挂着这一粒黑胡椒逛了一整天的纽约。

晚上，两人回到青旅，韩哲去公共洗手间洗漱，才从镜子里发现这一点。

他清清爽爽地回来，她假装今日逛累了，已经在下铺睡下。

他也当真了，坐在她的床沿上，借着床边的小灯看着她的睡颜。

“谢谢你，我今天很开心，以前上岸了，我都不知道做什么。好多地方我都独自来过，没有什么新鲜的，不过是人长得不一样，建筑不一样，文化不一样。今天和你在一起，我才知道，两个人的风景，比一个人看到的美丽。”

他帮她盖好被子，继续说：“不过以前上岸总是会遇见女郎搭讪，今天却一个都没有，不知道是鼻子上的黑胡椒碍眼，还是她们知道，我身旁有人，心有所属。我希望是后者，就像在陌生的地方也有一个家。晚安。”

说完，他爬上了上铺躺下来。

许久安感觉到上方没了动静，才睁开了湿润的眼睛，被子里握紧的手缓缓松开。

这一夜，她睡不着。

翌日清早，韩哲就得先回船开始工作，他买了牛角包和浓缩咖啡放在许久安床边的柜子上，以为她在睡梦中，说了声“早安”便离去。

许久安摸出手机继续给苏易发消息：“他走了。”

昨晚睡不着的时候，她就和苏易在网上聊天。

“韩哲这么好的男人，你何必放弃呢？”

“在冰岛的时候，你听到医生对我怎么说的。我们如果强行在一起，他一生最为理想的事业会被我重重拖累。他会不敢远游，不敢走很久，像是被圈养在水族馆里的鲸鲨，也像是被绑上韧线的雄鹰，我不要自己成为阻碍他理想的不定时炸弹。”

“可你说的都是不一定的事。你明明已经做了手术，现在只是轻微的排异反应，有可能不会变得严重。”

“面对你爱的人，你敢赌吗？”

“我相信韩哲敢。”

“可我不愿意让他有赌输的可能。”

“我来找你吧。”

大约一个半小时后，苏易发消息说：“我在青旅门口。”

许久安见到他就打个呵欠，问：“你是怎么坚持连续熬夜的？太累了。”

“你还说，你是有资格熬夜的人吗？”

她虚心接受他的批评，抬眼看到街角有一家小超市，说：“我去买点东西。”

“买什么啊？如果你打算买女性用品的话，我就不进去了。”

“买染发剂啊。”

“哦，你想染金毛、紫毛还是粉毛？”他以为是女孩子想变个发色。

“给你用。”许久安踮起脚，手指插到他的头发里，从里面翻出好几根白发。这么一细看，才发现他的白头发藏得比想象中更多。

苏易对着橱窗里的玻璃，费劲地看自己的头发，嘟囔着：“我这么快就步入中年了吗？”

“船上好歹有任丹儿，万一遇见了，你也得注意点形象不是？”她把自己应该对韩哲花的心思，转嫁到他对任丹儿的事上。

“她看人，看魂不看皮的。就算我又丑又瘸又老，只要我的思想能征服她，我在她眼里就是个巨人。”他在校园里见过任丹儿主动追求一个颈部以下瘫痪的博士生，不过那个人以学术才是他的终身伴侣，不想分神在其他琐事上为理由，拒绝了她。

“那还买不买？”

“买吧。我不想让梁泊看到我这衰样。”

买完染发剂，两个人又一起去了纽约的几个必逛景点。苏易非要去金融圣地华尔街的铜牛塑像前拍照，他说现在跳崖式下跌的苏家就需要一个奇迹般的“牛”市。

许久安知道他平日虽然基本不提家里的麻烦，但心里还是充满了忧虑。

拍完游客照，她说：“接下来该去我想去的地方吧。”

她想去的地方是纽约近郊的赛马场。她隔着门窗观察里面的骏马，那些马儿不乐意地冲她喷粗气。

苏易在看大屏幕上的投注情况，问她：“你是不是在这里幻想中个冷门，一朝暴富？我劝你不要白日做梦。”

许久安买了两杯可乐才入场，坐下后说：“我觉得三号马不错。”

这时，场内一个壮汉吹响小号，宣布比赛开始。

每一匹马都膘肥体壮，三号马并不见什么特殊的优点。苏易觉得她是生手，估计是凭感觉下注，好心提醒：“屏幕上显示这匹马赔率很高，可见老手们都不怎么看好。”

最后，比赛完，他惊得合不拢嘴：“你买了多少？它竟然真的赢了！”

“我没买，我只是看它帅而已！”许久安靠在椅背上，眯着眼惬意地晒太阳，合着她来这里根本没打算赌马，只是来逛逛，整得苏易白白地热血沸腾一场。

下一场比赛已经开始，马跑得太快，苏易刚耷拉着头，这次抬头太晚，只来得及看清马蹄掀起的轻烟。它们的身影在前面弯道处消失。

“嗳，你听过海洋饼干这匹马吗？”

“什么？你想吃饼干？咸味的？”他没听清。

“不是的，海洋饼干是匹身材有缺陷的马，它的骑师也是个瘸子，在当年的赛马界，所有人都不看好这对瘸子，但是海洋饼干居然破了世界纪录，它的比赛成绩给处于大萧条时代的美国人注入了信心。最后，它的故事还拍成了一部电影《奔腾年代》。”许久安娓娓道来海洋饼干的故事。

这是常青哥讲给她听的：“安安，这样一头废马，居然搅起时代风云，登上了那个时期的美国年度十大新闻人物榜。你看，人在低谷，不一定永远爬不上来。”

苏易沉吟片刻后开口：“你是专程到这里来，讲这个故事安慰我？”

他的可乐已经喝完，杯底剩些透明的冰块。天气在二十摄氏度左右，他嚼着冰块，发出“嘎嘣嘎嘣”的声音，这些天他的情绪隐藏得很好，只有他自己知道家中一团乱，他却什么忙也帮不上的痛苦。现在，听了这个故事后，这团痛苦在慢慢冷却。

“谢谢你。我没交错你这个朋友。”

“你也帮了我很多。”

“我没事了，回吧？”

“嗯。”

两个人同时站起来，不是情侣，却是那么默契。

回到邮轮上，许久安就展开染发的准备工作，给苏易的脖子上套个塑料袋，免得把他的衣服给弄脏了。

她开始还信心满满，不过美发师的气场在十分钟内完全崩溃。

当她把染发剂刷满苏易的头发，然后翻来覆去地看自己的手，慌了。她满手黢黑，怎么搓也搓不掉。

她从垃圾桶里找出包装盒，发现底部还有两个塑料手套没拿出来用。

“你用洗手液洗洗。”苏易建议。

许久安冲进洗手间，水哗哗地流，水是黑的，可她的手也还是黑的，一瓶洗手液用完了，还是没见什么洁净效果。

“你出去找清洁工问问有没有什么去污强效的东西？”他现在一头刺鼻的染发剂，没法帮她出去找救兵。

她只能冲出去，遇见人的时候就把手背在腰后。

韩哲迎面走来，喊住她：“许久安，你东张西望在找什么？”

“韩船员，你怎么又到我们这层了？”她的手在后面扭成麻花一样。

“苏易今晚不是要和你住一个舱了吗？你毕竟是女孩子，有些注意事项我得和他说清楚，”他注意到她的古怪姿势，问，“你一直把手放在背后，难不成有礼物要送我？”

这可真是个大误会了。她无法解释，只能沉默着。他好奇地侧身来看她背后，她就顺着方向转到另一边，始终不让他看到自己的手。

他以为是她自己做的手工作品，可能不太完美所以不好意思给他。他满怀期待地说：“拿来吧。这是我第一次收到女孩的礼物，只有满意，不会嫌弃。”

许久安怕误会越来越深，很困难地开口：“可是……不是礼物……”

她豁出去了，伸出自己的黑手。

韩哲忍俊不禁，问：“怎么弄的？”他拿出一块手帕给她擦手，手帕黑了，她的手也还是黑的。

“帮苏易染头发……”

“那小子作弄你？”他面色一凛，看上去很生气。

“不是，我自己没注意。”

“我帮你问问客户服务部。你先回去。”

许久安打道回府，没多久，韩哲来了，给了她一瓶白色的清洁剂。

洗手间里，苏易正俯下身在洗面盆里洗头，韩哲走进去，拉长淋浴间的莲蓬头，把出水量调到最大。

水温还没调到合适，冰冷的水柱一下子冲到苏易的头上，冷得他连打几个激灵。

“喂，许久安，你注意点。”他以为是她。

“以后同住的时候，一是如果你有打呼或者磨牙的习惯，晚上应该等她熟睡后再入睡。”

韩哲的声音传过来，苏易震惊得差点呛水，与其说对方在帮他洗头，不如说他感觉自己正在被施加水刑。

“二是注意衣服及时更换和洗涤，不能指使她帮忙。三是进洗手间记得先敲门，入洗手间记得锁好门。其余的条款，我想到再补充。”因为苏易知道两人感情的来龙去脉，所以韩哲在他面前也没有隐瞒守护许久安的心意，事无巨细地交代。

末了，韩哲关上水，交代最后一句：“你应该知道，我不是不在意，只是事急从权。我相信她，也相信她的朋友。”

第十一章 秘密的爱

Chapter 11

我不知道你的秘密是什么，而我的秘密就是爱你。

邮轮离开美国纽约，继续航行，而许久安也迎来了她与苏易正式同舱的第一晚。

她在洗手间洗漱完毕，穿着素色格子的长袖长裤出来，这就是她的睡衣，既不可爱，也不性感，可以说是毫无风格。

苏易目不斜视，正盖好被子坐在床上看书。他的睡衣是丝质的，深灰色，一看就价格不菲。

虽然两人已经十分熟悉，但穿着睡衣在酒店标间一样的地方，还是格外别扭。

“你睡吧。”他翻动一页，头也没抬。

“哦。好。”她随口应着，问，“你呢？”

他打个哈欠，昨晚陪她整夜网聊，他也没休息好，但他闭了闭眼睛，随后瞪得更大，坚持继续看书。“韩哲不是和我约法三章了吗？第一条就是如果我有打呼或者磨牙的习惯，晚上应该等你熟睡后再入睡。”

许久安侧身把她这边的床头灯调暗，说：“我不打紧的。以前住病房，同一间房的病人换了不知多少拨，各种奇葩的睡眠习惯都遇见过。有的病人打呼噜声很大，有时戛然而止让我以为对方休克了，准备按铃，结果他又平地一声雷响起来；有睡着了还能和你聊天的；有痛得呻吟整个晚上的……再说，我有防噪耳塞。”

她想起昨晚和韩哲住青旅，韩哲的睡相应该很好，到了上铺躺下后就再没有动静，整晚没有翻过一次身，呼吸均匀而绵长。

“算了吧，韩哲怎么说的，我最好怎么做。不然他可饶不了我。”苏易摸摸头发，刚染过的头发特别乌黑，直到现在，他想起韩哲亲自给他洗头的事还觉得不可思议。或许，韩哲只是怕他不动手，许久安就动手了。

“其实，我还睡不着。”她老实说。以前和异性同屋而眠不是病房就是青旅，毕竟空间没这么封闭，她现在多少有一点心理压力。

“我说你这家伙还真麻烦！”苏易啐了一句，心里想着你不先睡着老子怎么睡，但转头一看许久安乖巧地躺在窄窄过道的另一边的床上，柔软的发丝散乱地垂在白色埃及棉的枕头上，一只手压在脸蛋下，昏黄的灯光竟显得她有几分柔美。

他其实也没有和女生同屋而眠过。严格点说，他只单恋过，从没恋爱过。以前，梁泊总在他面前大谈特谈男女之事，他几乎都以为自己也是个老司机了，现在看来还差得远。

他翻了一页书，掩饰自己的不自在：“咳咳，烦死了，那我给你读一下我正在看的这本书，是拉丁美洲作家马尔克斯的《百年孤独》。”

美国以南的美洲地区都称为拉丁美洲，他一直保持着这个习惯，到哪个地区就阅读与此地相关的书。

苏易适合做个朗读者，念诵时并不会刻意地拿腔拿调，像老友夜话那样，淡淡地说开去。

每读完一页，他就瞥一眼旁边，看她睡了没。

约莫读了四五页，她的眼睛已闭上，他小心地合上书放下，一键关了房间里所有的灯。

一大清早的，电话铃响。

苏易睡相很不羁，趴着，斜着，手脚都大开着，他直接用脚夹起听筒，往那边一掷，习惯性地嘟哝：“梁泊，你接。”

那边的许久安被砸醒，叫了一声：“啊！”

看清砸中自己的是电话听筒，她迷迷糊糊地接起来。昨夜多梦，听了几段魔幻现实主义文学《百年孤独》，她也接连不断地做了好几个魔幻现实主义的梦，所以睡得很沉。

“喂？哦不，hello？”

“早上好，昨晚睡得怎么样？”是韩哲打来电话问她第一夜的情况。

“还不错，他念了几页书给我听，我听着听着就睡着了。他说自己打呼，所以按你的意思，先让我睡着再睡的，半夜我也没有被他的呼声吵醒。”许久安现在等于半催眠的状态，什么都下意识地如实奉告。

苏易的鼾声很配合地在这个时候响起来当背景音乐。

“看来你们的相处比我想象中要好。”

这句话听起来多少有点酸。许久安像尝到一片刚切的生柠檬，一下子被酸醒了，不知道该回什么。

那边的韩哲继续说：“那也好，总比生活习惯不一样闹出矛盾好。”

“嗯嗯。”

“不过，你喜欢睡前听点故事吗？那我每天晚上给你讲吧。”韩哲竟这么说。

她正在愁如何和他拉开距离，没想到事与愿违，双方纠缠得越来越深。她焦急地回绝：“不用了。是因为昨晚第一天同舱，不太习惯，才用这个法子。”

“必须这样。这件事，一定是我来做。”他很坚持，根本不容她拒绝。

稍后，有人叫他处理什么突发状况，他挂断了电话。

许久安洗漱完毕，呆坐了会，听到自己的肚子叫起来，才想起昨晚忘了把早餐牌挂到外面去，没人来送客房早餐。

“饿死了！”苏易的醒来完全没有征兆，一个鲤鱼打挺就从床上坐起来了，要是搁晚上，就是一部妥妥的恐怖片。

“梁泊，走，收拾完了吃饭去！”他闭着眼睛走向洗手间，边走边说。

“我是许久安。”她提醒他。

苏易睁眼，自己打下脸，想起来怎么回事，赶紧低头确认他的衣服有没有穿好，幸好还算整齐，现在韩哲的约法三章就是他脑袋上的紧箍咒。

他一边刷牙，一边满口白沫地说：“我们直接去自助餐厅吃早餐吧。我和梁泊都是睡眠时间不固定的人，平常很少预约第二天按时送到客房的早餐。”

许久安想这样也好，两个人在密闭舱里太不自在了，早餐到外面去吃最好。

苏易包住一口水然后吐了，说话：“以后早上不用等我，你先醒就先去吃。”

“哦。”

他已经拿了衣服裤子进洗手间换，里面太狭小了，以前和梁泊都是在外间换，他人高马大，在里面手都很难平放伸直，穿衣服也只是随便一套，出来时，他连衬衫的领子都没翻好，皱得不成样。

“你衣服没穿好。”她说。

他闻声低头，以为许久安是说得比较含蓄，可能是自己拉链没拉。

她有点无语，再次提醒：“是衣服上的领子！”

她准备伸手帮他弄平，苏易却吓得后退一步，一只手示意她别过来，一只手自己弄衣领，嘀咕着：“我们可得说好，我的事绝不劳你动手，不然韩哲真会不留情地削我。”

“知道了。”她同意前半句，虽说是朋友，他们也得有恰当距离。

收拾好之后，两个人一起出门，隔壁舱的门也几乎同时打开，梁泊伸出一只手，请沈念双绰约多姿地先走出来。

她看到苏易和许久安大清早一同出门，大为错愕。她大约知道他们的情况，为了避免孤男寡女共处一室，苏易每晚都去图书馆熬夜的，从什么时候起正式搬进来了？

梁泊也已经走出来，本来脸上挂着笑，但一见苏易，那笑就如石沉大海。他快走几步，催促：“念双，我们走。”

“你先走，我的耳环和今天的衣服不配，我换一对。”

梁泊走后，沈念双却没有回去换耳环，而是把苏易揪到一边，挑眉问：“你什么时候和她睡到一个舱了？”

苏易拂开她的手，答：“沈小姐，我们不是多天前就已经办好换舱手续了吗？你怎么一副现在才知道的样子？”

沈念双看看旁边的许久安，脸上的表情，晦暗不明。

苏易看明白她的心思，对许久安说：“你到电梯口等我吧。我和沈小姐有话要说。”

果然，许久安走了，沈念双也不再隐藏自己的关心，她的语气也带上了明显的攻击性：“我了解你们男人，很容易擦枪走火。就算你对任丹儿一往情深，可谁知道是不是你故意扮情圣，博取别的妹子的同情？那姑娘没什么男女交往的经验，我不希望她掉你坑里摔成残废。”

沈念双说话就老到多了，句句都是男女交往的潜规则，和梁泊也算棋逢对手。

“你想多了，我和她真的是朋友，不可能有任何发展。而且，我家里出了事，没心思考虑这些有的没的。何况，不只你盯着我，还有一个我惹不起的人也盯着我。”

她盯着他，若是心里有鬼的人，估计会被她刀子般的目光盯得心里发毛，不过这一关苏易算是过了，他无畏地与她对视，沈念双算是信了，转而问：“还有什么人是你惹不起的？”

“不说了，反正想起他我就头疼。对了，你们不是也在闹矛盾吗？看起来你还是关心她嘛，说不定我和梁泊也有机会翻盘？”在她身上，他发现了一道明亮的曙光。

沈念双摇摇头，说：“我和她的矛盾跟你和他不一样。你们是家族仇恨，涉及巨额资产利益，我和她只是观念不一样，并非实际的利益冲突。我跟阿梁同舱后，他直接买了个不限时的网络套餐，随时关注事件的进展，我用他的电脑上网发现我的邮箱里有一封令常青生前发来的遗书，他说他给我写了，但没给安安写，希望我保密。他本来交代了护士隐瞒他的死讯，可我不知道安安怎么知道的。那封信写得还挺感动的，我觉得自己之前听到他的死讯是冷漠了一些，而安安和他的感情也是我无法想象的厚重。”

连她也这么说，苏易感到一阵挫败，难道自己和梁泊的关系就真的无法缓和吗?

沈念双拍拍他的肩膀，安慰：“其实我看阿梁还是挺挂念你的，只不过他装什么冰山富二代，今早他喊我一起出门吃早餐的时候，还说成‘苏易，我们走’。”

苏易强笑一下，真巧，他今天也把许久安叫成了梁泊。

这时，沈念双拍他肩膀的手变成按住他，接着靠很近，以迅雷不及掩耳之势抬腿一踢，正中他下方的中间。

苏易嘴里憋紧了气，全靠强撑着才没有倒下去。

沈念双摸摸自己的流苏耳环，一边解下来，一边朝里走准备换一对，一边说：“哦，对了，我对男人不是很信任。虽然我觉得你现在还没有行差踏错，但提前给你一个警告也不错。你给我记牢了，千万别学梁泊那么浪。”

一分钟后，苏易才觉得自己原地复活，但血槽大概空了一半，一时半会回不满。

不得不说，沈念双这女人真狠，也只有在她面前，风骚大孔雀一样的梁泊才能乖得跟家养兔子似的。

沈念双已经换好一对几何耳环出来，媚笑着赶人：“你快走啊，安安那傻姑娘还在电梯口等你呢。”

苏易扶墙走了一步，不敢不听女魔头的指令，说：“这就去。”

沈念双特意没有坐电梯，摇曳生姿地走楼梯，免得和许久安又照面儿。

在令常青的事情上，她认为就算自己有一点错，但许久安也不是完全没错，她不会率先求和。何况，她和梁泊要去的不是免费自助餐厅，梁泊以前是为了将就苏易才省着花钱，现在没了苏易，就算梁家经济元气大伤，他还是该吃好就吃好，该喝好就喝好，该玩好就玩好。梁家受的损伤，真不是他节约一点就能补回来的。

苏易和许久安在电梯里聊天，她问：“念双和你说什么？”

“关心我有没有对你行为不轨啰。”

“她还关心我？”许久安有一种柳暗花明的感觉。

“你俩又不像我和梁泊是两座大山的利益冲突。”他依葫芦画瓢把沈念双的话重复了一遍。

听完后，许久安原地蹦了蹦，直呼：“太好了。”幸亏电梯质量好，虽然是全透明玻璃做的，但并不是那么脆弱，还是稳稳地上升。

“哦。对不起。”她想了想，补一句道歉。

毕竟，他们以前算是难兄难弟，现在她的危机解除了，而他仍是涸辙枯鱼。

“没事。看到你们和解了，我觉得自己说不定也胜利在望。”苏易脸上也有笑容。

两个人开开心心地来到自助餐厅，年轻男女在一起幸福美满的画面看上去十分美好。

“Happy wife, happy life.（快乐的妻子，快乐的生活。）”一个壮壮的黑人服务生笑着冲他们打招呼，同时送上冰镇毛巾，那句话还挺押韵的。

“Will, they are not a couple.（威尔，他们不是夫妻。）”正当两人准备解释时，一个声音插进来。

刚刚，韩哲和任丹儿正好从威尔后面的通道经过，站定了，他出声帮他们澄清了误会。

威尔笑一笑，看到又有一对中年夫妇进来，已经迎上去，尾音上扬地说了声：“Happy wife，happy life.”

“韩船员，任小姐，早上好。”许久安主动问候。

苏易没说话，他看着任丹儿，她朝许久安点下头，手钩上了韩哲的手臂，提醒：“韩哲，马彼特他们在那一桌坐着等我们了。我们快过去吧，大家吃完早餐都还有事要忙。”她说的那一桌坐的全是船员。

但是，她的手还没有钩稳韩哲的手臂，他就不动声色地抽出了手。他走到站立的许久安身边，拉开旁边一张桌子的配椅，绅士地做了个请入座的手势。

许久安向下坐，他把椅子向里推回合适的距离，时间恰好，椅到位，人坐稳，他这一式炉火纯青。

没有人发现，他在躬身为她移椅子的过程中，悄然在她耳边说了一句从威尔那学来的话：“Happy wife，happy life.”

海上的朝阳红艳艳，一如她的脸。

韩哲走到任丹儿的前面，说：“走吧。别让他们等久了。”

任丹儿松口气，她还真怕韩哲会一时忘记身份，在公开场合与许久安共进早餐，本来不算什么问题，可若是被一旁的马彼特看到了，绝对会深究背后原因。刚刚，她会钩他手臂也是为了急着拉走他。

两人走后，苏易在许久安面前打了个响指。

“只是帮你拉了下椅子，你就回味这么久？”他没谈过恋爱，但也瞧不起她这没出息的样子。

她哪敢说韩哲还说了一句悄悄话，站起来说：“我去拿早餐了。”

直送客舱的早餐服务虽然方便，品种不少，但和自助餐厅所提供的早餐比起来，还是小巫见大巫。这里连蛋都分好几种做法，煎蛋、蒸蛋、炒蛋、水煮蛋……还可以自己选择芦笋、培根、蘑菇、鹰嘴豆、洋葱等各种配料加到西式炒蛋里。

许久安自助取餐时，韩哲也已经和船员们打完招呼，起身取餐。自助餐厅的人气蛮高，许多个档口都有排队。凑巧，每次她排哪，韩哲也排哪。有人看到也不会觉得奇怪，毕竟他们主要取的是中式早餐。

这是在第四个档口，他们又一前一后排在一起了。

炒面滑溜溜的，她得注意不要掉在白色的台面上。

夹完后，她正准备端走，韩哲却道谢："谢谢。不过我的胃口比你好，恐怕你得帮我再多夹一些。"

她才发现因为两个人餐盘里的菜色一模一样，刚才她只注意不要弄脏台面，结果把炒面夹到他的盘子里了。

她总觉得他是故意选一样的，却也没辙，只能好声好气地问："那，韩船员还要多少？"

"你的分量的两倍就好。"他的餐盘里，确实每一样菜都恰好是她的两倍。

排在他们后面的是个外国人，听不懂他们说的中文。

许久安精准地帮他夹好双倍分量的炒面，再帮自己夹了一份。

接着，她走向饮料区，他也走向那里，与她选择了一样的茶包。

取餐完毕，是时候分开走了。

韩哲在泡茶时说："虽然我们没有同桌，但是食物一样的话，会让我觉得自己是在和你共进早餐。因为与你共餐，是很美好的回忆。"

他哪壶不开提哪壶，许久安霎时想到纽约黑暗餐厅中，他越过大半个桌子，以唇送食的举动。

她的表情那么好猜，他知道她正想起什么，愉快地告别道："用餐愉快。"

如果她问，他愿意承认这些都是自己故意为之，就算无法与她朝夕相处，也要用各种方式让她时时记起他。不是他有城府，而是他想珍惜这段刚萌芽的恋情，很想很想。

今天是海上巡游，许久安和苏易吃完早餐后，分头去参加各自感兴趣的活动，她决定去看热玻璃秀，就是船上的玻璃艺术家怎么在现场用高温吹制出精美的玻璃工艺品。

一件晶莹剔透的艺术品在她眼前从无到有，她看得入迷，忘记了时间。

最后，是一位工作人员唤醒她。原来他是刚刚那位玻璃艺术家的学徒，当大师表演的时候，他就在旁边打杂，看看炉火温度什么的，现在表演结束了，他正在收拾东西，看到观众席里只剩下许久安还坐着，所以走过来看看。

什么时候结束的？她脑袋里的记忆好像出现了断层，她明明记得自己正在看他们把未成形的玻璃品放进炉火中，烧软之后好进行造型。然后，她醒来时，热玻璃秀已经散场了。

工作人员说她刚刚睡着了。

估计是昨夜多梦，没有睡好。许久安自我安慰道。

简单吃过午饭后，她又去船上的草坪溜达了一圈。没错，船上也有草坪，估计是邮轮方担心海上巡游的日子，乘客们整日看着蓝天大海闷得慌，所以专门修建了一片特别有陆地感的青青草坪。她蹲下来摸了摸，想知道这草是不是真的。

“是真的，不是塑料。”

在她身后站立的影子覆盖了蹲着的她，影子和声音的主人都是韩哲。

她蹲久之后起身太急，略有些眩晕，可是她克制自己不向他的方向倒，宁可向后仰。

幸好有人接住她，是个穿西装礼服的男人。他旁边还站着一个穿着婚纱的美丽女人。

韩哲上前，说他是邮轮方派出的代表，专程为他们送来新婚祝福。

原来这对新人是在邮轮上认识并且决定结婚的，正准备在草坪这里取景拍婚纱照。

寒暄几句后，韩哲发现刚刚被新郎扶起来的许久安不知道去哪了。他快速介绍完邮轮送出的新婚礼物，再一次献上祝福，这才有礼节地告别。

他在这一层找了找，一直没见她的人影，估计她已经去了别的楼层，他还有别的工作要处理，只能作罢。

但他知道她在躲他，那一个站不稳的动作太明显了，她宁可向后仰摔在地上，也不愿向前倒在他怀里。

这个发现令他不是滋味，在后续工作上连续出现了几个完全可以避免的错。

他问副手："今天的日落时间是什么时候？"

"十九时十二分。"

好的，他把注意力集中在工作上，关于她的事到晚上再说。

晚上，许久安盯着电话发呆，她不是期待电话来，她是害怕电话响，最后，她决定一劳永逸地把电话听筒拿起来，这样任谁打来都是忙音。

苏易洗完澡出来，看到电话没放好，随手把听筒放回原位。

"别动！"她执拗地把听筒又放到一边。

苏易一边侧着头掏耳朵，一边不解地问："你为什么把它拿起来？万一梁泊突发奇想给我打电话怎么办？现在船在海上，我的手机又没信号。"

"梁泊不会打的。"因为有更重要的理由，她也不怕打击到他了。

苏易果然被气到，非要一个解释不可："你给我说清楚到底为什么这么做，不然我就把电话放回去，看谁坚持更久。"

许久安妥协了，沮丧地说："韩船员听说你昨晚读书给我听，说今晚他会给我打电话读一段睡前读物。”

“这不很好吗？”苏易刚说完，就想到她现在的处境，或许她更希望韩哲薄情而不是深情，他只能叹口气继续劝解，“你不认为这样做反而是此地无银三百两？他每次打电话都占线，难道不会更觉得奇怪吗？”

在他把电话听筒放好的同时，来电铃声一下子响彻全屋。

许久安像鸵鸟一样把自己裹在被子里，闷闷地丢下一句：“跟他说我已经睡着了。”

苏易并不想当这个前锋，任电话响了很多声，奈何拨打电话的人有一种不达目的不罢休的气势，一直不挂断。

他甘拜下风，只能接了。

“她呢？”韩哲问得很直接。

“睡了……”苏易看着死死捂在被子里不肯出来的许久安，无奈地低叹了一声。

“今晚还是讲的《百年孤独》吗？”

苏易暗地里腹诽，那个笨蛋干吗要竹筒倒豆子什么都说了，但是表面上还得应付韩哲，回：“今天没有。估计看了一整天的海，困了，她早早就睡了。你也知道，同一种颜色看久了容易视觉疲劳。”

许久安陡然闷哼一声。

话筒的收音效果很好，这一声被韩哲听见了，追问道：“我好像听见她的声音？似乎不是很舒服？”

苏易正在气许久安明明不想接电话，干吗又猫叫一声，他抬起脚，直接踢了裹成毛毛虫一样的她一脚泄愤。

没想到，他用力不重，而她居然毫无反击之力，顺势滚到了床下。

不对劲！

苏易往下看，发现地上的许久安浑身冒着虚汗，眼睛半闭半睁，不知道是否清醒。

“那个，韩大船员，夜深了，我也要睡了。为了遵照你说的必须她先睡我再睡的规矩，我已经很困了。就这样，拜拜。”他心急火燎地挂了电话，把许久安抱起来，反复拍打她的脸，连声问她怎么了。

她还勉强保持着意识，断断续续地说：“我也不知道……在被子里闷着了……忽然觉得心慌和发热……今天是有些不太对……都怪我自己没有注意……”

“我送你去船上的医务室。”

“不用了……这样韩船员会知道……”许久安抓住他，指指抽屉，让他帮她拿上次在冰岛时医生给她开的药。

苏易拗不过她，只能帮她接水拿药，看着她服下药后，他把她抱回床上放好，急死人的心情还没缓过来，就听见急促的敲门声。

不用说，一定是韩哲觉得那通电话太过古怪，所以来查一下情况。

苏易想假装人已经睡着，但这招太拙劣了。韩哲已经在舱外用适当的音量警告舱内的他：“别装睡。如果我高度怀疑舱内有突发事故，可以用我自己的办法开门。”

他只能打开门，但堵在门口，装作才睡醒的样子，揉眼睛，打呵欠，装作不知情地问：“到底怎么回事？劳你这么晚专门来一趟。”

韩哲的面色如暴雨前的阴霾，担忧的目光往里扫去，问：“她呢？”

“我告诉你多少遍她已经睡了。你知不知道你现在一副小肚鸡肠的样子？你是不相信我？还是不相信她？你以为我们在一起做了什么？”

苏易故意拿话刺他，希望他能够气极离去。可惜事与愿违，韩哲并没有被气走，反而气势越来越凌厉慑人。作为船员，他一向与邮轮上所有的人为善，但现在他即将爆发。

“韩船员！”许久安在最危急的关头出现并出声。

韩哲一见到她，又恢复了良好的情绪控制能力，眼神由烈转柔只是一个瞬间的事，他主动道歉：“原来你睡了，那我是不是吵醒你了？”

他眉头轻皱，因为看到她的睡衣半湿，紧贴在身上。在喜欢的人眼里，这是种诱惑。

他默默感觉了一下船舱的气温，是最适宜的温度。她怎么会热成这样？

但他什么都没有问，只要排除苏易作恶的嫌疑，且看到她是安全完好的就行了。他说过信她，就是百分之百，不会少一分一毫。

“晚安。”

“嗯，晚安。”

邮轮在接下来几天分别到了巴哈马、古巴和牙买加等国。许久安觉得身体软绵绵的，并没有下船，都是苏易下船去帮她买水晶球，而且拍了视频回来给她看，一边播放一边讲解。

“这就是巴哈马的粉色海滩，被评选为世界上最性感的海滩。那天我去的时候看到，好多女人兴奋得疯了似的，难道你们就这么迷恋粉红色吗？其实，这种粉色的沙子不过是当地一种有孔虫的遗骸啊。”

“这就是古巴的首都哈瓦那，我想起了我家里养的那只机灵的哈瓦那猫，不知道最近家里的人还有没有心思好好照顾它。我给你看我猫主子的照片啊……喏，是不是很乖？呃，算了，一翻它的照片我就停不下自己的手。说回古巴吧，看到吞云吐雾的当地人没有？古巴的雪茄可以算是世间极品，我估计梁泊应该买了不少回去吧，他家里有个雪茄窖，这东西娇贵，要保存它的风味，温度和湿度都必须严格控制。唉，怎么又说到他了？”

“这就是牙买加，好多田径明星都是牙买加人，比如飞人博尔特。牙买加位于加勒比海西北部，你应该看过好莱坞大片《加勒比海盗》吧？这片海域曾经有很多海盗，是因为大量欧洲商队载满货物和金钱，经过加勒比海到达美洲，这里是最好的下手地，而且又有众多小岛，便于海盗们东躲西藏。”

之后，苏易在危地马拉登船时，被韩哲叫住。

“据我观察，许久安这么多天一直没下过船，平常也很少出舱走动。”

苏易连连否认，说他一定记错了。

韩哲目光一凛，语气加重：“你听清楚，我是陈述句，不是疑问句。”

“不会吧。今早她还说要出门呢，打算见识一下这里神秘的玛雅文化，说他们在天文和数学上的成就很高，而且留下许多传世预言。”苏易狡辩道，反正打死不认。

韩哲向下看，苏易顺着看下去，发现自己的透明袋子里装着一个刻着当地风景的水晶球，他的手开始往后缩。

“别藏了，我都看到了。如果她会自己下船的话，就不会让你帮忙买这个了。”韩哲的心像冰窖里捞出来的一样，放在热带地区，开始快速融化。

他起初以为自己是见到苏易和她同舱后，朝夕相处中表现得太过急躁，吓到了她，所以这段时间他刻意放慢了步调，不故意相遇，不打睡前电话，甚至在洗制服时谨慎地避开胸前留有阿月浑子的吻的区域，只怕找她重印时，她会过于羞怯。

没想到，她竟然开始关舱不出，连面都不露。

铁证如山，苏易只能承认了：“嗯，她这几天是没下船，主要是因为这几个地方她都没什么兴趣。”

“这是她第一次来这些国家，真的是没兴趣吗？不像她。”他认识的许久安，有着初生牛犊不怕虎的勇气，对这个世界充满了好奇心。

苏易开始胡编乱造：“巴哈马嘛，她听说粉色海滩就不想去了，那么浪漫的地方，她一个人去多孤单啊，和我去又觉得别扭。古巴嘛，那里雪茄多，她不喜欢闻烟草味。至于牙买加嘛，她看多了《加勒比海盗》，以为这里还有海盗什么的，你也知道她有多惜命的。至于危地马拉嘛，她只是听名字就有点怕。”

韩哲冷冰冰地看着他，淡淡地戳穿：“苏易，你上船第一天和梁泊一起闹事时，我就拆穿过你们的谎言。现在，你的撒谎技术依然那么拙劣。”

“她……”苏易本想全盘托出，但一想到许久安不愿意让韩哲知道她的身体状况，他闭上嘴，摆出一副无赖的样子，说，“随便你怎么想。我是乘客，我有船卡，请问贵邮轮的工作人员有什么资格拦着我问这么多无关整体安全的问题。我有权投诉！”

韩哲闻言只能让开，只是苏易闪烁其词，让他感觉到在苏易和许久安之间，有什么他不知道的秘密。

苏易回舱后，把东西丢在床上，探手摸了摸许久安的额头，她拿下他的手，让他别挂念自己：“我没事，这几天已经休息得很好了。你帮我拍了玛雅文化遗址吗？”

他把手机丢给她，说：“你自己看。”

视频最开始，有一个穿着彩色民族服装的小女孩，用一种陌生的语言对着镜头说话。

“她说什么？”

“哦，这里有人说玛雅语，我找了个乖巧的小姑娘，让她用玛雅语祝你长长久久又平平安安。”

接下来的视频内容就是玛雅文化遗址，苏易了解她的喜好，连一块看上去普通的石块都反复从各个角度拍清楚。

“谢谢你。”看完视频，许久安如同饱餐一顿，灵魂被喂得饱饱的。

苏易躺在床上，望着天花板，两眼放空。

“我说，我快瞒不下去了。韩哲既不是笨蛋，也不是瞎子，他见过形形色色的人，观察力和判断力都是超一流的。”

他拿枕头盖住脸，撒气似的捶打着脸上的枕头，今日被韩哲审得着实憋屈，毫无招架之力。

第十二章

聚或是散

Chapter 12

我想我们一直聚着，永远不散。

We travel around the world.

又是新的一天，邮轮来到了墨西哥。

一大早，许久安就起床做好了出门准备，苏易问："你今天要下船吗？身体感觉怎么样？千万别死撑。"

"其实几天前就没问题了，我感觉恢复得差不多，只不过为了保险起见，多休息了几天。"她动动胳膊动动腿，展示出良好的精神劲头。

"好了，别跟跳广场舞似的，悠着点，"他按住她，把她的背包解下来，自己背上，说，"今天我们得约好，只要你感觉到有一点点累，我们马上原地坐下休息，如果你觉得腿脚走不动了，马上让我背着你，要是出现更严重的症状，我们马上找医生。"

他一口气说了好多个"马上"，突出这些规定有多么重要。

"嗯嗯。"她完全同意。

"那我们吃完早餐就出门吧。"

吃完早餐，苏易领着许久安大摇大摆地来到下船的地方，看到韩哲，主动雄赳赳气昂昂地走到他面前打招呼："韩大船员，你看，许久安今天不是好好地下船了吗？我给你们一点私下相处的时间，免得你担心她是不是在我的淫威之下，不敢对你说真话。"

苏易把她往前一推，自个儿走远。没办法，他必须洗脱自己的嫌疑。

许久安不知道苏易会在这里把她丢下，仓促地找了一个理由来解释：“你确实误会苏易了，不是他把我关在房间里不让我出门，这些天我什么事都没有，只是有点那个特殊情况，不想动。”

“有多喝红糖姜水吗？”韩哲问。

虽说许久安确实是有意拿女生的生理期当幌子，但韩哲一点就通，问起适合女生调养的红糖姜水，她一时间不知道接什么话。

“我……并不是从前任女友那知道这些的。我上一次谈恋爱是校园恋情，女方从不谈这些，我也不知道怎么在特殊时期关心女孩。但毕业上船之后，我曾遇见女乘客痛经昏倒的情况，工作经验一多，就什么事都懂一点。”他不知为何自己要解释这样多，也许是不愿她把自己当作女性之友。他是关心船上所有人，但是对她的关心有不一样的分量，不一样的私心。

“我有多喝热水，”她打住这个话题，说，“我先上岸了。”

她疾步跑到苏易身边，重重地推了他一下，埋怨：“你怎么不事先跟我说好有这出？”

“你见韩哲像老鼠见了猫一样，我事先告诉你，你能不防着？”苏易想也没想就回推了一把，刚动完手就想起许久安的身体情况，又伸出双手把她稳住，生怕她磕着哪里。

两人一来一回的动作像是打情骂俏，韩哲全都看在眼里。

苏易在手机上定了许多个闹钟，每隔半个小时就提醒她应该休息十分钟，两人行进得十分缓慢。许久安想催他快点，时间有限，尽量多走些地方，但是他不急，她也不敢怎么催，不然他直接甩过来一句撒手锏：“那我们回船上。”

苏易的手机振动了一下，他在附近的长椅上坐下来，慢悠悠地说：“好的，休息时间又到了。”

许久安眼看着街对面就是一个本地大市场，生活气息浓厚，各类商品琳琅满目，最外面的摊主戴着墨西哥传统的宽边草帽正热情地朝她招手。

她提出申请：“我们走过去，到市场里坐着吧，还能观察下当地人平日怎么生活。”

“时间就是时间，规矩就是规矩。十分钟后再过去。”苏易老神在在地回。

十分钟后，他才慢腾腾地站起来，开始过马路。

墨西哥的国花是仙人掌，这个国家的人民对仙人掌充满了热爱，不仅平日里爱吃仙人掌果，就连国徽上都画有仙人掌。

刚刚冲许久安招手的摊主经营着一个水果摊，这片土地上水果丰富，摊位上的每一份水果拼盘都是便宜又大碗，其中最醒目的就是绿色的仙人掌果。

许久安对着各种叫不出来名字的水果，好奇地向摊主问了个遍。苏易对水果兴趣不大，他更偏向于肉食。

当她付钱买仙人掌果时，他已经从里面的一个摊位神神秘秘地买了个东西回来。

“来试试这个。”趁她张嘴吃仙人掌果的时候，他把一块焦香的东西塞到她嘴里。

许久安嚼了嚼吞下去，也不知道是什么东西，估计是肉。不过这段日子走南闯北，她入乡随俗吃过的肉类太多了，不再局限于以前常吃的鸡鸭鱼鹅猪牛羊，范围拓展到骆驼肉、鹿肉、鲨鱼肉等等。

“这是什么啊？”她咕哝不清地问。

苏易边嚼边回：“蝗虫啊。”像他这种一上船就开鲱鱼罐头挑战自己的人，似乎从来没怕过什么黑暗美食，此刻吃得十分自在。

而许久安一想到是虫子，只觉得自己马上要把胃里的东西全部呕出来。

他没察觉到她的异样，低头查看自己的打包盒，说：“我这还买了蚊虫和蚁卵，摊主说营养价值很高。”

他不说还好，他一说，她直接俯下身子。

“你干吗？我是想着你身体虚弱，给你好好补一补。我们不是有句俗话说，‘蚊子再小也是肉’。”

“那句话……不是这么理解的……”许久安今天一整天状态都很好，唯有此刻糟糕透了。

他帮她拍拍背，劝道：“别吐了，越想吐，你的身体反应就越强烈，别把另外不好的症状给勾起来了。”

她想想也是，于是用力地咽了一口口水，忍下不适，直起身。

苏易又拎起一只蝗虫，蘸了点绿色的鳄梨酱，想着没准清新爽口一点，这才递到她嘴边，哄：“再吃一口试试，真的有营养，像你这种身体，不就该补充蛋白质吗？一回生二回熟，没准你多吃几次就没那么难受了。墨西哥是食虫之乡，他们在几个世纪以来一直保持着吃昆虫的习俗，可食用的昆虫就有一千多种。”

许久安盯着蘸了鳄梨酱的小蝗虫，喉头动了动，最后头往前倾，闭着眼睛吃了下去。

她必须用精神告诉自己的身体，别激动，别排斥，别害怕，这很正常。

这股意志力有用，她觉得好多了。

“走吧，我再带你去吃点容易接受的墨西哥菜，像是用玉米做成的塔可。”苏易推着她的肩膀，走向市场的更深处。

下午天色忽变，下起了倾盆大雨。

虽然许久安每次出门都带着伞，但沿海的风雨又强又野，撑伞也不见得有用。路边有个卖草帽的摊主叫苦不迭，他有好多草帽都被吹走了。

他的四个小孩都东奔西跑地捡草帽，但还有好多草帽来不及捡起来，就被吹向更远的地方，损失越来越多。

许久安抓住被风吹来的一顶，准备继续帮忙捡。苏易将她推到一个屋檐下，吼：“你在这淋什么雨逞什么能？我去搞定就行！”

因为有风，雨是斜着飘，屋檐下，苏易让她把伞挡在身前，免得身子被淋湿，而他自己连伞都不拿就冲进雨幕里，留下一句威胁：“如果你不听话，看我回到船上关了舱门怎么修理你。”

许久安只能在旁看着，这时，一辆白色汽车停在她的面前，车窗摇下一条缝。

“许久安，上车。”车里面坐着梁泊和沈念双，两人不知从哪狂欢回来，脸上涂着几道鲜艳的颜料，话是沈念双说的。

车估计是梁泊租的，他在雅典的时候就租过车，带他们游城。

这雨确实不知道还要下多久，况且雨势这么大，伞也不顶用。

许久安虽然早就从苏易那知道沈念双已经不怎么生气了，但此刻看到她在雨天出现，还是有些惊喜，语无伦次：“谢谢你，念双，那个，你搬走后，我一直希望和你好好聊一聊，只是没遇到单独相处的机会。”

沈念双心里还是有疙瘩，打断她的絮絮叨叨，问：“我们没什么好聊的，你现在到底上不上车？”

许久安望向路中央，苏易帮摊主一家把草帽捡得差不多了，她挥手喊他：“喂，快回来，这里有回去的便车。”

刚刚一直没有异议的梁泊出声：“你可以，他不可以。”

苏易不知道车是梁泊的，以为是本地的好心人见雨势太大要载他们一程，欢喜地跑过来，正好听见这句话，便再也走不动。

许久安正拉开车门，闻声顿时关上车门，有义气地说：“那我也不用了。”

梁泊本来就是为了沈念双一句话才停车，见许久安不领情，正要重新发动汽车。沈念双按住他的手，转头没好气地问：“许久安，你上不上？要不然你就淋着雨回去！苏易是大老爷们，淋点雨有什么问题。你别在这叽叽歪歪了。”

“不用了。虽然雨大，但天气不冷，不会冻着。你们走吧。我还是很谢谢你，念双。”

许久安话音刚落，梁泊就急不可耐地发车。他对她没什么偏见，纯粹只是不想离苏易太近。

苏易身子一闪，挡在车前。梁泊急刹，却喃喃：“真想痛快地撞上去啊！”

“等等，她要上！”苏易说完，像老练的养鹅人把一只活蹦乱跳的鹅塞到笼子里一样，扭着许久安往车里一塞，还用手顶住车门，不让她出来。

“走吧。”沈念双在前面按了车门锁，催促道。

梁泊故意把车开得飞快，溅起路边的泥水，喷了苏易一身。

许久安趴在车窗上，保持着回头的姿势，把苏易的狼狈看得清清楚楚。

她问梁泊：“毕竟曾经是那么好的兄弟，这样做你心安吗？”

梁泊不说话。

沈念双解围：“交通安全重要，别和司机聊天。”

一个人留在原处的苏易，抹干净脸上的泥水，低头看见地上有许久安掉落的伞，经过刚刚短暂而激烈的推搡，伞骨被折断了一根。

与其撑这把破伞，还不如学青蛙顶片荷叶呢。

他索性不打伞，在雨里痛快地狂奔，只不过心里的那股愁闷如影随形，又湿又重。

梁泊把车还给港口的租车点，搂着沈念双的腰上船。大雨中，登船口有不少船员准备了雨伞，迎接归来的乘客。两人就是由一位船员撑着伞送上船的。

韩哲也在迎客的船员当中，见到许久安，他撑起一把黑色的伞，伞面上统一印着普兰尼特号的标志。

他扫视她全身上下，秀气的脚趾露在凉鞋外，除了脚有些湿，她的身上都还是干的。他自己倒是因为给太多乘客撑伞，有时难以避免淋到雨，大半个身子都湿透了。乘客回来的时间不一样，有的早回，有的喜欢拖到开船前的最后一刻，他估计还要这样湿淋淋地站在风口两三个小时。

许久安正想着苏易怎么回来，她对丢下他一个人乘车离开感到惭愧，视线一直在低处徘徊，没看到撑伞人是韩哲，自然也没问。韩哲当然也不会小题大做去讨要她的关心，确实不是什么大事，海上突至的暴风雨比这要猛多了。

伞下的气氛有些凝固。

在韩哲的护送下，许久安上了船，但滞留在登船口，暂时不打算回舱。

他以为许久安终于注意到他衣服湿了，才会放心不下不愿走。他开口笑道："不用担心我，我在水上生活习惯了，没那么容易感冒。"

听到他的声音，许久安才知道自己的撑伞人是韩哲。登船口的船员那么多，又穿着统一制服，个个都身形高大，打着一样的雨伞，她没留意他的脸和身子。

她为难地解释自己留在这里的原因："那个……我……我是在等苏易……他让我搭梁泊的便车回来，自己却没上车……我怕像台湾那次一样，他赶不上船。"

她确实很不会说话，韩哲的笑容就这样僵在脸上，像是琥珀的形成，昆虫毫不知危险来临，在树上歇息，一滴油亮的树脂滴落，将它瞬间包裹封存。他这才想起早上她是和苏易一起下船的，现在是一个人回来。

但是，韩哲并没有流露任何不悦，只说："我知道了。好多乘客没带伞，我去帮他们撑伞。你站边上一点，不要堵着通道，影响大家通行。"

他转身时想，总有一样是可贵的，至少她在他面前，那样诚实。他宽慰自己。

苏易在一个小时后回来，许久安在见到他时，表情非常惊喜，她十分担心他又一次因为自己回不来，这次可没有梁泊帮忙买机票赶轮船了。

韩哲正好又送一位客人到登船口，听见他们的对话。

"你不是有伞吗？怎么淋成这样？"

“伞坏了。”

“早知道我应该从梁泊的车上跳下来。”

“你胡说什么！欠收拾是不是？当时的情况，能走一个是一个。好啦，别废话，回舱去了，说好了，我先洗个热水澡，别和我抢洗手间，你们女生洗澡的时间太长了！真是麻烦，身高不到我一倍，每次洗澡倒是比我多花三四倍的时间。”

他们已经走远，声音越来越小。

“Are you ok?（你还好吗？）”那位客人十分感谢韩哲的帮助，关切地问道。

风凉，韩哲打了个喷嚏，马上为自己的失态抱歉，并说自己很好。

他转身走进风雨里，这是他的岗位，他还要为下一位客人遮风挡雨。

哪怕自己的心也在风雨里飘摇。

苏易在洗澡的时候，任丹儿来到他们的客舱。她穿着缀着许多小水晶的演出服，一会儿就要去参加晚间表演，看来不会久留。

许久安开的门，说：“苏易在洗澡，你要等不及，我让他弄好了之后再到你的演出现场找你。”

“不用了，我不是找他。”

又是这样！她每次都希望任丹儿是来找苏易，可惜每次都不是。

任丹儿递给她一盒中文字样的东西，说：“韩哲问我有没有什么适合调理生理期不适的药品，我就拿了四物饮给你，是我在台湾时下船买的。上面有说明，我就不多解释了。对了，他来找我的时候，我看见他手上拿着一盒感冒药，问他，他说感冒了。”

“谢谢。”她接过四物饮，心里五味杂陈。

这件事是她骗他的，他自己病了还把她的“病”放在心上。

“他的感冒严重吗？”

“应该还好吧，他照顾自己的经验丰富，只是怕传染，他说过这几天让你别去找他。但依我看，有些对他有意的女船员已经赶着去示好了。”任丹儿看着她，以为她会做什么。

而许久安不动如山。

牵挂？醋意？患得患失？这些在此刻最应该涌现的情绪，任丹儿在她脸上都没有找到，于是很吃惊地问：“你无所谓？”

“因为邮轮规定，我们并未正式确立关系，双方都是自由的，他还有选择的空间。”许久安装作大大方方地说，心里却想起在西班牙的时候，她投怀送抱，才让他放下了防备，敞开了心扉。在那之后不久，她却开始撤退，就像一个得到了却不珍惜的坏人。

任丹儿单刀直入地问：“照你这么说，那他也可以选择我吗？”

“可以是可以，但是我希望你知道，苏易对你用情至深，别人难以望其项背。”

时间不多了，晚间演出要开始了。任丹儿只能快刀斩乱麻，扔下一段话：“许久安，我不知道你的大度是另一种炫耀还是真心这样想。韩哲已经做出他的选择，而我尊重他的选择。即便我不理解我哪点不如你，可我觉得一个人只有自己才知道自己适合什么。韩哲很清楚，我很清楚，我希望你也清楚这一点。”

任丹儿走后，许久安关上舱门，自言自语：“可是，我很清楚，用整个生命思考得来的答案，我爱韩哲，只是我不适合他。”

世间不是每对有情人都可以既相爱又合适。

苏易洗完澡出来，吹头发的时候从镜子里看到她神色不太对，他放下吹风机，问：“喂，你怎么了？”

“韩船员生病了。”

“那你不去看看他？”

“他让我别去看他，怕传染给我。再说，你不是知道我的决定吗？”这个问题困扰她很久了，一直都没有合适的解决办法，现在邮轮旅行已经接近尾声，她不能再拖了。

苏易想了想，他被任丹儿拒绝过很多次，可这些经验不适用于许久安和韩哲的情况，他不由感叹："要是梁泊在就好了，他最擅长和人分手。"

"那怎么办？"

苏易苦苦思索，最后出了个馊主意："要不就像戏剧里乾隆爷下江南一样，该风流就风流，等离开了江南就抛之脑后。你反正喜欢韩哲，在船上的时候该甜蜜就甜蜜，下船后死不认账就行。"

许久安一言不发，拿起他放在一边的吹风机，调到最大档的热风，对准他的脸，按下开关键。

"烫死人了！"苏易惨嚎，"你不喜欢这主意至于这样吗？"

邮轮离开墨西哥后，又开始海上巡游。

苏易走出客舱时，戴上了口罩。

许久安不解地问："你怎么了？你又没有感冒。"

"嘘！"他慌忙关上舱门，生怕被旁人听见这段对话，说，"这是我昨晚想出来的法子，我见你为韩哲感冒的事辗转反侧睡不好，脑子里就冒出个想法，不如我装病，说不定梁泊也会像你担心韩哲一样担心我呢？其实这些花招也是以前跟他学的，不知道他到时候会不会看出来。"

她点点头，似乎认同他，不过嘴上却说："你也不算装病，你脑子也确实有病。"

"咳咳。"他才不管这招傻不傻，故意咳得像得了肺痨一样。如果不是许久安不化妆，也许他还会要点散粉涂一涂。

可惜的是，苏易装了一整天的病，这一天并没有遇见梁泊，第二天没有，第三天也没有。

第四天，在他装得呼吸不畅，几乎真病了的时候，沈念双注意到了。

她对身旁的梁泊低语一番，梁泊点头，她就朝苏易和许久安二人走来。

“沈小姐，你好。咳咳。”看到梁泊就在不远处站着，苏易咳得更用力了，连额头上的虚汗都冒出来了，只不过他拼命演戏，梁泊动也不动，看也不看。

倒是沈念双嫌弃地离他站远一些，手指一勾，让许久安到身边来，问：“那个病鬼去看医生没有？”

许久安摇头，苏易又不是真病，怎么可能去随船医生那花一大笔诊金？

沈念双看看她，终究是放弃了再和她怄气的想法，想着自己年纪大一点，就当姐姐让妹妹一回，话一软：“我听令常青提过你以前也是个大病号，虽然你现在病好了，但我估计你身子底还是弱，抵抗力不行的话，你就离苏易远点。”

上次在墨西哥，沈念双似乎还余怒未消，此时，许久安听到她亲切的关心，不由得抱住她，不住地重复一句话：“念双，谢谢你。”

两人总算冰释前嫌，令常青若有知，也会安心吧。

苏易看看和好的她们，又看看梁泊，短短的距离似有数万光年。他没兴趣再参加船上的任何活动，早早回了客舱。沈念双和梁泊在船上结识了新朋友，赶着去赴约。许久安干脆也返回客舱，准备开解一下他。

苏易回到客舱就摘下口罩丢到地上，许久安把它捡到垃圾桶里，正要说话，就听见了敲门声。

门外站着一个自称医生的人，说有一位沈小姐来到医务室里，据她称，6249号舱有一位重病患者，情况紧急。

他看看好好的苏易，又看看好好的许久安，再看看舱门号，十分疑惑。

苏易又燃起幻想，以为梁泊虽然在相遇时对他不闻不问，但回头就帮他请了医生，急忙追问沈小姐身边有没有一位先生。

医生摇头，说只有一位女士。看两个人不像重病的样子，医生觉得自己应该是被骗了，脸色郁闷地往回走。

许久安估计应该是沈念双担心苏易抱病不求医，最后会传染给她，自作主张就把医生请到他们客舱来了。反正账是算到苏易头上。

但现在医生看到两个人都没病，说不定会回去翻查系统，把沈念双给揪出来，然后把上门看诊的账单寄给她。按邮轮的特殊定价，这笔钱的数目应该不小。

许久安一路跟着医生回医务室，沿途苦口婆心地劝说他可不可以小事化了。

医务室的候诊区站着一个熟悉的身影，韩哲戴着口罩，是来复诊的。

消失了几天的他恢复得很快，看上去和往常一样，他好像一块坚硬的岩石一样，从来没有虚弱的时刻。

她虽没有主动去看望过他，但是和他狭路相逢，此刻不可能掉头就走。

医生看到韩哲很高兴，两人同船已久，关系不浅。

之后，他跟着医生到里屋看诊，她就在外面坐着等。

当他出来时，他先开口："医生不会追究沈念双的事了。"他在里面顺便问了医生她怎么在这里，所以知道事情的来龙去脉。

"谢谢。"这件事不大不小，就是麻烦得很，沈念双收到账单，就会知道苏易装病，她一知道，说不定梁泊也会知道，苏易可能功亏一篑。幸亏韩哲一句话帮她解决了。

"我也要谢谢你。"他说。

这一句话让她摸不着头脑。她什么事都没做，此谢何来?

"谢谢你这段时间没有来找我。你不知道，有一位热心的船员非要来照顾我，结果被我传染了重感冒，现在还没好。要是那个人换成你，我会更自责。"

许久安忍住泪意，他真是太温柔了，温柔得把她的错，都美化成对的。

"那位船员应该不是单纯的热心吧？我知道有很多女人都喜欢你，她们都比我好得多，不像我这么麻烦。”

他以为她说这句话是缺乏安全感，把她拉到一间空着的输液室里，关上门，靠近她，说：“哪有很多女人，也就一两个，而且都不比你好。”

“韩船员，你不用贬低自己的魅力。”他不需要这样来安慰她，他根本不知道这段时间里她心里在计划着什么。

“那你说说我的魅力在哪。”韩哲微眯着眼睛，此时只是单纯地想要听到自己喜欢的女人说点动人的情话。

许久安感到口干舌燥，这个问题有许多答案，她却不可能回答任何一个，让彼此沉沦得越来越深。

“说不出来对吧？”韩哲知道她脸皮薄，不会回答这么暧昧的问题，他继续说，“那你就不用担心我会成为大众情人，我只会是你一个人的。”

她忍了许久的眼泪，终于落了下来。

即便船上有那么多限制，可他不断地用各种方式来证明他心意坚定，不会再改变。

而她什么都没做，只是被动地享受他的缱绻深情，无以为报。

“别哭了。”他把她的头按在他的胸膛上，泪水浸透他的制服，流经的地方像火烧过一样。

“韩船员，我们结束吧！”许久安终于说出了这句话，想了这么多天，她再也想不到更合适的方法来结束这段关系了。

“怎么了？你说什么？”太突然了，韩哲方寸大乱，不明白两个人刚刚还好好的，她怎么会突然说出这种绝望的话。他把她抱得更紧，却依然没有拥有她的踏实感。

“其实也不算结束，我们事先就说好了，要等航程结束再确认关系，现在邮轮还在航行，我们从未真正的开始，也谈不上结束。”

“为什么？”

许久安挣脱出他的怀抱，擦干自己的眼泪，只说：“外面好像有人来，也许医生会用到这间输液室，我们出去吧。”

她拉开门，外面有一个娇小的女人扶着一个浑身剧烈颤抖的男人，到这里女人实在扶不动了，请韩哲帮忙。

韩哲无法拒绝，等护士来接手时，他发现许久安早已经离开了。

许久安一个人在甲板上看了日落，才回到客舱，她问躺在床上的苏易：“有人来过电话吗？”

“没有。你怎么了？万念俱灰的样子。我好歹白白装了四天病，你呢？又是哪不舒服吗？”

她学他一样张开手脚躺在床上，像无助的小虫子被蜘蛛网黏住一样。

“没什么，只是和韩船员提了结束，但我提完就跑了，不知道他的反应。”她用很普通的语气陈述这件事，说得很轻松，内心却很痛苦，甚至超过她患病时所有痛苦相加的总和。因为以前那些痛是命运掷向她的，她只能无力地接受，而这一次的痛是她自作自受，自尝苦果。

“什么？”苏易大叫一声，从床上弹起来，赶紧查看电话是否完好。毕竟，手机没有网，邮轮上找人全靠客舱固定电话和偶遇。出了这么大的事，韩哲没有找上门，不可能连电话都不打。

经他检查，电话运行正常。

“奇怪，线没断啊，听筒也有嘟嘟声。”

许久安用手遮住湿润的眼睛，松口气道：“这样也好，正是我想要的好聚好散。”

苏易也想明白了，说：“他毕竟是船员，就算和你私下有约，在你翻脸不认人的时候，他也不能对你死缠烂打，更不能对你挟私报复。”

看到她悄悄流泪的样子，他气不打一处来，吼道：“我说，你能不能不要事事都模仿我，我和梁泊闹翻，你也和沈念双闹翻，我失恋，你也失恋。”

许久安被他的话气笑，放下手，说：“要不怎么住进一个客舱呢？”

苏易扫视一圈这个狭小的客舱，叹道：“是啊，要不怎么和你成为朋友？”

两个人都没心思出去吃晚饭，早早就关灯睡了。

约莫夜里十点的时候，电话响了，把两个人都吵醒了。

黑暗中，两双明亮的眼睛对视着。

“会是韩船员吗？”

“估计不是，都过了几个小时了，他才反应过来兴师问罪吗？”

“那会是谁？”

“梁泊打来问我病死没有？”

“那你接。”

“不！如果是梁泊，我干脆装得更严重点，你要告诉他我现在病得神志不清，没办法接电话。”

两人商量好之后，最终是许久安接了电话：“喂？”

那边传来韩哲的声音：“睡了吗？”

看到许久安受惊的表情，苏易就知道这个电话不是找他的。

“嗯。”她的回答能多短就多短。

“今天我去找医生复诊，他说我可能会出现一些幻听的情况。所以，你说的有些话，我可能听错了。”

医生哪会这样说，感冒什么时候有这种并发症？他不过是给她找个台阶下，如果她的话出于一时冲动，那么他给她收回的机会，当作是一粒后悔药。

那边传来沙沙的翻书声，他没有等她回复，继续说：“你睡前还喜欢听书吗？我给你念一首我喜欢的短诗？”

她冷漠地阻止他：“韩船员，我想你的感冒已经好了，没有医生所说的情况。”

可他照旧念了下去。

Had I not seen the sun,
I could have borne the shade.
But light a newer wilderness,
My wilderness has made.
——Emily Dickinson

这是艾米莉·狄金森所写的诗：假如我不曾见过太阳，我本来可以忍受黑暗。然而，这束光也让我看到自己被照亮的荒凉。

如果他们从来没有过约定，这段航程就和以前所有的航程一样普通，他是尽职的船员，她是度假的乘客。

可他们曾经有过约定，不能事如春梦了无痕。

第十三章

和好如初

Chapter 13

这世间的亲人、情人、朋友都会互相伤害，可只要还有一丁点爱，我们就会原谅彼此。

清晨，外面有人拍打舱门。

昨夜是许久安接的电话，今早就轮到苏易去开门了。

门口既非梁泊，也非韩哲，沈念双是也。

苏易看到她的一瞬间就想起要继续装病，正要咳嗽时，她轻车熟路地走进来，把他晾在身后，说：“别装了，我都知道了。随船医生今早给我打电话了，他虽然没给我寄出诊账单，却教训了我一顿，让我以后不要开玩笑，扰乱他的正常工作。”

许久安听到是沈念双的声音，跳下床走向她，问：“那梁泊也知道了吗？”

“不知道，他还在睡觉呢。”

“那个，沈小姐，梁泊最近有提起我吗？”苏易问。

沈念双走到自己原来睡的那张床，交叉着腿坐下来，答：“有啊，常常啊，说脏话的时候一般就有你的名字。”

她揉揉没戴耳环的耳垂，继续说：“不过我真是听腻了他骂你的话，所以我不会把你装病的事告诉他。不过我建议你可以早点歇停，这招没用。”

该说的话说完了，她站起来，往外走。

“念双，你觉得他们怎样才能和好呢？”许久安帮苏易问了一句。

“这样吧，我出面，把你们两个请到一起，坐下来好好谈一谈。今晚十点，在酒吧不见不散。”

在某人急迫的心情下，晚上十点很快要到了。

许久安把苏易送到门口，问：“你确定不用我一起去？”她心想，如果她在那里，当两人一言不合打起来，她可以第一时间反应过来向人求助。

“不用了，你还是操心你自个儿的事吧。”

苏易出门后，许久安准备看会书就睡了，但是十点左右，电话又响了。看来韩哲是打算固定在这个时间段打电话过来。

她接起来就说：“请你不要再打电话过来了。”

“我相信坚持的力量。”他沉稳有力地回答。人类最初航海冒险时，并不知道哪里有新大陆，只能坚持一次又一次尝试，终于有所收获。

“这是错误的航线。”

“可是沿途也有大好的风景。”

许久安听到翻书声，知道他又要念睡前读物了，干脆先声夺人：“对不起，我不想这么早睡，我正准备出去体验一下邮轮的夜生活。”

韩哲那边似乎收到什么消息，有十几秒没说话，之后声音重新上线：“我想，你是可以到酒吧看看夜生活。”

原来，沈念双在酒吧里被一个陌生男人纠缠，苏易出手救她，反而惹恼了对美女志在必得的男人。

不像苏易是单独前来，那个男人在酒吧里还有一票兄弟，拿着啤酒瓶，坐在卡座里。

工作人员上前干涉也被挤到一边，苏易双拳难敌四手，很快鼻青脸肿。

许久安到时，酒吧一片狼藉。沈念双还安然地坐在吧台的高脚椅上吃马丁尼酒里的红樱桃。上次见到的医生正在帮苏易处理伤口。韩哲在旁问询取证，另有四个高大船员把其余惹事的人看得牢牢的。

“念双，你没事吧？”

沈念双坐在高脚椅上转一圈，轻松自在地说：“我能有什么事？媚眼是我主动抛的，事是我故意惹的。难道令常青没有告诉你我失业之后就在武馆练功夫？我以前想着什么时候再见到我那可恶的上司，一定要给他一个终生难忘的教训。刚刚那个色狼对付我一个女人肯定不好意思找兄弟帮忙，所以就算有什么事，我对付他一个人也是绰绰有余。”

她声音很小，旁人听不见。

“你这么做……”

“只可惜苏易出场太早，阿梁还没来。他算是白挨打了。咦，阿梁来了！”

沈念双跳下椅子，满面春风地走向梁泊。

他对眼前的一切十分意外，看到沈念双完好无缺时才放下心来，然后，目光留在苏易处，转不开眼神。

“那个人怎么在这？他怎么了？”

沈念双挽着他往外走，简单解释了刚刚发生的一切。

“你好像不怎么关心他的伤势？”梁泊脚步一滞。

“他是你仇人，仇人被殴，我开心还来不及。走吧，我们换个地方庆祝。”她拖着他渐渐冰冷的手，假装不知道他的心情变化。

酒吧这边，经医生检查，苏易受伤的身体可以移动，所以他很快被转移到医务室治疗。同时，韩哲将肇事者带回值班室进行进一步问询处理。

凌晨，医务室的护士接到一个电话，抬头问，这里有名叫许久安的乘客吗？有她的电话。

韩哲在电话里说骚扰沈念双的那名男子是国际通缉犯，这次是冒名上船，顶替的是与他有几分相似的堂弟的身份。

“马上就要到夏威夷了，我们会在那里把他交给国际刑警组织。只是……”他竟有难得的犹豫，话在半途卡住了。

“怎么了？”许久安生出不妙感。

“只是我们揭穿他的身份后，他对苏易恨之入骨，一再宣称他日一定会报复。在我们的值班室，他还随手画了一张苏易的肖像图，看上去他记人容貌的本领很强。我暂时不清楚这个人平时生活中有没有交好的犯罪同伙，可能替他在入狱期间实施报复。明天跟国际刑警交接时，我会问清楚这些。但你放心，只要在船上，我们绝对会保证乘客安全。今晚和他一起闹事的那几个只是酒友，现在看上去懊悔极了，应该不清楚他的犯罪背景。”

她挂了电话，没想到沈念双随便一惹就是这么一个难缠的人物。不知道那人除了小心眼地记住苏易以外，还会不会记住沈念双。

邮轮上有安保船员，可是乘客并非一辈子不下船，何况航程快结束了。谁知道有什么危险在哪里等着他们。

许久安看苏易已经睡着，这边又有护士照看，她急匆匆地出去找沈念双。找遍邮轮上其余几个酒吧，她都没找到人，最后在船上的博彩区碰到了。

沈念双和梁泊在玩二十一点。梁泊看上去心不在焉，沈念双却玩性大发。

许久安凑上去，把韩哲的话简要传达了一遍。

沈念双推开她，让她别挡着面前的赌桌，满不在乎地说：“那个通缉犯不是只说要找苏易秋后算账吗？关我什么事！再说了，我卸个妆，重新换个化妆风格，那个人还认得出吗？女人的化妆堪称当代邪术啊！”

许久安用余光观察梁泊绷紧的脸，暗忖果然降住他还得是沈念双。

沈念双继续发挥：“再说了，我又没求苏易救我。他难道不知道我是阿梁的女朋友，两个人都闹得不死不休了，他救我有什么好处？一切是他自找的，就别赖我们了。像他这种少爷，从小就习惯了被绑架这种潜在危险吧，虽然现在家产缩水，不过那些虱子还在，再多一个也不怕。”

许久安也懂事上路了，往火堆里添一把干柴，装作生气地说：“你怎么能这么说！他还不是因为你是女人，而且是梁泊的女朋友，于情于理都要豁出去保护你。”

“够了！”梁泊把沈念双面前的筹码一推，一把输个精光，烦躁地说，“我出去透透风。”

沈念双歪歪地靠在许久安身上，一语道破：“他走的方向不通往甲板，而是去医务室。”

果然，梁泊去了医务室，对着病床上闭着眼睛的苏易怀念往事。

“你还记得大二那年，我们学校附近一个月内出了三起抢劫命案吗？任丹儿每天自习到很晚，我陪着你在图书馆外面等着她出来，一路护送她回家。你让我别跟着，去玩我自己的。我告诉你，任丹儿是女人，而且很可能是你的女朋友，何况她还有不少美女闺密，随便帮我介绍一个都发了。结果有一个晚上，我们把任丹儿护送回家后，自己被一票飞车党抢了身上的包，追都追不上。我俩总是做一样的傻事，所以和那些一起吃喝玩乐的狐朋狗友不同，看上去是臭味相投，实际上是志同道合。”

看苏易还睡着，他急于把盘亘在心里多日的苦闷解决了，扭头问护士，病人没有大碍吧？

得到护士只是皮外伤的回答，他一脚踹向床脚。

床震了震，苏易被震醒。

“我知道苏家商业上的决策，你不知情，就这么结了吧。”

梁泊又踹了踹苏易的床，看到他伤口一动就痛得愁眉苦脸的样子，乐了。

“还痛啊？那就早点好起来吧。”

翌日，邮轮又来到了美国，不过是距离美国本土数千公里之遥的夏威夷，邮轮停靠的城市是火奴鲁鲁，还有一个中式典雅的名字——檀香山。因为以前这里有大量的檀香木被运往中国。

大家都在下船，赶往活力四射的夏威夷。梁泊在医务室里给苏易喂水果，一边喂一边抱怨：“都怪你，我连夏威夷美少女的草裙舞都看不到。”

沈念双靠着墙，早知道就不帮他俩和好了，看得她腻歪得慌。

“许久安呢？”苏易问。

她答：“我们三个人都在船上，她只能自己一个人下去啦，不是还得买水晶球嘛。怎么？一个小厮和一个婢女还不够你苏大少爷使唤？”

苏易纠正道：“梁泊怎么能算小厮！他是我兄弟。”

沈念双懒得反驳，冷眼看着梁泊又戳了一块甜菠萝送到苏易嘴边，“啊”了一声，等他张口就喂进去。

这对好兄弟的相处模式就是这样。梁家的钱不比苏家少，两个人是旗鼓相当的高门子弟，不存在谁讨好谁的问题。即使现在苏家相对落魄些，但两个人在一起，多年以来一向是苏易硬一些，梁泊软一些。

沈念双问过梁泊，据他回复，可能是因为苏易小时候某个时间段比他高，后来他长起来了，却还是习惯把苏易当个子高的哥哥。

“以后，我们的小孩不能比苏易的小孩矮。”她发誓，不能再让小小梁重蹈覆辙了。

梁泊听到这句话可高兴了，不停地问：“念双，你是愿意嫁给我了？”

“没有，我只是说说。苏易说不定没小孩呢，任丹儿不像是要嫁给他。”她不急啊，谁知道梁泊这回是不是真的收心了，慢慢考察呗。

许久安本想买了水晶球就回船上照顾苏易，可是他说：“你回来当什么电灯泡啊！有沈念双一个灯泡就够了，你们两个来开汽车双闪灯吗？”

她就安安心心地在岸上游玩了。

此刻，她抱着一个大椰子，喝着甘甜的椰汁，站在还未出发的小船上，望着不远处在海洋上翻腾跳跃的海豚群。

她想到了韩哲，如果不是他教会她游泳，她今天恐怕不能下水和海豚一起游泳。

是的，在不可思议的夏威夷，游泳的伙伴是海豚。

手机有一个陌生来电，她接通后，是韩哲问她在哪。

“岸上。”她不想答得太清楚，两人已经没有私下见面的必要了。

“我已经和国际刑警组织交接完毕，现在想找你聊一聊从他们那了解的情况。”他这样说，她便不能拒绝了。

关系到苏易和沈念双以后的安全，她必须了解详情。她只能报上自己的位置，并且从船上下来，改签下一班海豚船。

韩哲很快就赶过来了，问她在这里计划做什么。

许久安指一指旁边“和海豚游泳”的广告牌，然后直接切入正题：“国际刑警怎么说？”

“我们找家餐厅坐下来说？”

她不想拖时间，拒绝道：“不了，速战速决吧。”

他感知到她强烈的抵触心理，干脆一手插在裤袋里，不慌不忙地说：“我一早就下船处理这件事，现在没进一粒米一口水，血糖值太低，影响我思考，我有些想不起来了。”

许久安没想到韩哲会耍赖，她哪知道这是她把他逼到极限了，平常他不会做的事也自学成才了。

“韩船员，您对于乘客提出的问题，不是应该在船员守则允许的范围内知无不言，言无不尽吗？”

他踩踩码头的水泥地，回：“这不是在船上。”

“你！”她还眼睁睁地看着他拿过她手里的椰子，就着她的吸管喝了一大口。

“随便你说不说，反正我没时间跟你去餐厅，我改签了下一班海豚船，还有十分钟就出发了。”她指着一旁正在上客的小型船。

“这好办。”他摸出皮夹，在售票口也买了一张票。

船票只允许改签一次，这次再不登船的话，票就作废了。许久安预算有限，只能和韩哲同时登船。

船一驶出，韩哲也不怕她会往哪里跑了，总算开口说国际刑警透露的消息：“他人缘不好，连堂弟的护照都是他偷来的，估计没什么人会漂洋过海帮他出头。你可以放心了。”

得到自己想知道的信息，许久安起身，坐到离他稍远的地方。

过了半个小时左右，船在海中央停下来，附近还有不少浮在海面的空船只，上面的游客已经跳进海里了。

她的泳衣穿在里面，直接脱了外衣就行。

韩哲在下水口挡住她，嘱咐道：“船上的泳池有限定深度，和海水不一样，你小心一点。”当然，他也并不是多么担心，她的游泳技术是他亲自调教的，他清楚她学得有多认真。

许久安错开他，从旁边的空隙跳到海里，径直朝着海豚多的地方游去。

水里的她看着像一尾逍遥的鱼。

韩哲看到船上还有一只没人用的皮筏，问船主借了过来。他事先没有准备下水，也没有带泳裤，只能站在皮筏上划水。

水里的许久安不经意回头，看到他划了只皮筏跟着，当下只想游远一些。这个区域的海豚像精力旺盛的小孩一样太能折腾了，不断地跳来跳去，溅起水花，不远处有只海豚安安静静地漂浮在水面上，似乎很容易相处。

韩哲察觉到她的意图，扬声喊：“别去。”

可是她怎么会慢下来等他。

他加快划水的速度，但许久安已经游到那只漂浮的海豚身边，好奇地绕着它游来游去，探出手抚摸它光滑的灰色皮肤。

韩哲见到她的动作，干脆扔了桨，直接扎进水里，游龙一般潜到她身后，伸手一抓。

水里什么都滑，他仓促间抓住的是她系脖泳衣的带子。当他把她抓到怀里，转身往回撤时，那头安静的海豚忽然恼了，用尾部扇向隔在它和许久安中间的韩哲。

海豚生来就游泳，尾部相当有力，拍得韩哲差点吐血。

他忍住喉头发甜的充血感，夹着她继续往回游。

那头海豚追杀上来，暴虐地驱赶着他，又用尾部击中他几次。

大约追了二三十米，它才停下，继续漂浮着。

危机已经过去，韩哲体力流失殆尽，停下来，抱住明显还没反应过来的许久安，摸着她的头发，说："没事了。它回去睡觉了。这些都是野生海豚，它们白天会在浅水湾区休眠，躲避掠食者。那些活蹦乱跳的是睡醒的，开心有人陪自己玩，但是你刚逗的那头不爱动的海豚，不是性格沉静，而是睡着了，像人一样，它被吵醒也有起床气的。"

天大地大海大，许久安觉得自己真是沧海一粟，有无尽的东西需要学习，才不会再出这样的丑。

"谢谢。我自己游吧。"她挣开韩哲，乍然觉得自己有什么地方不对。不远的海面上，已经有好多人注意到刚刚惊心动魄的一幕，急着游过来问他们有没有受伤。

情急之下，她游回韩哲身后，紧紧地贴着他的背，不留一丝缝隙。

"你怎么了？"这幸福出乎意料，她怎么会改变主意亲近自己?

"你别回头。"许久安往水下缩了缩。

韩哲往水下看，发现她本来系在脖子上的两条蓝色带子像海带一样漂在水里，估计是刚刚被他不慎扯掉了。她游泳技术一般，不知道怎么在保持平衡的同时快速地系好带子，而没有系脖带子的支撑，她的泳衣越来越往下缩。

游过来关心他们的人有男有女。韩哲一边告诉他们没事，一边怕人看见许久安这副样子，转身把她搂在怀里，防得密不透风。

水下的触感要清晰许多，两人都觉得那肌肤相亲的触感十分要命，水面上的脸分不清谁比谁更红。

等人散了，韩哲哑声说："我帮你穿。"

他在水下抓住泳衣的带子，往上一提，在她脖后打了个牢固的水手结。

“没关系，我穿了上衣的，至少是……隔了一层布料……”他安慰她。

“求你别说了。”她瓮声瓮气地求他，之后独立游回去的姿势都是倒的，看来是连重心都不会找了。

出了这样的事，许久安早早回邮轮，到了客舱就急着洗澡，一身的海咸味。

水刷刷地冲着她的身体，她却发现一个问题。

韩哲给她打的结怎么解不开?

她想过不理会这个结，直接从头上绕出来，但是带子太短，弹性有限，根本不足以绕出头。她也想过找把刀子把带子割断，然而邮轮安检时根本不允许乘客的行李箱里藏有可能威胁行驶安全的尖锐物品。

是的，她没办法了。

回到船上，她足足被这件泳衣困了一个小时，她只能拿起电话，拨给韩哲，感到极度羞耻。

“韩船员，”她极力把这件事情描述得很正常，询问，“请问，你打的结要怎么解?”

韩哲这才想起当时形势所迫，他怕她的泳衣再掉下来，习惯性打了最拿手的水手结，这种结经得起日晒雨淋，结实得有一种说法——“绳子断了，绳结都不会开”。

许久安这种没当过水手的人，确实拿这种结没辙。

韩哲细致入微地描述了一番解结的具体方法，可这种极其考验实际操作水平的难题，实在是很难用三言两语描述清楚。

女孩子一般连后背的拉链都要有人帮忙拉上，更别提独立解开这种专业的水手结。

“我来找你?”他试探着问，同时也很头痛怎么才能让她相信，这并非是他故意设套想重温水下的亲昵。

“不用了！”她严词拒绝。她已经让他帮忙穿过衣服了，如果还让他帮忙脱衣服，岂不是将事情越弄越乱。

“那你……怎么脱……”说最后一个字时，他唇干舌燥，拿起旁边装满水的杯子，一饮而尽后依然觉得渴，只能尽力不去想她那边的画面。

“我自己找人帮忙。”

“不准找苏易！”他失控地提高了声量。

就算她想结束两人的约定，他也从来没有怀疑过她与同舱的苏易有什么，他相信她不是见异思迁之人，但他绝不愿意苏易见到她那样动人的一面。

想来想去，船上知道他和她关系的只有苏易和任丹儿，她解释不清水手结的来历，不可能找陌生女船员帮忙，她的选择除了苏易，只能是任丹儿。这两个都不是水手，可能还帮不上忙。

许久安那边已经挂了电话，韩哲拨给了任丹儿：“有件事想要麻烦你，请你来我这边一下。”

任丹儿进门就看到韩哲拿着两根绳索。

如果是经常装得像正人君子的马彼特这么做，她会当机立断摔门走人，但在韩哲的休息舱，她脸色不变地坐下来，愿闻其详。

韩哲也不说缘故，直接在她面前演示水手结怎么打，怎么解。

她很快就学会了，问：“你需要我做什么？总不至于你手下有那么多船员，却指定要我帮你去船上哪里打个结吧？”

“去6249号舱帮人解一下结。”事情太难启齿，他只说了客舱数字。

这串数字她很熟悉，一下子就说出来：“许久安？”

“嗯。”任丹儿一戳破那层“窗户纸”，他的脸就像布满火烧云的天。

她头次见他这样失态，并不想让他更难堪，什么都没问，只说：“好的。”

“你就不好奇？”他还以为要大费周章地解释一番。

“我不问。我只要知道你想让我知道的部分。这就足够了。”

“谢谢。”与她相处，风格一向这么简洁明快，让人欣慰。

见他脸上的“火烧云”迟迟退不下去，任丹儿在关门时轻轻地说了一句：“我多么羡慕她，能够让你为她这般脸红心跳。”

当任丹儿前往6249号舱时，许久安已经重新套上一件薄T恤，去自助餐厅找了一把牛排刀，它并不锋利，只是有很多锯齿。她拿了一把回来，打算慢慢磨破系脖带。

任丹儿见到她说：“还是我来吧。”

她们进了客舱里面，任丹儿一秒钟就解开了她脖子后的水手结，那里已经勒出了半圈红印。

会者不难，难者不会。

“任小姐，我不知道该怎么感谢你才好。”

“不用谢。我亲眼看到那个男人脸红的样子，就是难能可贵的回报。”这句话带着深深的惘然。

任丹儿离开6249号舱，走到电梯口，发现有一个下行电梯的门恰好是开着的，里面站着船员马彼特，他刚刚一直按着开门键，似乎是特意在等她。

“丹儿，你来这层做什么？”

“有一位女客找我帮忙。”马彼特的船员等级比她高，却不是她的直接上司，她没有向他汇报的必要。

“哦，是吗？是不是6249号舱的许小姐？她和韩哲船员好像也过从甚密。”马彼特意有所指。

任丹儿不耐烦听他这样挖坑似的说话，直接强势地回复：“我们都是一国人，远洋旅行互相照顾多一点，有什么问题吗？”

马彼特看着她惊心动魄的美颜，他追求她已经有一段时间了，长得超出他的耐心，但现在有一件更吸引他的事摆在面前，这段感情成不成倒是其次了。所以，他也不怕得罪她，直言不讳：“你今天从韩哲的休息舱出来，马上就去了6249号舱，这让我有一个想法，你是不是经常受他所托在两人之间传递消息？”

“你跟踪我？”她对此很愤怒，而且毫不掩饰。

“怎么能是跟踪？你知道我和韩哲都在争新航线的主宰位，我只是在了解自己的竞争对手，碰巧你经常主动去找他。”

电梯门在一层打开，一层是船员的休息舱，不少船员来来往往，两人都主动收声，马彼特邀请任丹儿去自己的房间私下谈。

他的房间里挂着一张世界地图，上面圈着密密麻麻的红点，都是他航行过的地方，论航海资历，他与韩哲不相上下。据说高层也很头痛二择一的问题，内部争论也很大。

世界地图的旁边，还有一张性感女星的海报，无衣蔽体，臀翘腿长。之前任丹儿也有事来过他的房间，记得这处墙壁是空白的，看来上次他是提前藏好这张海报。这一次却无所谓了。

“我与许久安是朋友，但我没有为她和韩哲传递消息。马彼特，如果你不信，你大可以申请人力资源部的人介入调查，到时候事情查得水落石出，一个恶意诋毁的名声出来，我想高层就不会头痛人选了。在他们看来，良性竞争可以，恶性竞争坚决禁止。”

这时候，输的不能是气势。任丹儿一进屋就先声夺人，对马彼特进行碾压，每个字都说得斩钉截铁，信心十足。

他只用了一句话回击：“丹儿，以你的性格，如果我说的是废话，你根本不会理我。”

“这只是你捕风捉影的推测！”

“人生啊，不就是要赌一把吗？你觉得我像守株待兔那种人？”马彼特风度翩翩地拉开舱门，送她出去。

作为一个经验丰富的老手，他没有亮出所有底牌。今天下午，他在登船口值班时，确实看到许久安和韩哲是一前一后回来，但是，她系在脖子上的泳衣带露在T恤的外面，他一眼就认出这是水手结。

以前他观察到的许多孤立的点都连成了线，有了不一般的意义。

离开檀香山，邮轮再一次开始海上巡游。

许久安去医务室看望苏易，他和梁泊正分别跟家人视频。

据沈念双说，那夜其余的闹事者不仅赔了邮轮酒吧的损失，还要承担苏易在船上的昂贵医疗费，以及支付给他一大笔精神损失费。邮轮方也为那日让他在船上受到惊吓，大手笔地送出了许多免费消费券。这些钱够他宽宽松松地过完邮轮上剩下的日子，连撒哈拉沙漠之行的钱也可以马上还给她。

视频那头的苏家人和梁家人看着他们哥俩好的模样，心情极其复杂。

股份让两家人的利益实际上已经绑在一起了，再继续窝里斗只是内耗。苏家这段时间一直在竭力安抚梁家，而梁家只是咽不下一口气。现在，两家人看到下一代人亲密无间，还能怎么办？干脆就坡下驴，准备携手面对目前的困境，毕竟，运油船失事造成的风波还没结束。

苏父对苏易倍加赞赏：“我让你继续留在船上，就是希望你能帮我打开这个局面，让两家人可以重归旧好。”

苏易回：“我不是为了公司才跟梁泊和好的。”

梁父则对梁泊长吁短叹：“我现在有一种朱丽叶的爹的心情。”罗密欧和朱丽叶的家族是世仇，两人偏偏相爱了。

梁泊回：“爹，你说什么，我听不懂。我是男的，应该是罗密欧，来，我让你看看我找的朱丽叶。沈大美女，快过来！”

两通漫长的视频电话打完，许久安仿佛听到银子长翅膀飞走的声音，她坐到苏易的病床边，问他好些没有。

“好得不得了。”苏易看着梁泊，只要与他和好了，什么都好了。

沈念双给许久安一个眼神，意思是：看吧，这就是我每天看到的男男大戏。

苏易想起一件事："对了，今天任丹儿来过，她说船上有什么针对韩哲的考察，她不便和你直接接触，但让你注意邮轮方可能找你谈话。"

"使劲夸就行了。"梁泊和沈念双都不知道许久安和韩哲的事，以为只是普通的服务评价调研。

苏易和她对视一眼，只有他们才知道其中含义。

第十四章

捍卫理想

Chapter 14

阻止我们实现理想的拦路石太多了，爱你的我绝对不能拖后腿。

We travel around
the world.

客舱电话里有一通语音留言，留言人用不纯熟的中文自我介绍，她是邮轮人力资源部的副主管娜塔莎，希望和许久安有机会面谈一次。

许久安回了个电话过去，约定明天下午三点见。

没想到她和韩哲的事最终还是引起了邮轮方的注意。她本想找他商量对策，但一想到连任丹儿现在都尽量避免和她接触，估计她还是不要找他为好。

正如她对他说过的话，“其实也不算结束，我们事先就说好了，要等航程结束再确认关系，现在邮轮还在航行，我们从未真正的开始，也谈不上结束”。

这样一想，她觉得那个娜塔莎就算是问话高手，也不能凭空捏造真相。

第二天很快就来了。

娜塔莎是个高挑的俄罗斯美人，梳着长直马尾，刘海下有一双水波流转的绿松石眼睛。

“许小姐，你好，感谢你的大驾光临，”娜塔莎在办公室的门口等她，与她握手时仿佛不经意地提起，“正巧韩哲船员在里面和我的主管谈话，不如我们去旁边的房间吧。”

娜塔莎推开旁边房间的门，问：“我知道你是中国人，给你泡冻顶乌龙茶好吗？这是我最喜欢的茶叶。”

她的每句话都透着对中国的向往，很容易让许久安心生好感。

“未来我们公司会开辟越来越多从中国出发的航线，所以学习中文成为船员们的重要课程。你听，我的遣词造句是不是还行？”她把茶杯递给许久安，继续说，“我很想嫁给一个中国男人，以前在船上遇到过一位很优秀的来自青岛的男士，可惜由于船上的规定，我们没能在一起，自他下船后，我就再也没见过他。”

梁泊和沈念双都是人精，许久安和他们认识这么久，人情世故的本领见长。她与娜塔莎多聊一会就回味过来了，这个女人喜欢打一枪就换一个地方，时不时旁敲侧击一下船员和乘客恋爱的话题，说点皮毛就马上撤退，一点点深入，一点点瓦解她的防线，看样子是个谈判高手。

“海上巡游这么多天，没网络的话很无聊吧？偷偷说一句，我也觉得我们邮轮对网络收费的定价太贵了。”娜塔莎开始站在乘客的立场上吐槽邮轮方，争取她的认同感。

“是啊。”只要是无关韩哲的话题，她都顺着娜塔莎的意思说，反正自己不乱阵脚，见招拆招。

两人兜圈子似的聊了大半个小时，娜塔莎终于切入主题：“韩哲船员是普兰尼特号上相当有人气的单身男船员，你和他熟悉吗？”

“熟悉。我是头一次出国旅行，还是环游世界这么大的项目，一路承蒙他多照顾。中国有句俗语，‘出门在外靠老乡’，不知道你有没有听说过？”

“出门在外靠老乡，”娜塔莎重复念了一遍，兴高采烈地道谢，“谢谢你又教了我一句新鲜话。”

许久安故意问：“你问韩船员，是对他有兴趣吗？我看见你们船上的船员夫妻档不少。”

娜塔莎的眼珠子快掉下来，摇头晃脑地否认：“我没那个想法。虽然船上的生活很单调，一上船就是好几个月，但是我并不打算找同事恋爱，那样没有个人空间。”

“好吧。只是韩船员单身已久，我作为朋友，很担心他会一直单身下去。”

娜塔莎贴近许久安，总算露出“狐狸尾巴”，狡猾地问：“你们只是朋友吗？”

“如果我们不是朋友，你觉得韩船员会眼看着我在航行中途更换同舱室友，和一个男人住一起？”她抛出了最有力的证据。

娜塔莎赞同地点点头，显然清楚许久安和苏易同舱的事。她学习中文的同时也在了解中国的传统文化，知道男女关系在世界各国都有不一样的观点。

“那你和苏先生？”

“这是我的隐私。不过我可以告诉你，我们也是朋友。”

“很抱歉，那我就不再隐瞒了，其实今天请许小姐谈话，主要是有人举报韩哲船员违反公司守则，与乘客在航行途中产生恋爱关系。如果我在询问过程中，有令您不舒服的提问，请您及时告诉我。”娜塔莎不再玩猜猜猜的文字游戏了，直接表明目的。

“好的，我尽量配合，同时希望贵公司严肃处理造谣生事的人。”她拿出自己的强硬态度。

“韩船员私下动用船员的权力，带您进入乘客禁止区域吗？”

“没有。”

“韩船员有对您进行消费免单等特殊照顾吗？我看您在船上没有过任何消费记录。”

“没有。我预算有限，连船票也是朋友转赠，所以我花钱一向很克制。”

绿松石眼睛眨也不眨地看着她，娜塔莎问：“可以把您的手机给我看一下吗？放心，我不看任何隐私内容，只是查看一下网络设置。我可以在您的眼皮底下操作，如果我看了与我所述不符的内容，您可以投诉我。”

许久安坦然地把手机递给她。她打开网络设置，搜索附近的网络信号，发现这部手机并不能自动连上船员Wi-Fi。乘客Wi-Fi按分钟计费，船员Wi-Fi却是邮轮员工的福利，只需要密码登录，韩哲连这个密码都没有告诉她，确实不可能进行更大的消费免单操作，那也就不存在内外勾结，损害邮轮利益的事。

“许小姐，谢谢您牺牲个人时间配合调查，邮轮在不久后就会在我的老家俄罗斯靠岸，为表歉意，我已经免费赠送岸上跟团游豪华套餐到您的账户。”娜塔莎为她打开门，送她离开。

两个办公室似乎约好了一样，旁边的办公室也正好开门，娜塔莎的主管送韩哲出来。

韩哲和许久安面对面，她希望自己的谈话没有露出马脚，更没有给他添麻烦，也希望他那边谈话顺利，两个人的口供对得上，一切能化险为夷。

这时候，两个人应该避嫌，保持距离更好。

许久安只是对他点点头，而韩哲主动走上前，离她很近，语气温柔：“很抱歉让你经历这样的事。”

被人盘问确实不是一件愉快的事，但两人身后还有人力资源部的正副主管看着，韩哲还有一个主宰新航线的理想，她不想与他表现得难舍难分。

岂料，韩哲接下来告诉她：“我都如实说了，我们在西班牙巴塞罗那的约定。”

她失声喊道：“什么？”

“你不是一直怕别人知道我们的关系吗？压力大得甚至想要结束这个约定。现在你不用担心这一切了，交给我来承担。没什么可怕的，邮轮必须按制度办事，我们现在没有恋爱，所谓的约定严格来说并没有违反规定，何况我们从来没有串通起来损害邮轮利益。”

他对她微笑，希望她能安心，不要再沉甸甸地过日子。

“可是，在娜塔莎那边，我明明已经遮掩过去了。你为什么要自投罗网？”

“我的久安，不是一个撒谎精。”他精心呵护她的纯真，虽然娜塔莎这次没有问清楚细节，不代表下一次问不到，一旦娜塔莎越来越逼近真相，她就只有撒谎来应付了。

一旁的娜塔莎看到这里，哀叹：“当年我怎么没想到这个擦边球的方法。”

主管瞪着她，说：“这种擦边球行不行，还要上报总部那边才能评断。”

邮轮已经绕地球差不多一圈，来到离家不远的俄罗斯。俄罗斯之后，下一站就是回国，意味着整趟旅行的结束。娜塔莎赠送给许久安的岸上跟团游套餐，这次不用的话就过期了。本着不浪费的原则，她报名了。

何况，此行为了省钱，她还没有参加过跟团游行程，都是自主安排岸上行程，能少花钱就少花钱。体验一番她才知道，跟团的好处是不用费心，什么都有人安排好，也不用担心语言不通，可是只能走固定的路线，而且每个景点都有时间限制。

在从港口出发的旅游大巴里，她竟然看到了韩哲。

调查还没结束，他在船上暂时被停职，这倒让一向忙碌的他难得空闲下来，参加邮轮方组织的岸上观光项目，权当散心。

看到许久安，他举起了手，示意她坐到自己身边的空位。她假装没有看到，单独坐了一排，没想到他毫不介意她的无理，主动前来，和她坐到一起。

“调查期间，我们难道不应该不要接触？”

“调查结束后，你会和我重新接近吗？”

“不会。”她已经决定和他结束了。

“那我不管什么调查。也许调查结束时，你已经下船不见了。反正我已经如实汇报了我们的约定。”

“那你汇报了我们的约定已经无效吗？”

“没有。”

“为什么？”

“因为我还认定它有效！”

她被他的反驳气得别过脸看窗外，可是车窗的玻璃上还倒映着他的影子，玻璃擦得很干净，他的五官线条清清楚楚。她想推开玻璃，可窗户是锁死的，打不开，她干脆闭眼假寐。

没想到在她假装睡着时，韩哲竟然伸手想把她偏向窗户的头移到他的肩膀上靠着。

她睁开眼睛，当场被抓获的他丝毫不窘迫，邀请："靠我身上吧。舒服点。”

“我不困了。”

“那我教你一些常用俄语？是邮轮上的俄籍船员教我的。”

她继续假装看风景，不理不睬。

韩哲自说自话："如果你要买东西，问小贩这个多少钱，可以说……”

那一句饶舌无比的话，她暗暗记在心里。

第一站是一个舰队博物馆，里面主要收藏着一艘二战时退役潜艇。男人们比较痴迷，多数女游客顺着指示牌逛了一圈，就走到纪念品商店挑好看的小玩意。

许久安拿起一个风景水晶球问多少钱，她觉得入乡随俗说当地语言被宰的概率小，脱口而出的正是韩哲在车上教会她的那一句俄语。

港口城市多外国人，卖东西的大妈也是懂英语的，疑惑地问："What did you say? I love you?（你刚说什么？我爱你？）”

她匆匆买完水晶球，回到展览大厅找到韩哲，问："那句俄语是你故意乱教给我的吗？”

他低头看到她手里的购物袋，已经明白是怎么回事，笑道：“我当时教你，只是想你说一声给我听，结果你没理会。”

再次上车继续旅程时，韩哲似乎已经坚信不疑她一直在听他说话，就算她表面上充耳不闻，他还是比导游更加尽职尽责地介绍各个景点。

晚上的团餐定在一个有一百多年历史的俄式建筑里，处处透着考究的历史气息。餐桌上除了丰盛的菜肴，还摆着大瓶的伏特加烈酒，大家看起来也兴致很高，干就干，透着一股豪爽劲儿。

夜晚的街灯已经亮起，大巴拉着一车醉鬼回到港口，除了滴酒未沾的司机和许久安是清醒的，连韩哲都有些醉意。

他像只猫咪一样温顺地靠在她的肩头，喝过烈酒的唇呼着热气。韩哲心里大概多少有些被停职的郁结，只是他从未在她面前表现出来。

许久安本来想推开他，可转念一想，反正他也不会记得，就由他靠着吧。

她抚摸着他柔中带韧的头发，浅声祝福：“我并不是个很特别的女孩，我这种类型不是特立独行那么少见，你还会遇见下一个身体健康的‘许久安’，不必对我念念不忘。”

黑夜中，韩哲像猎豹一样睁开了光亮有神的眼睛，忽而出声：“这就是你的理由吗？可我只要眼前这一个许久安。”

他哪有醉意？哪有睡着？分明是学她白日在车上假寐。眼前的他愤怒极了，千想万想也没想到她竟然是因为这个理由就要逃走。

“我知道你曾经得过重病，可是不是已经做过手术了吗？在西班牙我们许下约定的时候，我已经知道了。我不在意。”

她本想装聋作哑，可是韩哲不依不饶地追问，她溃不成军，只能坦白：“我也以为大好了，没想到身体开始出现一些排斥反应，也许会越来越糟。我们既然没有真正开始，你也不必有所顾虑。归根结底，是我自己做不到约定的事。”

当初在圣家堂的塔顶，她说“回去后，我会转到与船上工作对口的专业，以后申请成为你的同事，这样我们就不用异地恋，可以在大海上长相厮守”。

命运让她成了个大骗子。

“如果我注定跟不上你的脚步，你就一个人往前跑，不要留下来等我，那样我们两个人都会输。所以，麻烦你千万不要说你不在乎那些鬼话，我不相信，我知道什么是你的理想。你生在陆地，活在海洋！”

她住院的时候，看到过很多家属在亲人死后也跟着寻死觅活，可也许过了半年或者一年，总有一个时间点是极限，他们终将走出阴霾。

此刻，她观察着他脸上的表情，希望他知难而退。

可惜，车进了隧道，光太暗了，她看不清，等她重新勉强看清他的脸时，那里平静如常，他只说：“我心中有数。”但没有解释。

许久安想，也许，这已经是答应了，只不过，不想把话说得那么明白。

离开俄罗斯，邮轮正式踏上归途。

马彼特一直在等韩哲被进一步处理的消息，然而人力资源部那边一点动静都没有，他只能来到娜塔莎的办公室，问问事情进展怎么样。

“总部那边也有争议啊，说韩哲违规吧，不算，说他完全没违规吧，也不算。”

“韩哲怎么可能把持得住！那个女乘客和船员在一起，难道一点好处都没捞过？”马彼特一脸质疑。

娜塔莎别有深意地瞄着他，试探：“呵呵，说得好像你很有经验一样。”

马彼特最怕娜塔莎这种猫咪闻见鱼腥的样子，赶紧脱身。

如果不能一击必中的话，那就前功尽弃了。他想了想，决定不能这样被动地等待结果，还是得主动出击。

他吩咐手下的心腹船员注意6249号舱的乘客动向，当许久安一出客舱，他就找到了她。

许久安觉得眼前的船员有些面熟，仔细想想，自己在船员舞会上见过他，当时他在韩哲旁边，帮韩哲分流一些等着和船员交流、合影的乘客。

“我叫马彼特。”他率先打招呼。

“原来你会说中文。”她记得舞会上，他说的是英文，问她是否需要帮忙。

“嗯。那时我还不知道你和韩哲船员一样是中国人。你要去哪？我可以带路。”

“不用了，在船上这么久，我已经很熟悉了。”

“我没有那个荣幸吗？我想多了解一些乘客对此次环球航行的评价。”他看上去有些失望。

既然对方把话都说到这份上，许久安也不好拒绝，说：“我打算去十六层的观景台。”

马彼特靠前半个身位，极有风度地为她引路，但她发现这好像不是去电梯的方向，正要问他是不是走错了，他却推开了一扇标识着仅限船员出入的门。

“抱歉，这扇门我不能进。”她停下步子，开始有些警惕这个人。

“许小姐难道对邮轮如何运作不感兴趣吗？从内部通道进去，沿途我可以给你介绍许多有趣的东西，都是船员知道而普通乘客不知道的事。”马彼特再次邀请，并且抛出诱人的鱼饵。

许久安摇头，她曾经在船员的带领下参观过船上的厨房，一般情况下也是乘客禁入的区域，但这个活动写在邮轮日报上，且要求参与者提前报名，与这种私下参观的举动有着很不一样的意义。

她转身，说：“我还是自己坐电梯上去好了。”

马彼特关上门，摇头叹道：“我还以为韩哲船员经常带你参观邮轮内部。原来没有吗？他这样也太不近人情了，只要在我们的陪同下，乘客参观不会造成什么安全隐患。何必死守规矩，不知道变通一下？”

离开这扇门，他陪着许久安乘坐电梯到十六层，一路上殷勤地照顾她，开关电梯门这些小事全部由他代劳。

“我到了。”到十六层，她只想快点与他告别。

他不急着走，还在攀谈：“许小姐今后还有什么乘坐邮轮出行的计划吗？这次环球航行是走马观花，其实很多地方值得深度游。比如我们公司还有地中海航线、加勒比航线、南极洲航线等等，都很值得一试。”从这点看，他倒是个极有煽动力的销售员，换成别人说不定就兴致勃勃地买单了。

只可惜许久安没兴趣，一口回绝：“不用了，回去后我要专心学业，这一次出行，也是朋友转赠船票。”

“我是第一次遇见乘客在经历一次绝顶美妙的邮轮旅行后，居然不对它上瘾！”马彼特似乎难以相信这个答案，发挥他的好口才继续说，“一定是你还没有深入体验我们的优质服务。我手上还有一些新航线体验券、客舱升级券、网络无限券、饮品畅饮券、免费额度券，只要许小姐开口，我都可以双手奉上。”

“为什么！”如此明晃晃的收买，许久安终于判定他是有目的而来。

马彼特扶着她的肩膀，让她从邮轮中庭的中空地带俯视十六层的全景，五彩争胜，光怪陆离。

他在蛊惑她：“像你这样的年轻女孩，不抓紧时间享受生活，岂非辜负年华？以后，只要是你，或者你的朋友登船，我都会在我的邮轮上为你们大开方便之门，保证你们得到贵族名流一样的优待。”

“你到底想要干什么？”许久安推开他，怒吼。

“韩哲船员真那么铁面无私吗？我倒觉得，连自己心爱的女人都不肯特殊对待，好像是免费求欢。你对他而言，只是不用花钱就能排解寂寞的备用女友。”马彼特露出一个虚伪而灿烂的笑容，道，“而我，就对朋友大方多了。”

马彼特的话让许久安根本没有心思做其他事，她回客舱给韩哲打了个电话，他人不在房间里，她只能留言："我想见你，越快越好，我在十六层的观景台等你。"

观景台是全船视野最好的地方，但此刻再好的景致，就算入了眼，也进不到心里去。她被海风吹得嘴唇青紫，渐渐失温都没有觉察。

韩哲来时，她已经在这里等了一个多小时。他从旁边的储物间里拿了一床薄毛毯出来，盖在她的身上。

一见到他，她就抓住他的手臂，飞速地告诉他："举报你的人是马彼特，他今天还试图买通我，让我向人力资源部诬告你以权谋私。"

"我知道是他。"他漫不经心地回话，倒是专心地帮她敛好被角，把她裹得严严实实。

"这是证据。"她拿出手机，把音频播放功能打开，里面传来了她和马彼特的对话。她从他们离开仅限船员出入的门那里开始录音，那时她就觉得他说话行事不太对劲，多留了一个心眼。

不知道是因为冷，还是紧张，她的手颤抖得差点拿不稳手机。她怕它掉下去，改用双手握紧。

韩哲把手机的声音关掉，拇指摩挲着暗掉的屏幕，问："那种突发状况下，你怎么反应得过来？你应该是第一次做这种事吧。"

"能有什么别的办法？"她面上显露坚强之色，面对这种事她永远不会退缩，只会硬着头皮都要上，她说出自己的心声，"这是我给韩船员带来的麻烦，应该由我来解决。"

"可是，我连你为我撒谎这种事都不想你去做，怎么会愿意你为了我与那种人虚与委蛇？"韩哲发现如今的许久安与他第一次见到的时候有很大不同，以前会怕事，现在敢挑事。

"那你要是真的被赶下船怎么办？"她怎能够让他永远站在风口为她遮挡风雨？他不是铁人，也会倒下。何况，约定作罢，两人现在已经没什么瓜葛了，她总不能留下一堆烂摊子给他，自己潇洒地一走了之。

“我有去处。”

韩哲笃定地笑着，指着西南方，她踮脚张望，欲穷千里目，可那里的尽头除了海天交接，什么都没有。

“现在是看不到的，我们离那座小岛还很远很远。”

“什么小岛？”她还不明白。

“你还记得你问过我，我五十年后会在哪里吗？”

“记得。”

那时他的回答是：“我想我应该是用前半生的积蓄买了一座小岛，岛上的所有建筑都是我自己一手慢慢建起来的。天气好的时候，我就扬帆出海，天气不好的时候，我就躲在我的房子里，祈祷自己这个半路出家的建筑师建的房子能够撑下去。岛上会时常来些客人，如果他们不觉得我聒噪，我就讲讲自己一生走过的地方，世界上一共有两百多个国家和地区，每一个我都去过，有些地方还不止一次。”

“我已经开始实施这个计划了，”在他的眼中，他仿佛已经望到了那座岛，低语，“这段时间我被停职，有不少时间空出来，我开始留意世界上有哪些国家的小岛在挂牌出售，但是这个计划开始得比我想象中早，所以我有能力购买的小岛不大，而且是个原始生态的荒岛，它现在没有房屋可避雨，没有供水系统可净水，没有电力系统可照明，一切都要自己动手建设，整个工程会需要相当长的时间，所以你不用担心我被赶下船后会没有去处。其实，早点实施这个计划也好，我觉得现在投资岛屿，在以后有很大的升值空间。”

看他很乐观的样子，许久安却更内疚，哽咽地致歉：“是我连累你改变了人生计划，你本来可以慢慢地完善和推进它，现在却是不得不这样做。”

韩哲捧起她的脸，直视着她，纠正她的说法：“这不是连累，从你出现的那一刻起，已经改变了我的人生计划。你还记得我说我对婚姻的期望不高，认为没有女孩会忍受一份漂泊和分离占主导的爱情吗？我好怀念你在西班牙的时候，那么无畏和大胆，让我跟着相信两个人的未来。你可以回到那个时候吗？”

许久安转身躲避他的眼神，道：“我们早已经谈过这个话题，别继续浪费唇舌了。”

“可是我们还没有谈到让我满意的结果，那晚在俄罗斯，我说心中有数，就是在给我们计划另一个约定。你回去后，先一边养病，一边按你的兴趣念完喜欢的专业。等你毕业后，我应该已经把它建设得初具规模，你可以过来和我一起经营它，我买的小岛距离最近的小镇只有十分钟航程，镇上有医院，你能够安心地在岛上生活。”

原来，那一晚，他没有知难而退，而是选择了激流勇进。

他又附耳说：“你看天上。”

在观景台上，他们将天空一览无余，太阳还未落下，月亮已经升起，日月同辉的壮观景象令人心旷神怡。

“你还在担心对吗？担心你的身体，也担心我的计划。可是我告诉你，日月同辉这样的幸福，哪怕只有须臾片刻，也值得争上一争。”

豪情万丈，四海来贺。随着海水波动，她的心也隐隐在动，可最终恢复了静止。

她已经失约了一次，怎敢再轻易应许。

“我有一座海岛，你愿意来当岛主夫人吗？”

“抱歉。”

那段录音交上去后，总部关于韩哲的处理决定很快下来了——恢复原职，留待进一步考察。马彼特这回是搬起石头砸了自己的脚，娜塔莎接到一项新的工作，正是查他有没有违纪行为。

归国在即，6249号舱和6251号舱的乘客们，心情都越来越轻松。

伤好的苏易总算搬出了医务室，回到自己的客舱。

他回来时看到一位陌生船员在门口和许久安说什么，态度很是谦恭，甚至有些刻意讨好的感觉。

他走过去，那位船员立马关怀备至地问："苏先生，您伤好了吗？我是马彼特，之前误会了韩船员和许小姐的关系，所以特地登门道歉。"

"哦。"苏易对他没什么兴趣，既然对方是来找许久安的，他也不便站在旁边多听，打算进到客舱里面休息。

只是马彼特已经把目标转向他，继续问："苏先生，虽然在邮轮上没几天了，但您是否需要我安排随船医生定时上门为您复诊？"

"没这个必要。"

"如果早知道苏先生的身份，我怎么也不会去找和你交好的许小姐和韩哲的麻烦。"马彼特又开始没完没了地道歉。

"啊？"苏易愕然，他上船以后就住在最便宜的内舱房，被人赔医药费之前，一直穷得叮当响，真没意识到自己有什么身份。

许久安面无表情，她已经看明白了，马彼特估计是被娜塔莎查到痛脚，开始急了，挖空心思想对策，结果发现苏易是收购邮轮总部老板的儿子，这才来刷好感度。

"你误会了。这事我还真没插上手，都是按规章制度办事的结果。这位船员，我其实不是我爸的亲儿子，我是捡来的，在家里没什么地位，纯粹是吃口闲饭的，特别受家人的欺负，不然，你以为我怎么住这种地方？"苏易充满怨气地说，"隔壁舱的那位梁先生有入股我们公司，他就不同了，比我更有决策权。"

这番瞎话听得许久安太阳穴直跳，果然是近朱者赤，近墨者黑，近梁泊者胡说八道。

不过，马彼特总算走了。

她想，当他"偶遇"梁泊时，应该会得到更加戏剧化的答案。

苏易把门一甩关上，哼一声："我从来没有沾手过家里的生意，如果我爸觉得我历练出来了，有资格沾手的话，我也会更看好韩哲这种人才。”

“为什么？”

“上次他也听到梁泊说我们苏家的运油船出事，不是傻子的话随便一查就知道我是谁了。但你看他之后对我的态度有过改变吗？我和你搬到一起了，他对我更是没个好脸色，滴水不漏地盯紧我有没有遵照约法三章行事。所以，韩哲这种人，说一不二，你和他有过约定，他是绝对不会失约的。”末尾，苏易又转到她俩的事上，总结出这样一个答案。

“你想得没错，我和他说清楚之后，他又提出了另一个约定，反正不肯放弃。”这正是她头疼的部分，还好事情又有新的变化，马彼特看样子已经被查出一些问题，那么韩哲会成为主宰新航线的唯一人选。

这样看来，他不会被驱赶下船，他可以继续在大海上航行。

还好，她没有答应新的约定。

第十五章 从此以后

Chapter 15

也许，以后只能是星际穿梭，才可以胜过环球旅行的成就了。

邮轮明天就在中国靠岸，船上的最后一顿晚宴，伤感又快乐。

四人都穿了礼服，早早就熨烫得整整齐齐。出门前，许久安帮沈念双用卷发棒烫头发，沈念双帮她配耳环和鞋子，苏易帮梁泊打领结，梁泊帮他用发蜡抓头发，这样互相打扮的时光弥漫着淡淡的温馨。

当他们从铺着红毯的玻璃阶梯走下来时，好像是参加人生中的另一场成人礼。

一百天过去，周游世界以后，每个人都变得和登船第一天不一样。仅从外表来说，苏易和许久安的皮肤都黑了不少，撒哈拉沙漠的日晒影响还在，而梁泊周身的浪子气减弱许多，与明媚的沈念双在一起，两个人随时随地发糖虐死单身狗。

穿着白衬衫黑马甲的服务生似乎是更加用心地服务今天的晚宴，与每一位客人都会寒暄告别，有的会说自己接下来在哪条航线，期待再次相遇，他已牢记下客人的用餐喜好，有的会很高兴地加入合影，有的会询问自己在此次航程中是否有不周到的地方，请多谅解。

席间，梁泊是最多话的，每个人他都直呼全名，这样才显得发言慎重。

“许久安，我记得你第一天超怕死的，把鲱鱼罐头当生化武器，把救生演习当海难，吓得像只鹌鹑一样。现在呢，勇敢、冷静多了，不是苟且活着就好，而是活着的每一天都很有方向。”

“苏易，我是最清楚你的改变的，以前啊，咱俩背靠大树什么都不愁，只愁情场不够给力。我愁女孩儿那么多，每个都差不多，你愁任丹儿不看你。现在呢，我的心被人钉牢了，可怜你还漂着，不过没关系，你就当个黄金单身汉吧，努力给我创造价值，毕竟我家在你家的股份不少，我就靠你给我赚养老金了。你要记住，我很能花，你千万要加油。”

“至于我最亲爱的沈念双宝贝，谢谢你降服我一颗作妖的心，我从来不知道稳定是一件这么好的事，知道自己的家在哪，每天出门才不会迷路。”

梁泊的一番话引来三人的围攻。

沈念双说：“是吗？我还不知道稳定很好呢。船上选择面太窄了，下船有更多小鲜肉和帅大叔啊。”

苏易说：“你要我养你吗？以后我老婆盘问我怎么办？还以为我在外面养人了。如果她闹起来，你是要让我一辈子情场失意是不是？”

许久安说：“你就不怕死吗？这叫敬畏生命。”

笑完，苏易放下刀叉，冲旁边的服务生打个响指，对方利落地捧上了三个盒子，分别摆在三人的面前。

“其实我给每个人都准备了一份礼物，不喜欢也别嫌弃，这可是我头破血流用医药费换来的。”

沈念双得到的是一对玛瑙耳环。苏易解释：“以前我和梁泊说好了，我和他要是谁当混账在外面乱来的话，另一个一定要帮他的老婆出头。戒指是以后梁泊会给你的承诺，而耳环是我给你的承诺，只要他欺负你，我永远站在你这边，打他打他打服他。”

许久安得到的是一双合脚的高跟鞋。他蹲下身为她穿上，仰头说：“你不必总是买休闲鞋，相信自己以后的成就，你的人生迟早会经常出入需要盛装的场合，有一双自己的战鞋很重要。”

梁泊看到两位女士得到的都是价值不菲的礼物，心想自己的肯定也不赖，他像小男孩到了圣诞节迫不及待地早起看袜子里的礼物一样，结果，他愁眉苦脸地举着一个毛茸茸的企鹅玩偶贴在脸上，问：“这是什么东西。”

说不定是藏在里面?

他正要伸手从企鹅的屁股里掏进去，苏易阻止他，说：“别掏了，没什么机密，就是这个。”

“你当我三岁小孩？就算是，我三岁的时候玩的也是儿童版敞篷跑车了。”他使劲揉捏着企鹅的脸泄愤。

“我想邀请你和我一起去照顾被我们的运油船污染了栖息地的企鹅，它们不仅没有了家园，而且浑身都是油污，每天都在大量死亡。当地已经有环保组织长期驻守，我们需要以苏家人和梁家人的身份站在公众面前，肩负起企业的责任，尽力消除此次事件的负面影响。”

苏易说这话时很严肃，梁泊也收起嬉皮笑脸，仔细想想，同意了。

“你跟我一起去吗？”梁泊问沈念双。

“拜托，我自从被上一家公司的上司坑害后，已经失业很久了，我还得养家糊口，回去要忙着找工作。”她觉得感情，并不需要朝朝暮暮，有心自能长久。

“对了，不如你试试把简历投到我家公司。反正现在公司人心惶惶，正缺信得过的员工。”

“那不是关系户？我可不要。”

“你想多了，现在正是用人的时候。上次视频时，我爸见了你，觉得你工作能力强，至少胜过我这个不成器的儿子。以后我们说不定得你当家，麻烦你快去帮忙撑起半边天嘛。”梁泊摇着她的手撒娇。

“好吧，如果进公司只是吃闲饭我可不干，我喜欢有挑战的工作环境。”

梁泊还关心着兄弟的幸福，问：“你要不要邀请任丹儿，她对这种项目会感兴趣。”

“不用了，昨日遇见聊了会，她说她在船上结识了一位前联合国官员，听他说了十几年来精彩纷呈的工作履历，她下船后会去申请联合国的实习生岗位。我想，我们就各做各的吧，来日未必不会再相逢。”

“你呢？”沈念双问许久安。

“回去先看看常青哥，然后准备大学入学的事，我还是想读和船上工作对口的专业，以后如果身体好的话就跟船，不那么好的话就在岸上办事处工作。”

真好，大家各有各的去处，年轻而不迷茫。

这时，宴会厅的中央，有一位年老的绅士站起来，用勺子柄敲了敲玻璃高脚杯，建议在场的所有乘客举杯，向船上的工作人员致敬，谢谢他们给了我们一次安全而美好的环球回忆。

光彩夺目的水晶灯下，每个人都站起来，眼睛明亮，举杯共饮，为自己完成一次壮举深感自豪。

这以后，在座的每一位，也许只有等人类的科技进步，参与星际穿梭项目，才能够胜过此行的人生成就。

餐后，四人没有乘坐电梯，而是两两一排，通过走楼梯的方式把邮轮的每一层重新逛了一遍。

一百天的时间，普兰尼特号已经像家一样熟悉。

梁泊提议：“以后我们有了小崽子，就约一个暑假，把他们聚在一起，重走我们这次的航线怎么样？”

听上去不错，大家都同意了，希望这友情世世代代延续下去，希望未来的他们也意识到自己是蓝色星球的主人，应该有所担当，爱惜家园。

“那边好像有展览。”沈念双视力好，看到艺术长廊那里人头攒动。

他们走过去一看，是邮轮举办的摄影展，汇聚了一百天里跟船摄影师在各种场景帮乘客拍的精选照片。只要喜欢，都可以买下。

大多数人都在找自己的照片有没有上展。

梁泊和沈念双找到了他们在落日下拥吻的照片，苏易找到了他和任丹儿唯一一次共进晚餐的照片，许久安的倒是一直没找到。

“这张是你，”沈念双指着这排的中间，一个女孩子背着书包狂奔的背影照，她说，“我想起来了，当时电子版不是还传到了我们的电视系统里吗？你第一次上岸时被抓拍的背影照。”

许久安正准备把照片揭下来，去付款买单。另一只男人的手同时捏住了照片的右上角。

她望着他，他也望着她，眼里情意交错，却克制己心。

韩哲说：“这是我帮你拍的，应该属于我。”

许久安说：“照片里的人是我，应该属于我。”

两人僵持不下，竟异口同声说：“难道一点纪念都不留给我吗？”

爱过了，只剩纪念。

“那给你吧。”两人又都同时松手了。

苏易看不下去，抢过照片，直接撕成两半，给他们一人一半，说：“你们也不用去复印了，我相信你们总会在一起，在一个家里，把两张照片拼在一起放在相框里。”

明天就要下船了，还有机会吗?

在船上，四千余人中相遇，尚算简单。

一旦下船，七十亿人中相遇，何其难也。

这一晚，四人在甲板上吹风到夜深才回舱。

他们还不能马上休息，必须打包好行李，整齐地放在走廊上，邮轮的工作人员会在规定时间统一收走，到时候他们直接在岸上领取即可。

除了水晶球，许久安添置的东西不多，基本上还是照原样放进行李箱里，至于那二十多个水晶球，就单独放在一个纸箱里，写明是易碎物品。

她正收拾东西的时候，沈念双来了，戴着苏易送的玛瑙耳环，绕过铺在地上的行李，递给她一个透明四方盒，里面装着一朵白色绣球花。

“这是永生花，还保持着鲜花的美感，但已经经过了脱水等一系列的加工程序。我和令常青不在一个城市，以后不可能经常去看他，麻烦你把这朵永生花放到他的墓前，顺便告诉他，他介绍给我的环球邮轮旅行真的很棒，我很庆幸认识他。”

许久安双手捧着怒放的永生花，想着常青哥应该也会喜欢吧？他的生命虽短，但曾怒放过。

沈念双见她脸上又浮现一丝悲伤，开个玩笑拯救气氛：“你让令常青可得好好珍惜我的礼物。我这个人是没法和前男友做朋友的，以前每次分手，我都气得要邮寄一个到付件的大破烂给他们，这是我唯一一次送好的。”

“嗯。”她把永生花的盒子放到行李箱里，花朵娇弱，不能和水晶球硬碰硬，放在衣服堆里会好点。

沈念双走后，许久安又重新检查了一遍自己的行李，确定东西收拾完毕，没有东西落下。苏易看她东西重，主动请缨：“我帮你搬到走廊上去吧，你就帮我叠下衣服。”

“谢啰。”

搞定行李的事情后，两个人精疲力竭倒在床上。

即便这么累，苏易还想说说话。

“你不再考虑考虑和韩哲的事？”

“每次考虑，我得到的答案都是一样。”

“你看我那么喜欢任丹儿，现在也没能和她在一起。所以，两情相悦不容易。像我这种求而不得的人，看你这种得而不要的人，觉得真是暴殄天物。”

“如果我明天立刻就死，我会希望轰轰烈烈地爱他。可是我身体里的排异反应说不好是让我慢慢地衰弱下去，一场漫长的拉锯战里，时间是最消磨人的意志的。我喜欢看他在海洋上意气风发的模样，我不要他困在我身边意志消沉。也许有一天，他会怪我埋没了他的理想，我会怪他没有当初吸引人的魄力。我不要我们在一起，最后变成一对怨偶。”

“希望明天有一个奇迹。”苏易喃喃。

翌日八点，许久安从等待室的窗口，望到了外面熟悉的风景，到处都是汉字，一笔一画都那样亲切。

每个人都有号码牌，按船员的指挥分批下船。他们每叫到一批乘客的号码段，那批人都会站起来相互拥抱，以作告别。许久安也与一个素不相识的阿姨抱了抱。

她深呼吸一次，准备下船，回来了，故乡！

岸上依然有一个繁忙的帐篷大厅，许久安在行李处领到自己的二十八寸行李箱，可是工作人员告诉她只有这个，没有别的。

她焦急地说自己还有一个标明易碎物品的纸箱，那箱东西才是最重要的。

手机在这时响起来电提示音，这一次，她接电话完全没有经济压力，因为不存在国际漫游费。

“你的东西在我这里，按我说的路线走，你就能找到。”韩哲像个绑匪一样下指令。

许久安想起昨夜是苏易帮自己把行李搬到走廊，说不定那时候，他就把东西交给韩哲了。他们知道她放不下这箱东西，这是令常青唯一要求的回报。

按照韩哲的指示，许久安来到码头西边一个暂时闲置的空仓库，她看见她遗失的风景水晶球，按照它们来自的地区，一一摆放在地上，是这次航线的缩影，涵盖东西半球。

“想把它们带回去，就听我把话说完。”韩哲从角落的阴影里走出来，仓库里光线很暗，他嘴角向下，气氛沉重得让人透不过气。

“自从我们定下约定后，我一直觉得很多事可以等到以后再做，可是没想到，你退缩了，那些我希望和你一起做的事都变成了遗憾。你知道我想做什么吗？”

他眼里盛满赤诚的光，却看见她摇头。

“我不知道。”

“我想，如果这次环球旅行有机会再来一次的话——”

他走到他们乘着邮轮到达的第一站——中国台湾，水晶球里是爱河的风景。

“在这里，我会在爱河的爱之船上，说我爱你。”

他迈着坚定的步伐，走向一个又一个水晶球站点，每到一个，他都有话要说，有事想做，他的愿望遍布全球。

“在新加坡，我会在乌节路偷偷买一对戒指。”

“在马来西亚，我会带你手牵手潜进海洋深处，那里没有人能够打扰我们。”

“在马尔代夫，我会带你去蜜月岛，把你丢到洒满玫瑰花瓣的床上。”

“在埃及，我会尽我所能讲最恐怖的法老传说，把你吓得在晚上无法独自入睡。”

“在希腊的雅典，我不会对雅典娜的雕像有兴趣，因为我的雅典娜就在我的身边。在希腊的圣托里尼，我们还是一起去看伊拉小镇的日落，在日落时吻到世界完全黑暗。”

“在意大利的罗马，我会带你去真理之口，请求你嫁给我的时候，我会把手伸进去，看它会不会咬住我的手，如果没有，就代表我没有对你说谎。在意大利的威尼斯，我会带你去彩色岛，这里每家每户的外墙都刷着不同的颜色，你看上哪一种颜色，以后我们家的墙壁就照着刷。”

“在法国，我会找一个酒庄，订购一批这一年份的红酒，以后每年的纪念日，我们开一瓶庆祝。”

“在西班牙，我希望我们能正巧赶上八月份的西红柿大战，听说极其有趣。”

“在摩洛哥，我会陪你进入撒哈拉沙漠，除非你吻我，否则我不会喂你水喝。”

“在比利时，所有的巧克力，你吃一半，我吃一半。”

“在冰岛，我们一起去蓝湖泡温泉，当你的身子泡软了，我就抱你上岸。”

“在美国纽约，我会带你去百老汇听音乐剧，在你感动落泪的时候递上手帕。”

“在巴哈马，我会带你在粉红色的海滩上骑马。”

“在古巴，我会挑一盒上好的雪茄带回去给岳父，这应该是男人会喜欢的礼物。”

“在牙买加，我会买一罐世界闻名的蓝山咖啡给你母亲，你觉得岳母大人会喜欢吗？”

“在危地马拉，我会带你去看玛雅文化遗址，你看多久，我陪你多久。”

“在墨西哥，我会带你试试不同品种的辣椒所做的菜肴，因为走了这么远，你一定觉得平时吃得太清淡，而这里是辣椒王国，吃水果都会蘸辣椒粉。”

“在美国的夏威夷，我们一起跳草裙舞吧。”

“在俄罗斯，我会学着为你自弹自唱一曲《贝加尔湖畔》。”

他走过了所有水晶球，最终停留在她面前，她已经泣不成声。

“看着我，”他伸出手，抬起她的头，问，“你忍心让这些我希望与你完成的事都变成遗憾吗？”

她当然不想，可她没有办法。许久安颤声说：“可是我不知道自己的未来在哪里，我希望你一定要坚持航行，可我呢？在医院里？在坟墓里？在陆上？在海上？求求你忘记我这样一个没有坐标的人，好吗？”

“我无法忘记，我都安排好了。这四年，你还是先一边养病，一边学习。再以后，若你的身体不好，就在岛上；若你的身体好了，就在海上。”

他拍拍她的手，塞了一个水晶球到她手里，是他自己用一个单独的水晶球改造的，里面是他已经买下的小岛微雕，地势四周低中间高，岛上除了最原始的绿色生态，什么人造的痕迹都没有，树木没有外来的干预，想怎么疯长就怎么疯长，生态也很好，有各种茁壮发育的小动物。

他知道她最怕拖累他，所以他一再强调："你不会拖累我，是我很需要你。如你所愿，我一定会坚持航行，像你带着令常青的梦想环游世界，我会带着你的梦想继续航行，可是，以后每一次航行结束，我都会回到我的小岛上，而我平时不在的时候，谁来帮我打理它？为我种下的花浇水，为我养的一只猫和一只狗喂食，为慕名而来的游客安排食宿……我的小岛，只有一个男主人还不够，还缺一位愿意付出的女主人，你肯吗？"

他凝视着她，若勇气可以传递，他渴望以相拥渡勇气，以唇吻渡勇气，可他忍住了这些冲动，他需要她自己勇敢起来，和他一起面对无常的命运。不然下一次出现别的考验，她还是会退缩。

"久安，人生一直在变化，旦夕祸福皆无定数，请你相信我也相信自己，我们始终可以找到一个办法永远在一起，我的人生里有你，你的人生里有我，让我们成为一个密不可分的整体，无论遇见任何事，都是共同面对。"

他想说的话已经掏空，她还是没有回复。他转过身，这一次是真的感受到无望。

他灰心丧气地说了最后一句话："如果你不愿意的话，就把它打碎吧……"

时间过了很久很久，他都没有听到东西碎裂的声音，只有什么举动急速带起了一阵风，朝他撞过来。

是她从后面抱住了他，这个拥抱缠绵而热烈，撞得他踉跄一步，惊讶万分后稳住，然后抓紧了盘在腰间的手。

既然他不怕，那么她也不怕。

须臾片刻也罢，长如一生也可，只要此分此秒，幸福在身边。

一切谈好后，韩哲在港口租了车，载着许久安和她的行李先去了墓地。

找到令常青的墓碑，他们把所有的水晶球摆在碑前，最前面放着沈念双送的永生花。

许久安看着墓碑上的黑白照片，那么年轻的一张脸，再也没有机会变老了。

她想到两人在同一个病房里，她在翻旅游杂志，他热情地凑上来，问："有些地方我去过，要不然我给你讲讲？"

她在半夜里因为自己的病情害怕得哭个不停，他板着脸，抱着她，说话很吃力："许久安，你会好起来的，你会长命百岁，你会活成一个老妖怪。"

她的手术很成功，她要出院了，而他却一天比一天更糟，他问她："你不用替我担心，你只要想清楚回答我，你想环游世界吗？或者说，你愿意代我完成环游世界的梦想吗？"

他们之间，没有任何的血缘关系，也没有男女爱情，只是两个陌生人同病相怜，然后，传递着梦想的薪火。

"常青哥，我完成了！这趟环球旅行，是我们两个人的成就。缺了任何一个人，都完成不了的成就！"许久安骄傲地挺直腰杆，泪水咸得像海水，洒落在他的碑前。

韩哲脱下帽子，放在胸前，真诚地致谢："谢谢你转赠船票的决定，让我有机会遇见她。"

许久安同样在心中致谢，谢谢他，让她有机会一边经历一边成长，得一闺密如念双，得一挚友如苏易，得一爱人如韩哲。

看遍了世间风景，穿过了几十亿的人山人海，她深深确信，自己得到的，都是最可贵的。

后记

献给胡凯尔

高三时，我旁边坐着一个姑娘，很短的头发，个性像个假小子，却也有温柔细腻的一面。

有一天，我看到她写满一张纸，不像是笔记，问她是什么，她把纸在我面前晃了晃，说这是给以后的小孩取的名字。我记得有雅、薰、婉等等字眼，特别像那时候流行的偶像剧女主角名字。

那时候，我也想过以后给小孩取什么名，对爱情充满了憧憬，婚礼应该怎样举行，新房应该怎样装修，小孩应该怎样教养，这些全都想好了，唯有那个人应该是谁还是懵懂不知。

二〇一四年，我登记结婚了，牢记着大学上社会学课程时，王教授在第一堂课上说的，结婚后的第一年最好不要计划有孩子，先适应两个人的生活，等彼此确认了共同生活没问题，再准备迎接新生命，接受三个人在一起的挑战。

这之后的一年，我忙着办了三场婚宴，正如我年少时期待的那样，我要和同一个人结婚三次。第一次是旅游结婚，带父母出国，也是他们第一次出国看世界；第二次是泳池派对，和最亲密的朋友一起又笑又闹地告别单身；第三次是家乡婚宴，我选了汉服婚礼的形式，主要是为了父母举办，他们需要隆重热烈地告诉所有亲朋，女儿嫁出去了。

二〇一六年的时候，我想按我社会学老师的建议，我也应该有一个小天使了。

可是我还有一件事情念念不忘，二〇一五年的时候，有个旅游网站举行了一个投票比赛，会选出四个人登上免费环游世界的邮轮。我知道得比较晚，还有两天投票就结束了，可我还是试了试，因为我一直有一个环游世界的梦想。我想，不成功总比什么都不做要好。

热血沸腾的两天里，无数人给予我大量的感动，我也很抱歉给你们添麻烦了。有人在帮我转发拉票时这么写："请我的朋友们帮姐姐投一票，梦想是无畏勇士手里的兵刃，我们一起来完成它，无论你的，还是我的，为了梦想，再倔强一点。"

可惜最后我还是失败了。这是二〇一五年一月初的事，一月底的时候我又看见日本一家有着百年历史的酒店集团在世界范围内招募一百名海外人士去日本旅行的计划，招待吃住，只需交一篇英文调研报告。这次不用拉票，只需要填写申请表，报名需上传英文自我介绍的视频，我拍了二三十个版本，还要求表演一个小技巧，于是我学了火把变玫瑰的魔术。终于，我收到了一封来自日本的邀请邮件。

六月的时候，我去了日本。在前往清水寺的一条路上，一张黄色的日文海报贴在一个小书店的橱窗里，我勉强认识其中几个汉字“世界一周”“客船”“旅行日程”，反正连蒙带猜，大概知道是环游世界的邮轮广告。我觉得命运就是那么奇妙，我申请环游世界的邮轮失败，申请日本的免费旅行成功，可当我来到日本，命运还在提醒我，你的梦想不止一个地方，而是整个世界。

那时，我拿了一张宣传单回来，放在最常开启的柜子里，时不时就打开它提醒自己，别忘了你还有一个环游世界的梦想啊。

二〇一六年到了，我一想到要生小孩就意味着暂时告别旅行，起码有三年时光要天天守护他成长，那么我的梦想也要长时间搁置。

不如先写出来吧？写下来就不会忘。我早就想写这样一个故事，连名字都想好了，就叫《我想和你环游世界》。这就是一个作者的小心思。很多时候脑海里冒出来的灵感，仅仅是因为我想要那种生活。

可是我不能凭空想故事啊，我得去走访取材。这几年，我虽然保持着一年去一次远方的频率，去英国念过暑期班，去新西兰打工度假，去新加坡睡过机场，去澳洲自驾……但我从来没有坐过远洋邮轮，不知道邮轮上的生活该怎么写。

我向神灯先生申请，我可以去欧洲地中海地区体验一下邮轮生活吗？我要写一个发生在环球邮轮上的爱情故事。

他听了之后，问我，既然是写环球爱情，为什么不干脆搭乘环球邮轮呢？

我回答，很贵呢，上次申请免费的不是失败了吗？

他不假思索地说，我们的积蓄可以全部拿出来啊。

他是那种只要我想干什么，只要我不是胡来，只要事关我的梦想，他就全力支持的先生。

我又说，可是环球邮轮航程很长，一般都要三个月。我是一个妻子，不能这么自私，撒手就走这么长时间。

他还是让我去，说这段日子他可以吃公司食堂。

那时，我真想咬着牙倾尽积蓄踏上环球邮轮之旅。可是我一想起每次回老家，他很耐心地辅导小侄儿的作业，给小侄女用拖长的童音讲《儿童百科全书》的画面，我的心都会很柔软。

他一定是个很好的爸爸，我想为他生儿育女。

环球邮轮的花费会让我们捉襟见肘，而地中海的邮轮我已经看好了相当划算的特价舱。环球邮轮班次很少，搭乘的话需要办理多国签证，这样筹备的时间会很长，而地中海的邮轮班次较多，搭乘的话只需要申请申根签证，就可以畅游多个国家，这样可以马上出发，快去快回。

我最终决定搭乘地中海航线的邮轮，并且成功执行。

我一直觉得自己很幸运，总有人陪我做梦，既有陌生的网友，也有熟悉的家人。而当我咬牙坚持的时候，命运会主动成全我。

我本来预订的是最便宜的内舱房，也就是书中许久安住的那一种，密闭的房间，没有窗户，想象中应该是很压抑的。

也许是贵了一倍的阳台房并未售罄，邮轮公司主动给我升了两级，跳过没有窗户的房间和有窗户的房间，直接升成了一个有大大的美美的观景阳台的房间。

我每天都叫免费的客房服务把早餐送到舱房里，把丰盛的美食摆满阳台的餐桌，面对着晨光无限好的大海，慢慢地享用美食，开始一天的采风之旅。

如果你已经看完了书中的故事，你就会发现，此次好多旅行体验都被我写到了里面。

登船第一天参加的救生演习，我当时和许久安一样，真的以为是刚上船就这么倒霉遇到了突发灾情，还在想幸亏我出国前买了两份旅游保险。

在免费餐厅用餐时，许久安在苏易的鼓励下点了Dirty Rice（字面翻译是脏脏的米饭），我也怀着作死的心情冒险点了这个，然后果然是自己点的菜哭着也要吃完，谁能料到Dirty Rice竟然是鸡肝把米饭染得灰灰的，所以才会叫这个名字。而两人被黑人服务生误会是夫妻，他冲他们打招呼："Happy wife, happy life."我很喜欢这位服务生阳光快乐的态度，总觉得船上工作时间长，一连数月，他应该很思念自己的妻子。可惜他冲我打招呼时，说的话就变了，我好希望下次和神灯先生一起乘船的时候，还能遇见他，听见他尾音上扬地说出这句祝福语。

在艺术长廊举行的拍卖会，苏易和梁泊嘴馋去蹭免费的香槟酒，而我看到了好多画家的大作，如果不是囊中羞涩，真想举牌子拍一件带回家。

电梯旁的乒乓球桌，苏易在这里教许久安打球，而我则抱着会打乒乓球是华夏人的天赋这种超自信想法，主动挑战了两个正在打球的外国小哥，问我可不可以参加。在第一天我赢得十分得意，他们约我第二天再战。结果第二天他们忽然学会了一招新的旋球，我就折戟沉沙了。哼，他们一定是头一晚回去后，针对我研究过战术！

戏院舞台上的有奖互动，许久安和苏易赢得了五百美金的免费额度，而我什么都没有。

大厅里的船员交流会，许久安在这里和韩哲共舞一曲，而我穿着旗袍，排长队等到帅气的船长，如愿以偿照了一张合影。

邮轮上的图书馆，苏易因为初与许久安同住引起尴尬，在这里熬夜看书，而我则是在这里熬夜写这本书。

在希腊的时候，我确实像他们一样遇见了罢工活动，还收到了邮轮的书面提醒。在这里，我真诚地希望，世界各国都繁荣发展，并且和平稳定。

在意大利的时候，我和许久安一样对意大利男人会说情话的能力无法招架，给当地旅馆的老板打电话时，他十分自然地唤我Darling（亲爱的），正式见面时，他自然地扶着我的肩膀，带我参观房间各处细节，不停地问我喜欢吗，临走时还不停地飞吻。

在西班牙的时候，许久安和韩哲来到巴塞罗那的圣家堂，感悟到人生中有些事不必急，值得等，两人的关系有了关键性变化。而我难以形容我在圣家堂时受到的感官震撼，设计师高迪的名字，还是我在尼泊尔偶遇的学弟告诉我的，那是另一场很奇妙的相遇，《尼泊尔很美》那本书中有提到事情经过，这里不赘述。谁会料到，两年前，另一场旅行，一个陌生人告诉我他心中遥远的偶像的名字；两年后，这一场旅行，我居然来到了他的偶像的遗作前。这种经历，好像是很久以前你看到了一个谜面，猜不到就洒脱作罢，很久以后你忽然得到了当年的谜底，才发现生命中许多事环环相扣。

为了让故事尽量贴近真实，我在邮轮上还鼓起勇气全英文采访了一位高级船员。那是地中海航线到了尾声的时候，我怕太早去预约采访，问到不该问的问题，被当作刺探内部机密的调查员请下船。写小说的果然容易想太多太严重是不是？

最开始，我并不知道怎么才能结识高级船员，虽然平常经常参加邮轮上的活动寻找目标，但我对他们的分级制度实在弄不清楚，不知道谁才可能最全面最准确最配合地回答我的采访问题。最后，我干脆到客户关系部的前台开门见山，我想写一本邮轮背景的旅行小说，希望能够得到帮助。

前台是个漂亮的黑人美女，记录下我的房号，说会向上级汇报，到时候给我回复。我等了一天，终于在客舱的电话里等到一条语音留言，告诉我人力资源部的主管同意了，会在咖啡厅见我。那条语音留言我反复听了七八次，生怕自己会错意。

我一开始的担心也不是全错，金发的人力资源女主管一开场就申明不能够回答有关员工薪水和邮轮公司不宜对外公布的敏感信息，幸好我提问的方向也不是这个，我主要想了解邮轮生活怎么规划，船员怎么分工协作。

因为韩哲和许久安的感情线，我还特地很谨慎地问了问，船员可不可以和乘客谈恋爱？主管姐姐义正词严地告诉我，船员和船员谈恋爱非常OK，但是船员和乘客绝对禁止恋爱。

我不喜欢牵强附会编故事，当时差点以为这本书写不下去了，毕竟，韩哲船员是我的男主角之一啊。我也不想把他写得多么万能，比如大不了换个行业依旧风光无限。在我心中，韩船员一直是一个视航海为终生理想的男人，许久安也不是无理取闹的女孩，不会愿意他为了爱而抛弃其余一切，他们应该互相支持并且深刻敬重对方的梦想。毕竟，爱不是独立存在的，需要生活的养分。想好好爱你，好好宠你的人必须努力奋斗；而想好好被爱，好好被宠的人就必须学会理解，两个人都要朝着一致的目标一起努力。

这大概是神灯先生教会我的。年少时我向往朝夕相处，可步入婚姻后，他因为工作原因需要经常加班。我每晚都会开着灯等他回家，而当他在深夜里带着一身的疲意到家时，他总是会对我说：“对不起，我很想早点回来陪你，可是又需要加班做好工作，这样才能给你更好的生活。”我就开玩笑地回：“先生回家晚，一直是我深夜码字争取不拖稿的主要原因。”

回到采访上来，主管姐姐大概也看出我备受打击的样子，问我想怎么写？我抱着一丝幻想问，那航程结束之后，船员和乘客可以在一起吗？她这次给了一个肯定的答复，当然可以。这也是为什么书中韩哲和许久安的关系进展一拖再拖的原因。在此，我十分感谢邮轮公司的帮助。

书中的主要人物都有原型，比如说韩哲，我在船上简直迷死了我们的邮轮总监AT，阿根廷人，笑起来特别有感染力，经常亲力亲为地主持邮轮活动。我写不出故事来的时候，就会在邮轮日报上搜索可能有他的场合，然后在不远处坐着看他，静静地发呆，想着书里的韩船员会做些什么。

许久安的身世也有由来，对不起，容我慢慢说。

在我结束地中海邮轮之旅，回国以后，有个小天使来到了我的怀抱里。前三个月，我解锁了吐血和用鼻子呕吐等“炫酷”技能，刚吃完午饭就吐，吐了就饿，饿了吃苹果，吃完马上吐苹果泥，外加白日经常昏睡，夜晚不断惊醒，整个人苦不堪言。

还好，这种痛苦并没有伴随我的整个孕程，后来我慢慢感受到神奇而幸福的胎动，肚子里像揣了一个醒了就跑的滚轮，累了就呼呼大睡的小仓鼠，因为不知道它的生物时钟，所以我总在细细地体会它醒了没，在做什么，有几厘米长了。

我公布这个消息后，有读者留言说，我是她的青春，她的“青春”怀孕了。

是啊，我写作的时间已经有点长了，我从少女到嫁为人妻到将为人母，我与看我书的人一起慢慢长大。谢谢你们一路相伴。

我们对成长这回事都没有经验。而我差点酿成一个大错。

我和神灯先生是异地恋终于团圆，决定结婚时，我们为爱而爱，没有做全面的婚前身体检查（但每年各自的公司有基础体检）。反正对方有什么健康风险，我们会勇于承担。

现在想来，那个决定足够感性，却也十分轻率。

怀孕四个月的时候，我忽然得知一个亲密朋友在怀孕时检出自身携带地中海贫血基因，而另一个同窗十年的同学自幼就查出也携带这样的基因。我关系紧密的朋友圈不大，其中竟然有两个这么多同时携带同一种缺陷基因。

我这才去查资料，虽然我一直按时孕检，但医院的孕检套餐里没有包含基因筛查，我也是初次知道地中海这么浪漫的地方，还和一个可怕的缺陷基因同名。

地中海贫血基因在疟疾高发时有生存优势，但在后代遗传方面，却有隐患。我生活在南方地区，南方的蚊子（疟疾的传播媒介）多，历史上疟疾发病率比较普遍，所以不少人携带地贫基因以抵抗疟疾，代代相传下来。这种地贫基因分轻、中、重度三级。轻者不影响日常生活，几乎看不出来，也不需要特别治疗，像我的两位朋友，我完全没有意识到她们有何不同。中度甚至重度的携带者却有性命之忧。

在遗传方面，一方有轻度地贫基因，而另一方没有，下一代最多只有不影响正常生活的轻度地贫基因。而如果双方都有轻度地贫基因，却有一定概率生出重度地贫儿。

（以上两段为医学知识，我担心我讲得不详细或者不准确，若想进一步了解，请听从专业医师建议。）

我当时很怕，一边急着补做基因筛查，一边在担忧小天使已经四个月了，万一我查出来有地贫基因，它该怎么办？为什么我没有在他到来之前，就好好了解自己和先生的身体？

还好，我两个朋友的先生都没有地贫基因，我也没有地贫基因，我们的小孩都可以正常地生活和成长。

这件事之后，我在想，也许我的女主角许久安可以是一个地贫病人。她的父母很相爱，可是都不知道自己有地贫基因，她不是轻度的幸运儿，她是很艰难很勇敢才撑下来活着，并且实现环游世界梦想的女孩。

这算是我小小的私心。我知道，年少时爱人的心情至真至纯，除了爱，什么都不在乎，那些身体状况啊，才华前途啊，未来生活啊，似乎是再世俗不过的话题，若去计较，便像是一张白纸染了色，爱得不够纯粹。可是今年，我写下这个故事，想告诉你，爱要有，梦想要有，而爱的计较也请务必要有。至少在我们决定共度余生前，想清楚我们从身体到灵魂都契合吗？在任何一种极端不幸的情况下，我们都能坦然接受，并且互为支柱共同面对吗？

最后，小天使已经有了名字。

神灯先生取的，他有时郁闷了会说“who care（谁在乎啊）”，有个晚上说着这句话忽然眉飞色舞地想到，Who Care? Hu Care. 他的逻辑是Who和Hu音似，他姓胡，Care直接音译成凯尔，那不如小孩叫胡凯尔好了？表达一种不在乎别人看法的自由态度。而且比较中性，男女都适用。

我当时的心情相当崩溃，我一个写字人的小孩，居然用直接音译的名字，不从古籍里面找典故怎么行？但当时神灯先生每晚都在给小天使讲故事和取名字，取了好多，被我否定了好多，我不忍再打击他的积极性，含着泪决定那我只能先有名字再找古籍出处了。

“凯”来自《诗经》，“凯风自南，吹彼棘心”。

“尔”来自《将进酒》，“与尔同销万古愁”。

这本书写完的日子，刚好是我完成地中海邮轮之旅的一周年，也距离我亲爱的胡凯尔出生还有两个月，有时候我写得太兴奋，他会在里面滚来滚去。

书名是《我想和你环游世界》。

我以前啊，只想着和爱人环游世界，从年轻到老，慢慢地看遍世间风景，一遍遍确认在这个星球上，在七十亿人口中，这个人是我一生至爱。

现在啊，我希望和爱人与小孩一起环游世界。我们爱这个世界，也希望这个世界能够爱他。

如果你亦有环游世界的梦想，愿它早日成真。

图书在版编目（CIP）数据

我想和你环游世界 / 戴帽子的鱼著. -- 长沙 : 湖南文艺出版社,
2017.12
ISBN 978-7-5404-8307-4

Ⅰ. ①我… Ⅱ. ①戴… Ⅲ. ①长篇小说—中国—当代
Ⅳ. ①I247.5

中国版本图书馆CIP数据核字(2017)第225492号

我想和你环游世界

WO XIANG HE NI HUANYOU SHIJIE

作　　者：戴帽子的鱼
出 版 人：曾赛丰
责任编辑：刘诗哲
监　　制：邓　理
策划编辑：彭朝霞
封面设计：罗静颖
封面绘画：那　泓
版式设计：张娅君
出版发行：湖南文艺出版社
（长沙市雨花区东二环一段508号 邮编：410014）
网 址：www.hnwy.net
印 刷：北京盛通印刷股份有限公司
经 销：新华书店
开 本：145mm×210mm 1/32
字 数：240千字
印 张：9
版 次：2017年12月第1版
印 次：2017年12月第1次印刷
书 号：ISBN 978-7-5404-8307-4
定 价：34.80元